浮生绮梦生活欢

王忆 著

作家出版社

目　录

001...　　世界在她眼中展开
　　　　　——青年作家王忆印象

001...　　清晨大雨
017...　　浮生绮梦是清欢
040...　　后海姑娘
057...　　七里巷
075...　　机　遇
089...　　红与白
106...　　三人游
118...　　逆流而上的治愈
136...　　往来皆白丁
153...　　单·生
169...　　楚　楚

192…	饭　局
211…	陪诊师
239…	一只蜈蚣在爬
256…	婚礼局
271…	讨喜弹吉他
285…	谁的目的地
302…	蜗
316…	老藤椅
336…	向南！向南！
357…	后　记

世界在她眼中展开
——青年作家王忆印象

石一枫

第一次见到王忆,是在一次活动上。也是关于她的小说,朋友让我读完,谈谈感受。小说暂且不提,给我最大的感受来自她这个人与她的作品之间的差异。因为特殊的身体原因,王忆的生活被局限在世界一隅,通常而论,可以想见她要走出家门、见人、与人交流有多么不方便,然而她的作品却呈现了一个不亚于常人,甚而比一般常人更加丰富的世界景观:各种职业、身份、性格的人们在朗朗乾坤之间游走,那个世界几乎与我们的世界无异。

事实上,那种对"差异"的惊讶,恰恰建立在常人对于王忆这样一位作家的想象上。凭空想来,她应该是困顿的、封闭的,她的写作也应该是向内的、自我的。但王忆最了不起的地方，在我看来，正是打破了庸常之人的想象。

　　毫无疑问，王忆作品中最突出也最刻骨铭心的书写，恐怕还在于"身体"与"疾病"的关系，以及类似的境遇对人心灵的影响。假如在这个范畴内继续写下去，我相信她能写出那种只属于她自己、同样也感人至深的作品，但问题在于，假如我们要求一个作家在写作领域、在精神世界也困守一隅，仅仅书写被她的特殊情况框定了的生活，这是否对她不公？我相信对于这样的问题，王忆早已想过。那次活动之后的一段时间里，我作为编辑看过王忆的许多小说，也作为老师在线上和王忆有过一些交流，我看到王忆的写作领域变得越来越丰富，也看到王忆的思路变得越来越开阔，在这个过程中，她进入了许许多多与她不同的人们的生活，把他们的生活变成了自己笔下独特的故事，世界正在她的眼中展开。

　　必须承认，这种努力对于王忆殊为不易。在观察生活时，她要付出比常人更多的辛劳；在想象生活时，她也要拥有比常人更强的智慧。但比之辛劳与智慧，更可贵的恐怕仍是勇气。在写作中，她往往决然进入了无我的状态，把自己变成了另一个人、另一群人，走进那个对她来说远比对常人更为艰难的世界。从这个意义上讲，王忆的每一篇小说都如同破茧，而她所面对的不只是写作的探险，同时是对自我的难以预料的开拓。王忆的小说没有只关注残疾人的故事，而是在关心健全人的生活，她是个眼里有大爱的作家。她的小说有一种恰到好处的温暖，这是我们在现实生活中能真实感受到的。

但这难道不正是写作的重要价值吗？王忆或许会感谢文学，但王忆的努力让我们更深刻地认识了文学，我们也应该感谢王忆。

清晨大雨

一

小红豆出生时，顾浅已经在另一个国度开始新生活了。很难想象，她下决心要抛下这一切，投入下一段人生时是怀着怎样的情绪与心情，尽管这些不是她，或任何人可以决定的。之前就问过她，是不是真的相信有天堂或者地狱，她什么都还没说，满眼已给出了笃定的答案。我想笑，一个高才生怎么会有这么迷信的想法？她说，这真的不是迷信。

都还是单身的时候我们看了一部电影，女主角得了不治之症，第一反应是想方设法离开了相爱数年的男友，与病魔斗争了好多年之后，最终遗憾离去。她哭着鼻子说，女主角太善良了她肯定会去天堂的。我说，这只是个电影而已，假的！她用冰凉的手心捂住哭得通红的鼻子情难自控地摇头。天堂是什么样的没人知道，而地狱又是如何也没人想知道。要说最使我相信的一次应该就是送她离开的那一天。那个大雨滂沱的早晨，我经过她身旁时，特别笃定地说了一句："你是去天堂了吧。"一转眼，人间也已经有好几年没再下过那么大的雨了。

昨晚半夜醒来刷朋友圈，刷到了李建明五分钟前刚发出的一条信息，是一张在医院产房的照片，上面写着："亲爱的小宝贝。欢迎你来到我们家！"这是又生了？我啥也没顾上，一个电话直接拨了过去。李建明只喂了一声，我就听出他现在有多喜悦。他大概也以为这么晚我打这通电话是为了恭喜他的，那好吧，我轻咳一声："恭喜你了，又得一子！"我当然明白接下来，他肯定要跟我寒暄一番，再说说孩子和孩子妈的情况。所以我不得不抢先抛出打电话来的重点：

"你们这会儿都在医院，那红豆呢？今天是周日，应该是要接回家的吧？"

他迟疑了一会儿，应该是从兴奋之中刚被我叫醒过来。

"啊……红豆，在呢……她这会儿在幼儿园呢，有全托老师照顾，没事，很安全……"

我就料到会是这样，一个大男人每天忙完工作，回家再忙着照顾孕妇和孩子，的确是顾不过来。这会儿又来个小的，哪怕不是故意的，肯定也顾不了大的了。但是我好像对他这种见异思迁的行为，还是忍不住发了脾气。

"我不是跟你说了吗，你要是真的忙不开，带不了红豆可以告诉我啊，我去接她回家。这么小的孩子就送去全托，她肯定盼着周末被接回家，你把她总扔那儿多可怜啊！"

在顾浅生命漫长又短暂的三十年里，她一直都是一个始终保持体面的人。她似乎从来都没有觉得自己很优秀，但也知道自己并不差。只可惜英年早逝，明明晓得身患重病，却偏偏硬要把孩子生下来。她临走前反复拜托了我好多次："将来红豆就是你的干女儿，你有时间替我多陪陪她。"是啊，我得加倍完成我姐们留下来的重托，毕竟红豆是这世上，让我感到唯一还能与她有关联的事情了。

我话还没说完，电话那头便传来孕妇的召唤还有孩子的哭声，李建明来不及解释什么，只得抱歉地对我说："不好意思不好意思，我这儿太……太忙了……"

我挂了电话，哼唧一声，不知道什么时候才蒙头睡去。

而使我烦躁哼唧的，也不止这一件事。话说周晓也已经有好几个星期没回家住了。还不都是这倒霉双十一给闹的，电商疯狂也就够了，他一个教小提琴的也跟着瞎起哄，天天学人家网红主播忙直播卖货。

我说："周晓你好歹也一把年纪的人了，能不能不搞这些花里胡哨的东西？租工作室是给你教学生上课的，不是让你想一出是一出改成直播间的。这不简直胡闹吗？！"

人家可不服气了:"这怎么能是胡闹呢?你年纪轻轻的,怎么能不懂线上营销呢?现在直播卖货多热啊,你瞧瞧抖音、快手、淘宝各种平台哪个不直播?我卖课程是资源再利用,又没有任何物流成本,无非是多花些时间录制。这叫紧跟时代潮流,永不落后。再说我这儿还有丽萨帮忙布置设计,没你想的那样复杂。""你是永不落后了,但是你真以为直播卖货就是吆喝几声那么容易?别瞎扯了,当初开工作室的时候也不知道是谁说,教学生拉琴是为了培养更多热爱音乐的孩子,一定要把优美又动听的种子种在学生心中。如果用高雅艺术换取金钱买卖,那就是淹没了对艺术的初心。我真纳闷了,怎么来了个丽萨你这初心就波动了?"那么一个佛系艺术家这会儿居然要追赶潮流弄得一身铜臭味。

"还有两天就是双十一了,你记得多拉点人来我直播间冲人气啊!"天还没完全亮,我已经完全被周晓的电话给吵醒了。

"敢问除了你的学生和家长谁还会特地刷到你这无人问津的犄角旮旯儿?周晓,你到底怎么想的?还回不回家了?你再不回来,我看你索性把东西打包去你那所谓的直播间吧,天天播,天天吼,课也别上了,彻底改直播课多好!粉丝让你拉什么你就拉什么,看你能撑多久。"

"我忙完这几天就回,你得让我尝试尝试新的东西。我和丽萨这么绞尽脑汁想办法,还不是为了我们两个将来打算吗,你难道真的想让我在出租屋里娶你?"

我想冷笑,又忍住了。

我真不理解周晓的想法,我从没说过跟他在一起,是为了等他赚钱让我过上好日子。到现在我都很怀念,那一年在落地窗外看到他挺拔着身姿,眼睛微闭,嘴角上扬立在细雨之中拉了一曲《爱的礼赞》的场景。虽然我们认识的时候,他也早已不是风度翩翩的青年,但只要一听到他拉起琴来,我便会觉得有些人或许会因为某种闪光点是永远不会老去的。而时过境迁,当初那个温文尔雅的周晓不自觉中竟然也变得油腻起来。

二

周五,我提前联系了李建明,告诉他这周末我去接红豆回家住。李建明那头传来呼哧呼哧的喘息声,像是在街上奔跑。问他怎么回事,他忙着说,是在赶去超市的路上给孩子买尿不湿之类的物品。

"这不是应该早几个月提前准备的吗,怎么会忙得这样措手不及?"

电话那头有了熙攘声,应该是进超市了。

"开始是准备了一些,却没料到孩子一天能尿十回八回,备下的十包尿不湿压根不够,所以现在才搞得慌里慌张。"

也是,生红豆的时候,顾浅从怀孕两个多月就开始筹备孩子出生之后需要用的东西了,光奶瓶就买了七八个,更别提囤尿不湿等必备的日常用品了。

不能说他是完全虚情假意,但听起来也像是很敷衍的客套话:"谢谢你啊,真不好意思我的孩子还给你添了麻烦……红豆过去不会影响你和周晓吧?"

我应了声没事就挂断了电话。

红豆向来很乖,四五岁的年龄不哭不闹,不要玩具和电子产品,还总冒出几句小大人的话。唉,真是个没妈的孩子。

她见到我的第一句话就说:"干妈,又麻烦你来接我了。"

"真是个机灵鬼,哪有什么麻烦不麻烦的,干妈想你了,所以就主动跟你爸爸申请来接你回去过周末啦!"我笑着刮了一下她的小鼻子。

红豆晚上喜欢搂着我睡,她说我身上有妈妈的味道。我问她:"那你还记得妈妈长什么样子吗?"她眼巴巴地望着我摇头。我把她搂进怀里,抚慰说:"没关系,干妈就是你的妈妈。红豆好乖,我们睡觉吧,然后就可以做个好梦。"半夜十二点半左右,枕边手机陡然振动,我迷迷糊糊,以为是李建明忙完了才想起还有个女儿寄宿在别人家,一抬手居然是周晓打来的。

"干吗？都几点了！"

"你今天怎么这么早睡？我跟你说啊，我明晚八点开播，你抓紧给我拉人进来知道吗？买不买无所谓，但是人气必须要做上去。你一定要想办法拉人进来。"

"好啦好啦！你有完没完，明天的事明天再说，我们都睡觉了，半夜三更的……"

"什……什么？你们……谁啊？谁在我们家睡觉？"

"红豆！红豆在我们家呢！"我特不耐烦地回他。

"哦哦，那你们睡吧，睡吧！记得明天拉人进直播间啊……"

"周老师，早点睡吧，明早我们还得试播一遍呢。"听到这小尖嗓子，我在这头啪一下摔了手机。

可是不管怎么样，第二天我确实帮周晓吆喝了几声，替他把直播预告转发了几个群。然后，这事就跟我没太大关系了。

周晓本来不是这样的。当初我就看着他为人踏实稳重，掀不起大风大浪，才会对他有了倾慕之意。现在怎么会搞得疯疯癫癫的？我当然想过跟他提分手，五年了，他大我十岁，我还不算老，现在离开应该还有机会遇到更适合的人。当初也只是自己一味单纯地喜欢，他之所以回应，可能与我无条件付出有关。可笑，他不回来我还守着空房子干吗呢？毕竟我也不是以前那个小女孩了。所以到底是我变了，还是周晓他本来就是这种样子？

中午我问红豆想吃点什么。我说："干妈带你去吃牛排好不好？"她坐在地毯上看动画片，然后对着我摇摇头。我又问："那吃肯德基？"她还是摇头。我无奈地问："那你想吃什么？"小家伙想了半天支吾着说："我不想出去吃，爸爸每次来接我都是在外面吃了饭，就把我又送回幼儿园了。"她忽闪着两只水灵灵的眼睛望着我，小声央求道，"我今天能不能在家吃，明天再去幼儿园？"孩子说得一脸波澜不惊，而我心里却像是被灌了几盆醋一样酸楚。

顾浅上大学时就有省吃俭用的本能，经常是饥一顿饱一顿。我时常责备她，干吗对自己这么勤俭节约，吃好吃坏，总得吃饱才算吧。她也总是一脸不以为然地说，没事，刚好可以减肥。嫁给李建明之后，以为她能过上像样点的日子，但不想终究没能逃得掉厄运的魔掌。

我到现在还能想起，当时第一次带着周晓去见顾浅的场景。

她说："总体印象还行，就是感觉没你说的那么好！"

我问："哪儿不好？"

她扳着指头数："首先年龄大了点；其次是搞艺术的，工作不太稳定。再有……你真的觉得他是像你爱他一样爱你吗？"

最后一问确实也让我有点反应迟缓，可我还是逞了强说："我觉得也还好啦，爱多少这种事是计较不起来的，再说本来也是我先喜欢人家的，等了那么多年才等来，也就顾不上那么多细节了。"跟周晓在一起后，我真的确定这是最接近理想生活的状态，再强悍的好胜心也会因为得到爱人的青睐而感到知足。

周晓的确是个很不错的男人，顾家，懂得照顾我的感受，只要一回到家，所有的事情都是他大包大揽接过去解决。唯一的不足是没有一份稳定工作，多少年前从原来的中学辞了职就没再有一份固定的职业。

我们去逛街，正巧经过新街口附近一家正在转让的店铺，地方不大，只有不到二十平方米，不过位置还算不错。在一条不是很长的巷子里，周边的店也都不是很大，有些闹中取静的感觉。他在门口停留了好一会儿，貌似在记转让店铺的联系电话。我说："这地儿挺不错，回去联系一下吧，用来做一间工作室是可以的。"我们默契地相视一笑，这事就算敲定了。

我以为所谓真正爱一个人，就是要想尽一切办法去为他做到想做的事情。因为我心里清楚，虽说做的一切都是为了帮他，实则我是在为满足自己做事。那时候，我多希望我的爱可以只单纯到热爱啊。

我一早就明白周晓是有才气的，工作室经营得很顺利，招收来的学生每月都在增加。周晓在工作室成立之后，每晚忙得再累也会赶回来给我做饭。他从里到外尽是用不完的热情和活力，一点也不像快四十岁的中年大叔，反倒颇有创业青年使不完的冲劲。

他说："这还不是有你那么大的支持，为了我，你也真是把自己家底挖空了。"

我说："我也不完全是为了你，也是为了我自己……"

"那你这么敢放手一搏，就不怕输吗？"

我盯着他的眼睛说："顾浅说我下决心告白的时候就已经输了。"

我跟顾浅反复讨论过我和周晓未来的走向，可结果总是不了了之。想结婚吗？当然想，有时天真到甚至连做梦都想嫁给他。顾浅倒也不怕打击我："可他未必想娶你。太有才的男人可不好征服。"我无奈笑笑，没心没肺地认为，这年头谁还把结婚当回事，在一起开心一天是一天，住在一起就是一家人。何必为没发生的事情发愁。顾浅听完表露出一脸我已经无可救药的表情，直摇头："要我说你跟他真的不合适，家庭、教育、成长环境截然不同，还有十岁的年龄差距，我是真不信你俩以后能走得长远。"

我也不信她嫁给李建明能一直幸福，找一个比自己小五岁的男孩能有多好。除了一脑门子热血,其他一点也不实际。

别人不说,我作为闺蜜同样也不看好这对。不过想想李建明除了身上带有小鲜肉的特质,倒也没什么年少狂妄的劣迹行为,高学历出身,知识分子家庭,待人接物也很有一套。唯一令人觉得最为任性行为,也就是在追求顾浅和她结婚这件事上。很显然,相差五岁的姐弟恋大部分人并不看好。

顾浅尤为可怜,从小丧失双亲,只有一个弟弟与她相依为命。姐弟俩吃百家饭长大,千回百转都考上了大学,没料到弟弟在一次学校野营时莫名失踪。我们认识的时候,她就像个孤儿行走在城市里。这样的家庭,男方父母一听必定是五雷轰顶,恼羞成怒,使尽浑身解数也要把这桩姻缘拆散。未来婆婆更是放出了"你不要仗着自己年纪大,有社会经验就诱骗我儿子"的狠话。

哪知道老姜再辣,也不如年轻人脑子转得快。李建明热血往脑袋一冲,索性一不做二不休从家里偷出户口本,一清早拉着顾浅直奔民政局。不出仨月,婚礼和怀孕同步进行,并自行完成。婚礼现场男方父母大闹,骂顾浅一无所有,就是看上他们的钱财,不知道使了什么手段勾引上他们儿子。

我说:"顾浅,你那么有主见的一个人,这次是不是脑子瓦特了?这是婚姻,不是谈恋爱还能分手,你被他家里人这么糟践,以后能幸福吗?"

她不吭声，只是抱着头哭了好久才说："我真的只是想要一个家而已……"

三

周日晚点时候，李建明才想起给我打个电话，他以为我已经把红豆送回了幼儿园。那时我正在厨房忙着给孩子蒸蛋，歪头夹住手机说："今天才周日啊，我明早送她去也来得及。"

李建明在二胎哇哇哭声中又是一顿抱歉寒暄。正当这时，红豆一边小跑，一边对我欢喜叫道："干妈干妈，我周晓叔叔回来了。"

他脱下外套过来一把抱起孩子逗她说："不是周晓叔叔，你要叫干爸，知道吗？"红豆直点头改口叫干爸。实话说，我很享受今晚的氛围感，真像是一家三口。

我问："昨天直播顺利吗？"

"哼，我就知道你昨天没去看我直播。"他端起杯子喝了一口水。

"可我在群里转发了呀，而且都是关系不错的熟人群，多多少少也会有人去捧场的吧。"

"没关系，没关系。"他笑着摆手，"反正有丽萨帮着操作,到底是二十几岁的小孩,她在这方面确实是一把好手。不止昨天,前几次试播她都拉了百十号人进来。"

"直播就这么让你感兴趣吗?周晓,你能不能就本本分分上课呀?丽萨这小孩瞎出什么主意……"

丽萨是工作室成立一年之后招进来的,最早说好只是周末来做兼职,负责帮周晓整理教案和家长沟通课时安排。后来不知怎的,兼职变成了全职,周晓说学生越来越多,也不只是周末开课,有的为了参加艺考平日里晚上八九点都能赶来补课。我觉得这些事我也可以赶去帮忙做,何必多花钱请人做呢。周晓听我这么说,嗨一声笑说,这可不是一天两天帮忙就做得了的事。他说他需要有个人固定帮他打理这些事,他想借着这股子劲把工作室做大,做强。"丽萨一个九〇后的毛孩子,心比天高的个性,在你这小庙里能做多久?一年?五年?还是十年?我是真不相信她会单纯地因为喜欢音乐,心甘情愿在你这儿打杂。"要是顾浅还在,她或许会一语道破真相:"也许人家也跟你当年一样,是喜欢拉小提琴的周晓呢!"

一晚上我都没再与周晓说话,红豆倒是缠着他玩了好久。

半夜,还亮着最后一盏落地灯,红豆在我们房间睡着了。我搜出一瓶好多年前的红酒,坐在地上给我们两人倒上。他洗完澡出来想去休息。我把其中一杯递给他,说:"坐会儿吧。"他狐疑地望着我,我确定地朝他点点头。他将我揽进怀里,我也习惯性贴近他。一切都还是跟从前一样，什么都没变，却又什么都在改变。我想起顾浅说过，其实很多发生或改变，都是从别人那里开始的："你之所以没有发觉，是因为你不想动。你不想，所以只有傻傻地留在原地打转。"

"你记得吗？我们第一次见面的时候，明明前几分钟还艳阳高照，没过多久就大雨倾盆地往下落。那天，你站在阳光房里拉《爱的礼赞》，我就在想这人怎么这么有朝气。只是在门前停了一小会儿，我就觉得很美好了。"我们轻轻碰杯，假装，怕吵醒红豆。

"哈，那天！"他突然想起了什么，然后情绪有点低落说，"那天，其实我心情挺糟糕的。也不只是那一天，应该是那段时间都很背，失业、失恋、失落，所有窘态像约好了似的来找我。霉运当头的日子，简直了……"

"那你为什么后来答应和我在一起？"我很清楚这个问题问得很唐突，但事已至此，我实在没忍住。

后来我明白，如果那天我没有问出这句话，也许，可能，我们还能继续像这个晚上一样带着红豆回来吃饭，哄她睡觉，也可能，我还可以继续糊涂着爱他，并等着他有一天真就娶了我。而未来却是我们都将就不起的。他没能给我一个合理的理由，只是说当初的决定其实也不需要太多理由，只能说彼此相遇得恰逢其时。那一晚，真是怎么喝也喝不醉。我无数次清醒回忆起，这八年的点点滴滴，还有大部分是连他都不知道的。

《爱的礼赞》那次，并不是我第一次见到他，应该是在我十八岁那年，他就出现过。也是那样一个晴空万里的好天气，他在一家琴行里选琴，刚巧暑假我在那儿打工，他忘了那次是我接待了他，他肯定也不记得那之后的约定。后来，我还悄悄抄下他当时留在购买清单上的电话号码，期待有一天能找一个说得过去的借口联系他，但我没有。而这一切只不过因为他当初出于礼貌地答应我，如果喜欢听小提琴演奏可以随时联系他。我当然明白这么说喜欢上一个人的理由有点简单，或肤浅。可很多时候喜欢不就是一闪念的欲望吗？后来，我始终攥着那个电话号码没有拨出。以为随时间推移，念头的更替，他迟早会从记忆里退出。但机会还是在转角出现了。

顾浅觉得我的想法太过天真，她说："城市就那么大，遇见个人并不算是太有缘分的巧合，何况你又总爱往有小提琴的地方钻。"而我从来没有后悔遇见他，我一直认为周晓是我这辈子该遇见的人。顾浅说得对，从我跟他告白开始，我就已经输了。输就输了吧，没什么好后悔的。

我说："你确定丽萨是你想要找的人吗？"

他沉默，然后恍恍惚惚点头说："她能懂我想要什么，而且……配合也算默契。"

我站起来向卧室走去，他那晚睡在沙发。第二天，他收拾好行李回了工作室，客厅茶几上留下了一张银行卡。我只扫了一眼就认出了那张卡，是我当时给他办工作室的卡。

　　我带着红豆出门时，也是早晨七八点，外面下着滂沱大雨。她躲在我身后，拉扯我的衣角，哆嗦着说："干妈，下了好大的雨啊。"

　　现在回头想想，我又能比顾浅好到哪里去？不过是黄粱一场梦。如今看来，与顾浅预见的结果差不多。我幸福过吗？当然也幸福过，只不过每件幸福的事都是短暂的。顾浅说过，男人喜欢年轻漂亮的女人是天性，你比他小十岁、二十岁或三十岁，他都会对你动心。同样等他到四十岁、五十岁，甚至六十岁，他还是会喜欢更年轻的。她说："你信我，周晓需要的一定不是你想的那么纯粹。"

　　是啊，瞧瞧这瓢泼大雨，把这些纯粹爱情下得稀碎……

（发表在《人民文学》2022年第5期）

浮生绮梦是清欢

一

韦小姐已是而立之年，但这丝毫不影响她继续在陌生城市游荡。她的步伐从来都是缓慢的，不需要追赶，也不需要为了生活硬件与年龄或傍晚赛跑。韦小姐喜欢诗歌，前不久还学了油画，这两件事都是慢的。她不认同别人说诗歌是火焰，擦出火花稍纵即逝。她说诗歌要一小口一小口咀嚼的，慢慢尝，细细品，哪怕一个空格也是有不同味道的。在宋庄这样朴素并带有艺术气息的村庄，诸如韦小姐这样的，便不能算是矫情，她只是做了一个精致的流浪人。

一年前，她本是租住在一间独立的平房，后来搬来五号院，主要是看上出了门，过马路就有一家私人咖啡店。很小，大约二十平方米，不过店内临街有一面极为通透的落地窗。平时，尤其工作日很少有人会进去。韦小姐说，几年前，家人为她安排工作的时候，她就打算开一间咖啡店，不用很大很华丽，星巴克和COSTA都不符合她对咖啡店的理解。她想追求简单纯粹。但谁会真正支持简单纯粹的理想？没人反对也相当于没人理会。韦小姐索性一鼓作气跑出来，过上了至今还在完善的理想生活。五号院其实并没有一个院子，只有一条狭长走道，两侧有三间平房，东边两间为邻，西边还有一间卡在中间与它们面对面。大部分时间，这里是大龄女生宿舍，除非某一天谁留了男人过夜。

　　韦小姐起初写诗歌，平均一天能写出十多首。她不出门，三餐可靠面包和方便面解决。不过人总有三急，住在平房就这点使人迫不得已。从走道出来，往右走不足百米就是公厕，往左走有一家个人开的小型农贸市场，与之为邻的是一家很久不营业的理发店。店门口霓虹灯箱早已落满了尘埃，早看不出灯箱转动亮起来会是什么颜色。假如她只为解决"三急"，一天出门顶多三四趟，时间上屈指可数。长期不出门，韦小姐总归给人留下一些"邋遢"的印象。花姑娘难得见着她一面，见了面总得训上一句："你好歹是个女的，怎么不晓得化化妆再出门呢？"韦小姐知道她只是好开玩笑，说话直爽，所以也玩笑回撑她："你倒是天天化，我看也不比素颜好看到哪去。"

　　花姑娘与她的房间为邻，韦小姐的油画就是跟她学的。

花姑娘就姓花，芳龄四十多了，这不是猜的，而是有一回她自己报身份证号报出来的。她来宋庄可有些年头了，同样挪了好多次窝，可就舍不得离开这儿。花姑娘是单身，只不过还有一个十多岁的儿子，偶尔放长假来小住。她原本在城里一家广告公司替人写文案、设计图画，上个月窝了一肚子火回来，一气之下把老板炒了。她进门就吐了一口"老血"，自言自语骂道："这破活真以为我稀待干，成天起早贪黑赶地铁，一个月工资都不够塞牙缝的。老娘以后就是天天睡大觉，也不遭你这罪了。"

花姑娘正骂着，小石榴嗑着瓜子从对面开了门问："您怎么着了？跟谁呀这是？这么大火气！"花姑娘愣是压着火瞟了她一眼，拿脚一踢开了门。花姑娘一直都有点看不上小石榴这爱看热闹的德行，左右邻里谁有点动静，她都要抓一把瓜子出来瞄上几眼。用她的话说，"这一外地丫头片子，开口闭口学什么北京腔。小小年纪不学点好的，天天半夜从酒吧回来。动不动就喝醉，站在门口哭哭闹闹撒酒疯，还净爱看人笑话"。小石榴也无所谓花姑娘搭不搭她的话，只看着她怀里抱着箱子，就明白这院里又多了一个无业游民。

韦小姐写的诗歌很少向期刊投稿，大概是觉得能被选中的概率很小。写诗本就是一件抒发情怀的举动。若真指着情怀过日子，岂不是要等到揭不开锅。何况人总得有点自知之明，你一无名小卒，放到人堆里谁知道你是写诗的？韦小姐认为的生存法则是，生活是生活，理想归理想，写诗便写诗。比例不一定要均衡，但一样都不差。所以猫在屋子里写了一段时间后，她也开始觉得天天啃面包吃泡面不是一件正经事了。她开始搜罗一些招聘信息，不过又不想跑太远，要是像花姑娘似的，早上四五点就要出门赶地铁，再从城里晚上九十点赶回来，那何不老老实实回老家接受安排呢？要不怎么说韦小姐心态好呢。

人一旦心态好了，运气也不会差。她傍晚出来上个厕所，下意识一抬头，就看见了马路对面咖啡店的落地窗上贴了一张告示，前天去的时候还没发现，看样子是刚贴上的。她边走边甩干手上的水，凑上去一看，还真就巧了。

推门进去，铃铛一响，老板坐在吧台抬头朝她看去，笑眯眯道："来了。喝点什么？"韦小姐每周哪儿都不去，咖啡店是必来的。她倒也直接，指着落地窗上的告示问："这是怎么了？下个月闭店了吗？"老板依然保持微笑，呵一声，招呼她坐，说："还是冰美式吧？"韦小姐点头又坐到了落地窗下，不禁又仔细望了望那反方向的告示。老板端上了咖啡和一碟甜品蛋糕，与她对面坐下，说："我最近得回老家一趟，所以……你懂的。"听着老板轻松的语气，韦小姐不知道为什么也觉得松了一口气，看来他也不是打算长期闭店。

"别说,这两天我正估摸着你能来一趟。"老板突然像见了老朋友似的对她说,"我是有一个想法,就是不知道能不能跟你开这个口。"

"嗯?你想说什么?"

虽然听上去有点不情之请的意思,但他似乎是准备好了有话要说。趁她还没来得及警惕上,他便开口道:"要是没什么其他事要忙,你来帮忙接手咖啡店怎么样?"这让韦小姐实实在在愣住了,似乎大脑还没开始运转,这波信息就冲了上来。她半天也没作声,这就有些尴尬了。老板忍不住发声笑,打破莫名的静寂说:"嗨,干吗呢?又不是相亲,表情搞得这么严肃。"听他这么一说,韦小姐也不禁低头回神笑了起来。

她只是感觉有些恍惚,平常也只来喝杯咖啡,怎么突然间这地儿就要变成她的了。她先是欣喜,然后即刻反应过来,下意识回绝道:"可我没那么多钱盘下来啊。"老板是彻底被她蒙圈的表情逗乐了,忍不住大笑,解释说:"我又没说让你花钱盘,那我还舍不得呢。我就回去一段时间,处理完事就回来。我就是打算请你……帮忙照看而已。妈呀,你要笑死我了!"这老板竟然当着她的面笑得前仰后合。韦小姐也不傻,倒是想想自己的反应才觉得是真的傻。说罢,老板伸手便撕下了落地窗上的告示。

当然,咖啡店老板不可能把店随随便便就托给别人。韦小姐来这儿喝咖啡可有段日子了,只不过他们很少交谈。她通常一杯咖啡能坐一下午,也在他们现在坐的这个位置,靠窗,晴天雨天都可以一览无余。

有一回,韦小姐咖啡喝了一半,诗也写了一半,猛然被他磨咖啡的机器吵醒了。她回头好奇地盯着他看。他看到了韦小姐的好奇,笑一笑示意她来试试。其实也没有多复杂嘛。说起来都是机械操作,做起来只要把握好分寸就好了。咖啡店老板觉得她貌似是有点天赋的,短短两小时不到就学会了一系列基本步骤。他问她:"你是不是在哪儿学过?"她摇头回:"没学,但看多了也就记得差不离了。"他说:"你该不会每次都是来偷师的吧?"她想了想回道:"欣赏喜欢应该不算是偷师吧!"然后他们就愉快地攀谈起来。虽然之后每回来,韦小姐都可以小试牛刀,然而想多学一点拉花,却屡屡受挫。老板说:"这回把店托给你,你可以慢慢拉了。"韦小姐这时终于能欣然接受,举杯致意道:"但愿这段日子我不会让你失望。"

二

花姑娘喜欢画油画,她的屋子白天总是敞开的。因为有两三个画架和一大堆作画工具,关起门来是施展不开的。刚开始韦小姐和小石榴都不太能看懂她到底画的是什么，小石榴每次打开门总要眉头一皱，小声唾弃念叨："又是一股油漆味，真不是人闻的。"她也不敢大肆声张，毕竟花姑娘发起脾气来，可是不好惹的。

韦小姐接手咖啡店后，便不再躲在屋子里，不过出门的时间也不算太早。宋庄这地方工作日人流极少，谁不是天不亮就往北京城里赶了？能常住这里的，大多数也是像他们这样找个离家远，又靠近帝都，内心有所渴求的。如今每天去咖啡店驻店成了韦小姐开辟的新鲜事，而每回经过花姑娘门前，都见她穿一身碎花连衣裙站在画板前涂抹。韦小姐边走边想，花姑娘好像有好多件诸如此类的碎花连衣裙，色彩大不相同。向外翻开"营业中"的牌子，时间已经快中午十一点了！实话说，她和老板都很清楚平日里咖啡店压根来不了几个客人，要不是每年旅游旺季，一些爱好艺术的人慕名而来，这小店恐怕也很难维持到现在。

韦小姐一人看店，一人做咖啡，然后一人写写诗句把这杯咖啡喝掉。老板若是来电问候，她便告诉他，不管有没有客人，店里每天都会保证有一杯咖啡的收入。老板说她太见外了，请了她来照看店，不但没给工资，怎么还能让她每天搭上一杯咖啡的钱呢！他说："咖啡你照喝，盈的利你也照收。除了每天正常开门营业，其他不做要求。"

如果说韦小姐的生活是不规律的,那小石榴的生活更无规律可言——她的早餐是从下午开始的。每天午后两三点钟,小石榴才会收拾好昨晚的疲惫和逍遥,重新化好妆出门觅食。她还没穿过马路,就见着韦小姐在落地窗里冲她招手。

"这是什么意思?她让我过去?"小石榴心想。

其实这一举动令她们两个人都有些讶异,韦小姐朝她招完手,自己同样有些不明所以——"我怎么对着她招手呢?"后来又一想,可能是透过落地窗看着那张脸太熟了,所以情不自禁……这也有点太主观臆想了。但不管如何,小石榴也像是接收到感应似的,很自然地推门进来了。

午后的阳光照得每张咖啡桌那么炙热,咖啡香充斥着不算荒凉的房间。两人突然这么近距离面对面,恍惚间有些说不上来的尴尬。

"坐吧!"韦小姐垂在两侧摩挲的双手,抬起来都显得生硬。小石榴平常看着挺咋呼,这会儿也被这安静的气氛弄得拘谨起来。等韦小姐背过身去磨咖啡,她才悄没声地长长呼出一口气。

"你还没吃呢吧?想喝点什么,这有蛋糕和面包,能吃得饱吗?"韦小姐按下机器磨咖啡的同时,顺手把店里背景音乐开得声大点,试图掩去如此莫名的尴尬。

小石榴也不管她看不看得见,自顾自地点了点头。怎么想都觉得这趟来得稀里糊涂，等情绪恢复正常才冲着吧台问："你让我进来干吗？"话一出口，连她自己都感到唐突。不过韦小姐反倒没做出太大反应。她端上热咖啡和蛋糕，还有几袋平时自己带过来的小面包，微微一笑说："我也不知道叫你来干吗，就是刚好看见你出来，估摸着你应该是出来吃饭。尝尝，我做的！"小石榴捧起杯子尝了一口，有些苦："这味好像比啤酒难喝点。"韦小姐也端起未喝完的美式，随口问了一句："你一会儿直接去酒吧吗？是不是有点早？"

小石榴挑了一口蛋糕塞进嘴里，中和一下刚才喝进去的苦涩，又用手指擦掉溢在唇边的奶油。

"我走过去不早了，还得把晚上的曲目排练一遍，再拾掇拾掇，五六点就该上场了。"

韦小姐虽然还没有进过小石榴驻唱的酒吧，但是路过那儿几次，从外观上看像是用一座旧厂房改造的，底层没什么人，只不过侧边衍出一截生了锈的楼梯，爬上去就是宋庄最豪横的酒吧了。

小石榴应该是去年才进去驻唱的，她是地道的江苏人，还不是苏南人。听说她老家在江苏最北边，来北京之前估计也说不了一段完整的普通话。这也不能怪她，毕竟在老家那儿也没人真正说得了普通话，总是说着说着就拐到苏北话去了。所以要想正儿八经地说上顺溜的普通话，就不得不脱离原始的环境。不过小石榴出来得实属有点早,高二没念完就出来打工了,先是去了江苏省会城市,因为有亲戚在那儿,给她介绍了个饭店服务员的活。她每天跟在客人后面点菜上菜,经常以服务的名义站在墙边,聆听客人之间的谈话,观察他们说话的神态、表情、语气、谈吐间的眼神传递……总以为自己也能交流上几句标准的普通话,哪知道省会城市也有地方口音,待了一年多普通话说得越来越少,倒是带"阿"字的腔调学了不少。譬如"你阿好啦?""菜阿上了?""客人阿来了。"……

她大概觉得光是离了苏北还不够,也不能总在江苏打转。她想过去上海,因为听说有个小学同学在上海一家工厂里打工。她联系过几次,同学很欢迎她去,还答应帮她争取一间宿舍。但不巧,一听说上海不但开销大,同学所在的工厂还经常会拖欠工钱,也就望而却步了,何况上海话她压根听不明白。所以为什么每次左邻右舍谁家有个动静,她都特别爱抓一把瓜子出来凑热闹,其实就是想听他们在说着什么样的话,为什么事情而吵,关键是听听这里边的人都有什么样的口音。光是站墙角根上听着,她脑海里也就自然而然补上了前因后果的画面。别看她比韦小姐年轻七八岁,却比她早来宋庄。至于为什么选择来宋庄,无非是那些非常具象的原因——有人说普通话,还有正经八百的"老北京"。假如长年在宋庄驻扎下去,没准多少年后自己也成了所谓城外的"老北京"。

韦小姐问她："花姑娘是不是还在家画画？"她塞了好几个充饥的面包下肚，嘟着嘴巴说："嗯，她还画着呢！这花大姨也不说出去找找事做，成天敞着门画画。"小石榴叫她花大姨也没有错，毕竟算起来，她们相差快二十岁。但这称呼真被花大姨听到了，她又怎么能乐意呢。花姑娘画的油画不认真看，是看不懂的。她们俩总是路过她门前瞟一眼，就觉得整个画板上色彩浓重，再看花姑娘身上的围裙和画板上的颜色没差别。忘了是前天下午还是昨天晚上，小石榴一抬眼便捂住嘴扑哧笑出来，花姑娘把颜料涂上了脸都不晓得。幸亏花姑娘作画时极为专注，没发现小石榴逗留她门前嗤笑。

小石榴吃完了蛋糕和面包，咖啡还是没能喝得完。她眉头紧锁直说太苦："要不下次你给我弄点别的喝吧。"韦小姐一听这话，心想："她下次还得来？"双手略显放松交叉在一起说："好，下次给你喝别的。"等她出了门已经走了十几米，韦小姐听到了收款提示音。这家伙也不问一共多少钱，直接转了五十元。

绿萝缠绕咖啡店屋脊时，花姑娘儿子小智来了五号院。可这会儿还没到放假的时候，他就来了。

花姑娘问他："怎么来的？"他说："废话，当然是坐车来的，难道我还能腿着来呀。"

不用多说，肯定是他爸出的路费，其他的他就不管了！

花姑娘发微信语音问他爸:"这是怎么回事?"

他爸回复得理所当然:"你儿子什么性子你不知道?说走就走,我能拦得住吗?"

"那上学呢?学怎么能不上了?"小智躺床上打着游戏听不了了,特不耐烦地冲她喊:"上什么学,一破颠勺的技校有什么好天天上的?"

"技校好歹也是学校啊。"花姑娘想,"这可怎么弄呢?"

过了两天,她旁敲侧击地跟小智说待两天差不多能回去了。这小孩从沙发上又爬回床上,眼都不离手机,毫不在意地回她:"我不走,你这儿小是小了点,但也挺好的。"花姑娘一看他这回挺反常,以前让他多住几天都别扭,这次反倒赖着不走了。问他原因也说得含糊,就说在那边待腻了,他爸忙完公司忙小老婆,只管到点付生活费打发他。又问他在学校怎么样。只见他灵活的手指在手机屏幕上"三杀五杀",游戏完胜间隙回一句:"就那样呗,你还指望我烹个饪以后能烹到米其林餐厅去啊?"花姑娘一时被撑得双手抱臂脸颊气得涨红,也无话可说。她无奈在画板上添了几笔颜色,又不耐烦地丢下,沉着脸大步跨出了门,心想:"还是得找他爸,管他现在过得怎么样,小孩的事他逃不掉。"

"我问你,儿子这回是为了什么事这样?"时隔五年,花姑娘头一次拨通了前夫的电话。

自从一别两宽后,她都拒绝跟前夫通电话,更不想再听到他无情的声音。接通后,对方只传来微妙的喘息声,在她质问完后,至少得有半分钟没有回应。

"说话啊!我问你话呢,这孩子到底怎么回事?你哑了吗?"花姑娘揪着碎花裙,喷出一团火。

"没有。我是想等你把所有话一次性说完,再回答你。话说也有好几年没有接到你电话了,你挺好?"

听到前夫这一连串无关紧要的屁话,她不由分说地吼了起来:"你有没有事,能不能说重点,收起你虚伪那套,我怎么样跟你有什么关系?我现在问的是我儿子是怎么回事,他这回来很反常,是不是你和你那什么玩意的小姨太太把他怎么了?"花姑娘果然还是没有改掉发起脾气就连珠炮地轰炸的习惯。前夫在那头倒是比过去气定神闲得多,只回了一句:"他想在你那儿待多久就先待着吧,生活费我照常给他转。"

花姑娘认为他是不打算管这事了,以为给了钱就能把自己撇清了。她见前夫如此推诿,正准备开口骂人。对方却说:"你让他留一段时间,即使回来上学也学不进去。他谈了个女朋友,最近情绪不好。"

花姑娘听到这么劲爆的消息,差点就把手机摔了。她忍着气压低声儿说:"这就是你下的种,什么也学不会,这方面全随你了。十七岁,谈恋爱,还为这破事不想上学。你真是个……"她真的想骂脏话,只是正巧韦小姐从咖啡店往回走,她们眼神有意闪躲,可还是猝不及防对视了一眼。前夫最后说:"你说我什么我都认了,在小智那儿你可别再像从前那样,打骂解决不了任何问题。谈不拢最好什么也别说,他待多久我就付多久的生活费,这你放心,不差钱!"花姑娘依旧听了气不打一处来,冲着话筒就放了一句:"全说的屁话,就你有几个臭钱。"

半夜,花姑娘还在作画。原本她想画一幅远离尘嚣的乡村图,远处是层峦叠嶂的山峰,山脚下徽派的房屋隐匿在灌木丛中。这幅画色系以青绿和灰白为主。当她转身预备往调色盘里重新挤出些颜料时,目光却落在了小智的左腿,他的膝盖上居然有一道一指长的刀疤,像只蜈蚣似的匍匐在那儿。她突然像只雄鹰一把揪住了他的左腿,内心本就不平静的波澜,腾一下就起来了。小智也被她鬼使神差的举动,从周公那儿拽了回来。

"你干什么?大半夜的,疯了吧!吓死人了,我还以为被鬼爪缠住了呢……吓死我了,好不容易睡个踏实觉。"如果花姑娘今晚不彻底叫醒他,这孩子明早八成以为是梦魇了!

可今晚花姑娘是不会这么轻易放过他的,她面红耳赤地揪住这条腿,问:"这是怎么回事?这么长一道疤哪来的?"

"合着我来了好几天,咱俩天天待一块你到这会儿才发现呀？"小智一骨碌坐起来，算是彻底醒了，"妈，你牛！比我爸好不到哪去。"花姑娘看着他跷着大拇指，一脸不正经的样子，仿佛是前夫再现。

"你少给老娘臭贫，我问你话呢，这刀疤怎么回事，你是不是出去惹事打架了？还动上刀了，这还得了！你能不能学点好啊？跟你爸似的，有意思吗？……"

"你有意思吗？"小智同样提高嗓门反驳道，"这事跟你没关系，我没打架，也没动刀。我就想来你这儿躲几天清净，你有完吗？"

三

半夜一点二十，五号院乌漆墨黑，小石榴刚从酒吧踉踉跄跄回家，看见花姑娘屋子亮着灯，吵架声连绵不绝，她借着酒劲朝花姑娘房里喊了一声："大半夜的别吵了，人家回来要睡觉了！"说这话的时候，她也正和阿康勾肩搭背往自己屋里进。这当然也不是她头一回把人带进屋。

阿康是酒吧的吉他手，留着一头银灰色披肩发。平时扎起来把头发藏进贝雷帽里也还好，但要是披散下来就成了所谓的艺术家。韦小姐说，这用文学语言形容，显得就有点意识流的感觉。阿康是宋庄的"老北京人",在这儿扎根有十三四年了。据说小石榴就是被他带进酒吧的,算起来阿康对她有知遇之恩,毕竟替她找了一份养得活自己的差事。阿康的经典弹唱一直是那首《红雨伞》,歌词大意是写一个清纯可爱的姑娘,撑伞漂洋过海只为和心爱的人相遇相守。他唱了很多年都没变,每回只要唱到这首歌,他那玩世不恭的外表下就流露出深邃认真的模样。小石榴也只有在听到他唱这首歌的时候,才会站在一个不被打扰的角落安安静静地听。他一定是唱给她的。阿康曾经对她说过:"第一次见到你,就能感觉出你是个单纯可爱,内心一点也不复杂的丫头。"

阿康总是睡到天亮前就撤退了。每回小石榴都在睡梦中摸索他的身体,摸着摸着双人床的另一半就空了。第二天去上班,她总要劈头盖脸地训他一顿:"你丫的,是鬼吗?每回都赶在天亮前消失。你拿我那儿当什么地方了?"阿康见她这么急赤白脸的也没当回事,继续喝他的酒,调他的琴。要实在摆脱不了小石榴纠缠,便抬眼朝她望一眼,鼻子一抽说:"你说我拿你那儿当什么地方了?"小石榴皱着眉也无言以对。过几天两个人又喝醉了,半夜她又把阿康带了回去,天亮前还是摸不到他。这么周而复始地轮回,这俩人也是过不够。

自从上一次,韦小姐召唤了小石榴去咖啡店以后,她们俩人的关系稍显近了一些。小石榴时不时下午睡醒了就去咖啡店吃点喝点,韦小姐想劝她要适应喝咖啡,这样熬夜也有精神。她直摇头说,还是喝不了,她晚上也不困,基本上两罐啤酒下肚也就神清气爽了。所以韦小姐又给她做了一杯奶昔。

"那就喝点奶吧,胃里能舒服点。"她说,"我那天好像在东边的教堂看到阿康了,他一个人在那儿。"小石榴听了,杯子举在空中缓住了,然后嗯了一声说:"对,他有时会去待会儿,他以前是个虔诚的信徒。"

韦小姐的家乡在东北冰城,她时常去索菲亚教堂冥想自己关于未来的日子。索菲亚教堂已没有了祈祷者,有的是每天音乐的演奏。一段日子,韦小姐孤独地立在舞台旁,听到一曲小提琴拉的《贝加尔湖畔》。那时,她正爱上了一个一笑起来就特别温暖的人。

花姑娘后来才弄清楚,小智膝盖上的刀疤是怎么来的。是他想跟人家女孩提分手,女孩不愿意分,情绪上来找了把水果刀哭哭啼啼划自己胳膊。这小子良心过不去,一把将刀抢了过来,谁料女孩情绪崩溃一冲动就刺向了他。幸亏刺的是膝盖,没伤及内骨,缝了十针,这会儿倒也愈合了。但终究是留下了一道肉眼可见的疤痕,这小子居然还戏称是青春里"爱的痕迹"。花姑娘气得差点鼻子都通不上气,只说:"该!谁让你三心二意,不从一而终的,跟你爸一个德行。"

四

光是写诗已经不能满足韦小姐内心的欲望了，夏天的时候，她跟花姑娘讨教起了油画，备足了水粉颜料和画板。花姑娘说这事要慢，急不来。韦小姐也说，别的不行，唯独慢她最擅长了。其实画画也没想象中那么复杂，感觉就像和写诗、磨咖啡一个样，不仅要慢，脑海里还得有清楚的程序和布局。因此，没几天她就上手了。花姑娘想，她这宝贝儿子一时半刻是回不去了，所以她得想办法开始营生，老本显然是不够他俩吃了。花姑娘觉得自己是又折了回去，清晨五六点的地铁，满满当当都是人。她也弄不明白哪来这么多人，整个车厢活像一个巨大的拥挤的蜂窝煤。挤得上的挤不上的，恨不得把身体挤成一张A4纸，都要往里塞。追赶时间似乎永远是人们最要命的事。

一晃眼，秋天都快过完了，韦小姐咖啡店的老板还没有回来。她收到微信说，恐怕暂时是回不来了，这咖啡店打算继续托韦小姐照应着。她倒觉得老板这不算托付，而是给她难得的归属感。

同时，花姑娘看得出小智这孩子是不打算再回学校了。

她睡不着的时候就琢磨，逼他回学校又能怎么样，说到底学得再好以后也只能开火做饭。不回去就不回去吧，但每天总打游戏和睡觉也不是办法，才十七岁，日子总不能这么白白度过吧。没两天她从丰巢拖回一箱快递，她把能网购到的，所有小智能看的书一口气堆到儿子面前，喘着大气说："别玩了，以后我白天出门上班，你就给我在家读书。自己今后出去想办法谋生，哪怕没学历，至少别让人说你没文化。"小智看着堆成山丘的书，哼一下又开始打排位赛了。

花姑娘平日里进城上班，这孩子一觉也睡到了中午，眼一睁便往沙发上一窝，他妈不在，这游戏音效开得更欢实了。小石榴伸着懒腰从房间出来，头往花姑娘屋里一探，就看见这孩子在里边慵慵懒懒地玩。这音效确实开得够大，以至于连输三把都让小石榴听着了。小石榴也不太厚道，听着也就听着了，望着他恼恨的样子她还笑，一声比一声大。

小智抬头一看，蹿着火吼："谁？谁在那里？"小石榴爽朗地推门进来，说："我！"她自主大条地坐了下来，毫不避讳地问："排位赛打输了吧？啧啧啧，看看你这才什么段位，荣耀黄金，也太嫩了吧？"小智当然不服气，好歹他也是替人接过单的人，满脸不爽地对她说："你懂什么，看得懂吗你就评论？"小石榴也不与小孩子争论，又蹿到他旁边把自己的手机打开给他看。不看不要紧，一看这小子脸色大变，眼睛都发亮了，差点儿惊掉了下巴，问："这是你？百星王者？不能够吧？"小石榴说："不信是吧，要不要带你开一把？"只过了一会儿，小石榴就变成这小子眼中的大神了。他跳起来直呼："我的天哪，大神就住我对面，我居然都不知道。"小石榴说："现在知道也不晚呀，以后姐带你飞，小屁孩！"这波操作下来，小石榴和小智结成了游戏的邦交。后来每天中午睡醒，两个人都要一起打几把。小石榴成功将他带成了王者MVP，小智对这石榴姐膜拜得不行。这天时间拖久了，小石榴急急忙忙要赶去酒吧排晚上的曲目，她赶紧催他说："不打了不打了。我来不及了，都快五点了。"可这小子正打到兴头上，眼看着段位就要上星了，他说什么也不能让小石榴在这么紧要关头挂机。

"我求求你了，姐，你可不能在这生死攸关的时候丢下我，快了快了，帮帮忙……"他紧盯屏幕就差要把自己塞进去。

小石榴也急得跺脚："真是来不及了呀，我得上班去了。"掰扯到最后，小石榴一咬牙说，"你今天一天还没吃饭吧？那赶紧跟着我一块走，带你去酒吧，去那儿打完再说。"然而有些事别的都不怕，就怕太凑巧。小石榴也没料到，就她这不过脑子的举动，险些酿成了大祸。

那天晚上八九点的夜场还没进入正题，也不知道店里是谁惹了事，灯还没将地板照热，一群七八个身上雕龙画凤的人，杀气腾腾地闯了进来。这些人谁也不说话，从吧台酒框里一人抽一瓶啤酒，自顾自喝了下去。吧台小哥应该是没意识到来者不善，还提醒："你们别光喝啊，得先付钱。"没错，宋庄的酒吧和城里不同，所有来客必须先付八十元门票钱，才可以进来无限畅饮。这伙人显然不是来付门票钱的，对吧台无知小哥根本不需多言。阿康和小石榴还没演完，那伙人便猝不及防地摔瓶开砸。一时间客人们惊慌失措到处乱窜，店内员工毫无预备就冲了出来。没人搞得明白，这里边究竟怎么回事，总之如果不动手那就只有被打的份。阿康和小石榴自然也被席卷进入，等那伙人觉得把店里砸得差不多了，才心满意足地逃离现场。小石榴的头发在撕扯中被拽成了鸡窝，阿康嘴角也不晓得被哪个下手重的捅了一拳，才没多会儿伤势明晰可见。等小石榴静下来，才发现小智不见了！

她喊着问身边人："小智呢？看见我今天带来的孩子了吗？赶紧去帮我找找。"她带着无限的恐惧望向四周，再一扭头和阿康面面相觑。她再也控制不住慌张的情绪，冲着他暴怒道："你还看着我干吗，赶紧去找啊！出了事我跟你拼命！"他们找到小智时，发现他已躺在洗手间地上，脸上和胳膊上都留下了像是被人打伤或被撞伤的淤青，万幸人清醒过来并无大碍。

五

回到家后,小智全身像经历了麻醉一样,毫无感知倒在了床上。

花姑娘满脸涨红,浑身冒了火一般,一脚踢开小石榴的房门。小石榴脱了外衣躺在床上,花姑娘趁其不备一把薅下了她的被褥,弄得小石榴尖叫声疯狂响彻整条走道。花姑娘眼含热泪,举起拳头就想朝她挥去,在小石榴闭紧眼瞬间,花姑娘还是抑制住放了手。她把小石榴床边的衣服一把撕碎,咬牙切齿地说:"再让老娘见着你勾搭我儿子,我就扒了你的皮,今后给我有多远滚多远……"小石榴睁开眼,跳出嗓子眼的心总算吞了下去。她瞅了一眼淋浴间,幸好阿康没出来。

一个月后,小石榴怀孕了。为这事她和阿康三天两头吵架。她来到韦小姐咖啡店哭诉,她很想留下这个孩子,很想阿康能给她一个稳定的家。韦小姐递纸巾给她,帮她热了纯牛奶,劝慰说:"想留就留下吧。只是你要想明白以后的日子怎么过。"韦小姐还说,"浮生绮梦是清欢,无论决定做什么都别辜负了自己最初的心。"

半个月后,阿康不再躲避小石榴。十二月隆冬,他说:

"你不是一直说想去滑冰吗,今天咱俩都有空,我带你去。"他今天十分细心地蹲在小石榴面前,替她戴好手套,穿好冰鞋,牵着她的手缓缓进入冰场。他说:"石榴你知道我最喜欢你哪点吗?你很纯粹、简单,说话从来不藏着掖着,不像……"阿康没说完,她把话接了过去:"不像你,不像你从来都不把话说明白。我替你说吧,那首《红雨伞》每次唱得那么投入动听,从来也不是唱给我的吧?我听过你在教堂里的祷告,很虔诚,但与我跟你之间无关!"

小石榴用对阿康最后仅剩的一点感情,给冰场染上了一摊血色。阿康把小石榴送到了医院,为她交完一切费用之后就再没出现。小石榴被推进手术室前一刻对他说:"我知道你带我去冰场的目的,所以我已然准备好了一切。这样我们从此就互不相欠了。"

小石榴麻醉醒来第一眼,看见了韦小姐和花姑娘站在她的病床边。花姑娘好像那天跑去房间掀她被子似的,眼里噙着热泪,嘴里念叨:"你这傻姑娘,怎么这么不知道心疼自己呢?不怕,姨来接你回家。"

(发表于《鸭绿江》2024年第2期)

后海姑娘

一

说不清为什么,后海总是给人一种特别神秘的感觉。白昼与黑夜迥乎不同:白天街道那样清静,路两旁几乎没有几家店铺是开张的,店面门窗也总是紧闭,透过并不明净的窗玻璃能看到里面不规则摆放的桌椅。舞台周围灰蒙蒙一片,熄灭的灯下落寞的麦克架像被人玩弄了一夜,癫狂过后在黎明到来之前被抛弃一样。若往深处看去,还有桌面上横七竖八倒着的无人顾及的冰冷冷的啤酒瓶。而一旦再一次进入黑夜,整片后海又将是另一副欢腾模样。各种流光溢彩、缤纷夺目的画面像被谁按下了播放键,一切开始焕发出意想不到的生机。仔细想来,跟《千与千寻》中的画面有些殊途同归——白昼默然沉寂,夜晚人欢马叫,沸反盈天。如果再这么想下去,恐怕所谓的"无脸男"就该出现了……

湫湫发语音给我说:"赶紧停止你的想象吧,哪有这么邪乎!别说得跟你没来过后海似的……"

"我是来过,可是似乎印象里就是这样的。"我发送了文字。

几分钟后,又是一条语音:"如果后海真会出现'无脸男',估计得先被我吓死。因为我会拽着他多买几本书,好给每天的营业额凑个整。"

"也对,白天好像也不是那么静寂,毕竟还有你在那儿卖书。"我连带着发出露齿笑的表情。

二

湫湫这个在我看来居住在后海这片黄金地带的老北京人,其实是真正意义上的北漂。我问过她,明明可以在老家邯郸做一个衣食无忧的大小姐,为啥来北京蹚北漂的浑水。

"别人能来,我怎么就不能来?"她以特别笃定的眼神盯着我说,"有澎湃雄心的人,没有不向往北京的吧?"我虽然不能够完全理解她,但还是不由自主地点了点头,说:"应该没有人是不向往北京的。"我拿着她的书晃动了几下说:"我回去看，但也可能要过很久才看……"她对着我耸了耸肩，笑容在那张娃娃脸上展现。我想这就是她平日里在后海这片静寂与喧闹之间找到的，最轻松淡泊的状态吧。

湫湫是十年前来的北京，一来就扎进后海这块"富人区"。作为局外人很难想象哪里来的勇气，能让弱不禁风的女孩子，独自带着一箱行李和几百本书来到北京当北漂。这附近最开始认识她的人难免会追问："姑娘，在家过得不好吗？父母管不起你？家里出了什么事？你拖着如此沉重的身体出来谋生有什么迫不得已吗？"面对这些追问，湫湫虽然保持微笑应对，实则内心有无数匹野马在嘶吼："我就出来创个业，卖点书，至于引得你们这么多凄惨的联想吗？你们真对我这般好奇，买本书看看不就都清楚了吗？"

也对，后海一带聚集着很多酒吧，尤其一到晚上，整条街都弥漫着寻欢作乐的气味。路边确实也有一些卖小物件的地摊，但在这儿卖书，湫湫算是鹤立鸡群了或者说是白兔蹿进了狼群。她有些不怀好意地笑道："也可能，我是一只顶着兔耳朵的野狼呢。"她是不是一只隐秘的野狼没有人知道，但就她自己来说，当初决定独自出来闯荡，已然呈现虎虎生威的迹象。湫湫是家里的独生女，父亲和母亲都是平凡的工人，家境一般。

我当然也是"好奇者"之一，正因为好奇才买了她的书。

当时，她对我特客气地说："你就别给钱了，拿去看就是。"我硬塞给她几十块钱。她没再推辞。

她的书摊简单便捷，一辆电动轮椅，车背后有一个帆布口袋装着她每天出摊的"货"，车前面，两只扶手之间担着一块长方形木板，用作摆放"货物"和给人签名时用的小桌板。小桌板前边贴着招牌，"我写的书"。她每次能够带出的书并不多，大概因为太沉，一次只能装十五本。运气好赶上游客多的时候，能在吃午饭前卖完。然后，她得即刻杀回出租屋补货。

正常情况下，她面前的小桌板上只会先放上五本书，一来是方便拿取，即便遇上城管突然袭击，也不至于忙乱到措手不及。二来她自然明白书是不好卖的，只不过奢望能在喧嚣中取得一丝丝胜利。做事嘛，总得有点出其不意才能散发出不一样的吸引力。但是大多数在她书摊逗留过的人，都仅仅是心存好奇，反正闲来无事，信手捏来一本小书假装郑重其事翻阅，实则当作地摊小玩意摆弄，瞟了两眼之后又不屑地放下。刚开始迎接客人时，湫湫总会调整好状态，挪动身子，正襟危坐，热情介绍自己写的书。后来屡试屡败，她也就没那么重视了。别人若总是冰冷不屑，自己又何必热情似火。还有部分人会在她跟前停留许久，一开口止不住就问这儿问那儿，恨不能把她人生的内幕全都挖出来，当成街边小曲儿听。听到最后都以同款表情发出几声哀叹，再施舍出一点同情心，如同是做了一回慈善事业，蹲下身来打开手机扫码支付，买走一本回去压根不可能再看的书。

我后来想了想，在微信上问她："既然每天都在那里卖书，怎么不正经支个摊呢？"

她回我："我倒是想支，但是架不住城管查得紧。而且我这车多好，哪怕城管天天查，我一手操作就能溜之大吉。"

三

然而不是哪里都能让她停下卖书的。刚来北京那会儿，天快要到傍晚了，周边的酒吧陆续开门营业。她溜达到一家清吧门口开始摆摊，这家酒吧的店名挺有意思——"待会儿"。她一想，夜幕降临，华灯初上，人群涌动，这地正适合让她待会儿。可是没料到老板一开门，就对她一阵炮轰："嘿，你开个破车在我店门口蹲着算怎么回事？走走走……我要做生意的。"她有些惊慌失措，指了指清吧的店名："这不是让人待会儿的地方吗？"老板觉得她是故意装疯卖傻，咬牙切齿地回她："你少跟我在这装疯，你不就是天天在这路边卖书的吗？识趣的赶紧挪到别的地儿去。我这是给你待会儿的地儿吗？信不信我直接连人带车都给你抬了？"

湫湫绝对是好汉不吃眼前亏的，挪地儿就挪地儿，有什么了不起的！正巧有一只泰迪狗从远处跑来，也在这清吧门口蹲下不走了。她感觉到特别解气地朝老板一阵嘲笑："哈，看来这确实不是给人待的地儿，是给狗待的……"说完她便一键操作，坐在轮椅上呼一声奔到老远。

　　一个女孩独自北漂，遭到驱逐者的白眼是家常便饭，就连租个房都得跟这皇城根下的邻居斗智斗勇。

　　"我真是无语了，怎么会碰到这种奇葩邻居，大家都是租住一个院的邻居，她有什么好转的？我怎么看都觉得这人头脑有问题。"她发来微信。

　　正所谓世界之大，无奇不有，这个奇葩邻居今早竟往湫湫家门口泼了一盆脏水！

　　"你和她发生什么冲突了吗？"我有些纳闷地问她。答案自然是没有，湫湫向来与人相处谨慎小心，怎么可能主动惹怒别人呢？

　　"所以，你知道原因是什么吗？"她顺便发了个撇嘴的表情。

　　"是什么？"

　　"她觉得我每天开着电动轮椅进出院子，是在装可怜！"

　　没错，就是这么奇葩的理由，你能怎么着？湫湫觉得她是有病的，而且病得不轻。我劝她甭理这样的人，她回复说：

"压根懒得理。太费脑子和时间。"

"你真的不打算回老家吗？毕竟，回到家里就不必受到这些伤害了。"我犹豫着发出了这条信息。很久湫湫都没有回复。大概是有人来买书了，也许她在问自己同样的问题，只不过一直确定不了答案。

彭拓曾经是湫湫生命中的一道光。我知道彭拓，不是从她书里看到的，而是她跟我偶然聊起的。

四

湫湫自己说，大概十年前吧，在邯郸老家一个傍晚，她偶然看到了笑容灿烂又温暖的彭拓。那时候她还不知道他是谁，是什么时候出现在她家院里的，但是看着他在院子里进进出出好多回，像是新搬来的邻居。她从来都没有看到过那么好看的笑容，那明媚的笑容让她觉得，以后即使是夕阳西下，生活也充满了美好与幸福。她并不敢与彭拓说话，只是每次都会远远地期待，他能经过她看书的石桌旁。可他真的经过了，湫湫也只会把目光藏在书后面，偷偷望他两眼，更多时候，看到的只是他的背影。"他的背影也很好看，非常挺拔，像一棵行走在四季里的胡杨木。"湫湫忍不住笑着回想。她一直以为自己伪装得很好，书籍就是她不被认出的铠甲，然而她也有失误的时候。一天，她坐在院落里看书，从下午四点一直等到晚上七点，彭拓始终没有出现。父母下班回家后，在屋里不停地唤她："晚饭都烧好了，怎么还不回来吃饭？"她心不在焉地回应着屋里的催促："马上来，我把这点看完。"其实一整个下午压根也没看进去多少字。天彻底黑了，路灯也亮了，她才将心放下来，准备回去。

突然一个清脆的声音踩着她短短的影子传来："湫湫，今天看书看得这么晚啊？"

她着实被这声音吓了一跳，大惊失色地一回头，呆若木鸡地盯着他看。然而今天真是太黑了，他像个细长木头杵在她的眼前。唯一清晰的是他站在微弱路灯下，那一弯浅浅上扬的嘴角。他们的第一次交集是仓促的，湫湫像被人发现了心事似的，逃一般进了屋子。她端起碗扒了几口白米饭，想道："怎么回事？他怎么知道我的名字？"这时，父母谈起周末要邀请几个邻居来家里吃饭，感谢大家平日里帮忙照应湫湫。父亲说："把新搬来的彭拓也叫上吧，他好像是从县城过来打工的，小伙子人不错，见人总是先笑。"

隔着屏幕，我似乎可以感受到湫湫在说到这一段初遇时的兴奋。"我和他的故事应该就是从父母请客吃饭那晚开始的。一般情况，家里请人吃饭，我都不上桌。本来家里地方也不大，五六个人便能把屋里塞满，大家坐下来人挨着人，筷子都能打架。我从小到大都习惯性被安排在一边，或是去屋外边的石桌上，我妈给我盛一碗饭，夹几筷子菜端出来给我。屋里气氛很活跃，我们家平时很少能有那么热闹的氛围，父母嘴里净是感谢的话。他们都是普通的工人，有时候就经常把我托给邻居照顾。其实我也不需要有人特别照顾，只不过父母总是担心我一个人在家待不好。

"那天家里请客，其实是我最开心的一次，因为我爸也邀请了彭拓。我一直以为有些快乐只要自己知道就好了，但是没想到那么快就被上帝眷顾。那时我的心里还没有神，现在我知道，可能之后的所有都是神灵在安排，为了让我不留下太多的遗憾。天还没完全黑，我一个人坐在院里捧着饭菜，听着屋里时不时传来的欢声笑语。我低头闻到春卷的酥香，有个好大的身影突然欢畅地跳到我身边，他也捧着碗筷出来了……我觉得自己当时特傻，一脸蒙地望着他，愣了好半天才转过神来，最终还是他先开的口。我又听到了他喊我名字，'湫湫，你吃了没？'我迟疑几秒，下意识看看自己的碗，赶紧回答，'吃了，吃了！'他微微笑，有些腼腆地说，'屋里太吵，我就出来了。我来陪你一起吃，你还不知道我的名字吧，我叫……'

"'彭拓，我知道的！'刚抢先说完我就后悔了，这似乎也太不淡定了。我们望着彼此都笑了笑，这是我们吃的第一顿饭。

从那次交集以后,只要一有时间彭拓就会叫上她出去走走。"你能想象吗,在秋日晴空万里的好天气,我和他相差甚大的影子映在马路上,他高高瘦瘦,我胖胖肿肿。他总是踩着我的影子故意取笑说'哇哦,真是一只可爱的熊宝宝啊,今天还扎了两个小辫。'"

湫湫想的却是要不是想跟他多待会儿,才懒得开着这么笨重的车出来。走到一家乐器店时,彭拓想进去逛逛,可是乐器店门前的台阶是个障碍,湫湫示意让他自己进去逛,自己在门口等着就行。谁知彭拓一个公主抱轻而易举将她抱起,往前跨了两步就进了乐器店。吓得湫湫瞬间花容失色,差点没忍住叫出声来,然后唰的一下脸颊变得滚烫通红。幸亏彭拓反应快使眼色制止了她:"求你,别喊!不然人家以为我是人贩子,拐卖小孩呢。"

"可是……你这样就不奇怪了吗?哪有你这样抱着人进店的。还有……你说谁是小孩呢?"这也太尷尬了吧!他们不约而同地四下瞅瞅,好在这会儿没什么顾客。环顾四周的时候彭拓的目光落在了她绯红的脸颊,两个人四目对望,秋意渐凉的日子里恍惚有一阵热气沸腾的暖意在他们之间直窜。

"那……那儿有椅子,把我放那儿吧……"她声音都是颤抖的。

彭拓刚把她放下，顺手拿起一把吉他，单屈着腿在她面前轻声弹唱："外面的世界很精彩，外面的世界很无奈，当你觉得外面的世界很精彩，我会在这里衷心地祝福你……"

彭拓说他小时候就特别喜欢唱歌，有一阵也学过一点乐器，然而家里人都认为他是痴人说梦。此时的湫湫也觉得自己是在痴人说梦，彭拓就站在她的面前，在几分钟前，她和他距离那么近，她几乎可以确定彭拓是不讨厌她的。假如开口告诉他，心里对他真实的感情，那是不是……

她真的差一点就说出口了："彭拓，我有句话想跟你说……我……"她张着嘴停住了。

彭拓也只看着她，不说话。

"我……我那车在外面……别让人推走了……"

五

湫湫说，她很明白心里对他的喜欢是不可能实现的。她开始理解他对她的笑，对她说的话，以及后来帮过的忙，就像身边的很多邻居一样，都是怜悯。直到有一天，彭拓把她带到一家花店门前，跟她说他想去对一个女孩子表白，不知道应该买一束什么花合适，请她帮忙参考。当时湫湫真是难受到想哭,他怎么请她帮忙参考?在一家小花店里逛了几圈后,她咬了咬嘴唇说:"我也不懂啊,你还是带那女孩亲自来买吧!"可是她没想到,彭拓在她面前蹲下来,望着她好一会儿才开口说:"是啊,我这不想了好久才鼓起勇气带这女孩来花店买花吗?你上次说不出的话,就让我来说吧……"这时湫湫恍惚明白了什么,她眼里泛着泪,心里只祈求老天让她的这个梦多做一会儿。

一个女孩遇到的最大幸福,不是奢望住进城堡成为公主,而是期待灰姑娘也有王子青睐。

湫湫说,她当时并没有想明白彭拓为什么会喜欢上她这样一个人。的确,人只有在遇上特别爱的人的时候,才会更加清楚地发现自己有多糟糕。她说,面对彭拓的表白,她内心有股油然而生的自卑。她一键操纵轮椅,慌里慌张地从花店逃了出去。彭拓心急如焚地在后面追,等好不容易把她追上,低头一看她早已哭得泪流满面。他一把将她抱住,抚摸她的小辫说:"我喜欢你!以后的事我们一起面对。"虽然这一切似乎发生得有些荒唐,但湫湫终究还是像做梦一样和自己喜欢的人在一起了。她和彭拓的爱情,并没有遭到父母激烈的反对,而这也不代表就是支持。她父亲叹了一口气,对着彭拓挥了挥手,说了一句不温不火的话:"你俩先这么处吧,就算以后不成功,我们也不会怪你。"湫湫自然是明白父亲这句话的含义,换句话说,哪怕彭拓有一天对不起她,父亲内心应该也是充满感恩的。

后来,他们在一起的时间确实超过了预想的长度。刚开始的那两年,彭拓特别感恩湫湫一家带给他的温暖和照顾。他在一家工厂打工,每天两点一线地生活,他们的照顾使他有了前所未有的心安。湫湫和父母都很心疼他一个人在外打工,便商量着让他把自己租住的房子退了,在家里收拾出一间干净的房间给他住。起初彭拓很过意不去,认为还没有成为真正的一家人,现在住进来应该承担一些家庭费用。而湫湫父母都觉得彭拓是个知冷知热的人,只要女儿觉得跟他在一起过得幸福,做父母的是不必计较这些的。彭拓也时常握着湫湫的手感叹:"你知道在这座城市遇到你,遇到你爸妈,我有多幸福吗?你们让我感受到一个家庭的温暖和关怀。"彭拓自小生长在一个不完整的家庭,一直跟着母亲生活,却很少能感受到母亲带来的温暖和安全感。

他们相处的第四年里,湫湫因为旧病复发,父母带着她四处求医,然而去过的医院都给出了很难治愈的结论。湫湫得的这种病非常蹊跷,不但让她失去行走能力,还随年龄增长病症加重,最后严重到身体只能佝偻着生活,一旦有一丝动作都会剧痛,仿佛是被千百根锥子钻一般痛。幸好他们最后找到北京的一家医院,得到了一种可以通过手术矫正改变现状的治疗方法，但手术成功率只有百分之七十。最让湫湫父母为难的是，手术之后湫湫随时会有休克的可能。湫湫望着年迈的父母，明白他们的担忧和焦虑。再看彭拓，他抓着湫湫的手，用一种渴望的眼神劝说她："试试！但凡有一点点可能性，都应该试一试。"她知道彭拓是希望她好的，至少坐起来有个人样。

她愿意为了彭拓的期待去试一种未知的结果，然而手术那天，彭拓也跟着他们去了医院，将她送进手术室后便悄无声息地离开了。湫湫术后醒来时，看到的只有父母。住院治疗的三个多月里，湫湫的状态正如医生预测的那样，发生了无数次休克。她清醒的时间短到她来不及问彭拓的去向。没有人知道彭拓去了哪里，就好像他从来没有来过一样。

湫湫说："他应该是怕我会死掉吧，所以才一声不吭地离开。"

她想起，决定手术的前一个月，彭拓总是躲着她接电话。那段时间他的电话特别多，少则一天一个，多则一天两三个。刚开始她也并没有觉得这有什么奇怪，还逗彭拓："你最近电话好像挺多呀，这是知道我要手术，怕我万一过去了，给自己找好下家了？"彭拓一听这话先是一愣，然后眼神有些闪躲地摸着后脑勺说："哪有，怎么会？你看你成天瞎想什么？"湫湫顽皮地努嘴说："最好是，要不然我就是做鬼也得缠着你的哟！"

彭拓的电话还是没有减少。特别是夜晚，他总是关上灯在黑黢黢房间里通电话，声音很小，只不过在安静的黑夜里听得格外清晰。

"你说的我都知道了，我也清楚以后要怎么办，我能不考虑清楚吗？能不能不逼我？"

对方前面说了什么听不清楚，但是最后一句却是很响亮："别给我拖泥带水，赶紧回来！"

彭拓挂了电话，湫湫父亲披着衣服推开了房门。她直到现在也不知道那一夜父亲和彭拓谈了什么。时隔很久之后，父亲才对她说："让他走吧，我们对人家的后半生是负不了责的，你就别记挂了……"

"那他跟你求婚又怎么解释？"我很想发出这一句疑问，但又按下了撤回键。湫湫进手术室前，他是信誓旦旦向她求了婚的。四年了，彭拓早早住在她心里，根深蒂固。她到现在都记得，被求婚的那天夕阳无限好，金灿灿的光芒落在彭拓的脸上。他始终是笑着的，身体挺拔得像一棵威武的胡杨木。

秋天是北京一年中最美的季节，垂柳轻轻在水面上撩动出一圈静寂的波纹，银锭桥上来来往往的人群正是湫湫最向往的画面，她颠簸一路找到后海边一处闹中取静的地方落脚贩卖书籍。从远处走来一个戴着口罩和宽檐帽的男士,在她的电动轮椅前停下脚步。

"先生,要买书吗?我自己写的书。"

"好,买一本!"男士的语气几乎听不出任何情绪。

她低头签好名,正预备双手送上去,只听手机嘀的一声,"收款一百元"。

"先生,太多了……"

话没说完,这先生留下一个纸袋便离开了。她打开纸袋,里面是一张没有封面的CD。夜幕下的后海正喧嚣一片,她开着低电量的电动轮椅进入租住的大杂院,拐弯时不小心碰到了邻居家的电瓶车,一阵警报声响起,使得湫湫落荒而逃,钻进自己的小平房,关上门。她终于长长舒了一口气:"老天保佑,对面邻居还没回来!"

她咕咚咕咚喝了满满一瓶水——她一整天都是干巴巴的,实在太渴了。手边那张CD是今天最意外的收获,它开始在播放器里吟唱:

> 后海姑娘
>
> 你的眼睛那么亮
>
> 张开一双翅膀
>
> 带着你来远乡

后海姑娘

你曾经过我身旁

风吹红脸颊光照在心上

夕阳正晴朗故事那么长

愿你从此别忧伤

（发表于《草原》2022年2期）

七里巷

一

还是那家鸭子店,即便不是星期天,窗口外也排了六七个人的队伍,其中四五个是取餐的外卖员,还有一两个是顺路买菜回去的大妈。这两年我路过这儿至少得有七八回,每回抬头看到鸭子店的店名都忍不住笑。水西门鸭子开在七里巷?真是为了做成生意,明目张胆地搞噱头。反正都是南京鸭子,这么张冠李戴有必要吗?

从一辆车就能占据整条小街的巷子拐个弯,又到了另一条只够一人通行的巷子,我手上拎着刚从养老院拿回的棉被和饭盒,没走几步突然感觉脚掌心疼痛,之前有点不舒服也没在意,这回疼得钻心。我只能像瘸了一条腿一样,不让疼的那只脚用力。我琢磨着怎么也要挨到路口打上车。哪知道每挪一步就疼一下。算了，懒得逞强了。记得这附近有家足疗店，门脸不大，私人作坊，都这时候了我就不较真这些了，解决走路问题是大事。我艰难地挪到门口——两扇生了锈的门只开了一扇，透过模糊的玻璃可以看到，没开的门后放着粉色收银台。我堵在开门的半边时，一身穿碎花连衣裙的中年女子正趴在收银台上刷抖音。

虽然现在是大白天，但是我每次路过这条巷子的店面总有些恐惧感。我斜着身子，小声试探："你好，我能进来吗？修一下脚。"这会儿正是半下午，巴掌大的店特别安静。我声音刚落，她便迅速退出抖音，收起手机，套好拖鞋站起来引我往里走。

"来来，进来吧，就只修脚，足疗做吗？"我很不好意思拒绝，却又只能顾上此刻的疼痛，跟在她后面说："对，就修个脚，看看这脚掌怎么了，像是长了个东西，疼！"

大概是听到我说话语气都虚着，她才回头看了看我："哎哟，我刚才都没注意，你走路都歪了，还拎这么些东西，快给我。"她接过大包小包带我进了里屋。

原以为门脸不大，店面也就只有在门口看到的那么一间，直到跟着她往里走，才发现原来还有一间更大的房间，里面放了三张足疗躺椅。我这人多少有点"穷讲究"，平常不论是去饭店吃饭，还是去什么地方活动，都爱先观察周围环境，总感觉只有环境干净舒服了，接下来干的事才能顺利。哪怕今天脚底疼痛难忍，我仍然忍不住将这间屋子扫视了一圈。似乎不太好，地面潮湿，墙面是用废旧墙纸贴起来的，正对着我的一面已经开了缝，像一位妇人涂了粉底液，时间一长，干得翘了皮。里面是用砖头砌起的墙，灰不溜丢地暴露在外人眼里。又瞟了几眼躺椅，还行，至少垫子是干净的。就在我审视房间的工夫，碎花裙女子，不，这么称呼她好像有点不太合适，但我也不想称之为足疗店老板娘。那就叫她碎花姨吧。碎花姨弓着腰，两条腿半蹲着拎着一桶水，艰难地往里挪，到我脚下时那桶发出轻轻一声，稳当落地。桶里套着一个塑料袋，温开水灌在袋子里，我想是为了干净。毕竟我不常来足疗店，对于看到的一切程序也只是猜个大概。我问："水烫吗？"我觉得此刻我是根本下不了脚的，如果回绝了又怕乱了人家的章法。碎花姨利索地说："不烫，水温我知道的，正好。"我皱起眉头脱掉那只疼得钻心的脚上的袜子和鞋，才下脚沾了沾水面，便是一阵刺痛猛蹿上头，疼得我吱哇乱叫。

"不行不行，泡不了，太疼了！"碎花姨恍然大悟似的，托起我的脚，看了看说："哦，是的呢。我习惯按修脚顺序走了，忘了你还有脚疼这回事。"又仔细看了看我的脚心，大声喊道，"难怪疼，你长了颗鸡眼。"

鸡眼是什么玩意？我活了三十多年都没听说过有东西能

长到脚掌心里去。碎花姨盯着那个如疙瘩一样的东西思量几秒，也没能给出一个合理的解释。她将自己双手往水桶里蘸了蘸，再抽上来甩了甩，满脸信心地跟我说："没事，这东西好弄，给你刮了就行！"不等我回应，她便站起来转身拿工具箱去了。确实，无论是什么，还得要专业人干专业事。我这颗三十年一遇的鸡眼到碎花姨手里三五分钟就得到了救治。

  说起来也不复杂，就是先用削皮刀把鸡眼的硬皮从外到内一层层刮掉，刮到最里面出现很多像刺一样的黑点，越往里越疼。我愣是咬着牙不敢出声，碎花姨说："你忍着点，就得要把里面这块刮干净才有用。"我咬着牙用劲，她刮的时候也很用劲，终于刮干净最后一块，我们面对彼此都松了一口气。她站起来拍了拍围裙上刮下的硬皮，让我等会儿，找一张鸡眼贴给我贴上，这台"微创手术"就算是成功了。我扫码付款时，她又引了第二拨客人进来。一个中年男人搀着一位老爷子来做足疗。我离开里屋走到打水处，把手机付款成功界面亮给她看，说："谢谢您，钱付过了。"她忙着给新客人打水，抽空扭头朝我看了眼匆匆招呼了一声："好的，慢走！"就又去忙下一单生意了。

  这事过了大概得有半个月的样子，我脚掌心总算彻底不疼了，应该也是个傍晚。我推着奶奶走在这条狭长的巷子里，那家鸭子店虽没有那么入味好吃，但每天还有不少人在取餐窗口等着。轮椅上的奶奶对我絮絮叨叨一路:"你不知道,这养老院里的人啊,是当人一套背人一套。你家里头人来了她就客客气气服侍你,家里人一走立马就变脸。别说是服侍了,连请她帮忙拿个东西,她都爱搭不理的。还有啊,我跟你说…"她仰起头望着我,故作小心翼翼地,"我发现,我的好几件衣服都没了,我跟你说肯定是我们房间的护工偷了。她绝对偷了我的衣服。我记得清清楚楚我有一件红呢子大衣,是你姑妈从北京旅游给我带回来的,我就放在衣柜的包里,上个月看还在呢。这几天再一看,没有了……"她说着用一双爬满历史的老手拍出了格外响亮的巴掌声。

我装作糊涂哄老太太说:"咱们不用理她。一件衣服嘛,就当她穷可怜她,送给她就是了。回头我再给您买件更好的。"我知道她不会认可我的说法,她激烈反驳道:"不是这么回事,怎么能让她偷就偷了呢?这事不行,不不,不能就这样算了,我得报告她领导去。"我也被她的倔强弄得没有办法,只好顺着说:"好好好,一会儿回去找她领导报告,报告她拿了东西。""是偷,她偷了东西。"这老太太越说越义正词严。见我没了反应,才又问我:"养老院快发晚饭了,你这是带我去哪儿?"我把脸凑到她侧面,往前指给她看:"那儿,带您修个脚去,脚指甲长了吧?"她一看是足疗店,不屑地喷了一声:"花这冤枉钱干吗,这点小事护工还不能做了!"瞧她这脑瓜子转得多快。

今天足疗店人还是不多，我们进去的时候前一个客人刚付款走人。碎花姨今天没穿碎花连衣裙，而是一身水蓝色睡裙。应该是觉得我有点面熟，看上去比上次更热情了些。"给老奶奶修脚还是做足疗？"她见我推着奶奶来，可能是知道今天来不是为我的事。我把奶奶推进了上次的里屋说："您帮忙给老人修个脚吧，她脚指甲长了。"她仿佛心领神会，很快开始操作起来。但老太太坚持不肯坐到躺椅上去，一脸嫌弃地说："这躺椅不是他坐就是你坐的，不知道有多少脚气细菌留在上面，我可坐不下去。"真是拿她没办法，只能勉强同意她不挪窝就坐在轮椅上。碎花姨蹲在她面前帮她泡脚，又当着她的面给修脚刀片消了毒。这回她总算是可以放心安逸地闭起眼睛，全身放松下来。奶奶纤细的脚跷在碎花姨膝盖上，她拿一盏小日光灯对准脚趾一个一个修，剪一个趾甲就磨一个。这里不像我们平时用指甲剪总是剪一个蹦一个，大概是因为我们没有把趾甲泡软。奶奶闭目养神了好一会儿，睁开眼睛看了看自己的脚，又望了望我，打了个哈欠说肚子饿了。我说："快好了，马上就送你回去吃饭。"她连问都不问时间，直接回我一句："拉倒吧，等我回去，发饭时间早结束了。吃到也是冷饭。"我扑哧一声笑出来，怎么从她嘴里说出来像是在监狱发饭似的。碎花姨应该是看出怎么回事，她换了工具又打磨了一遍趾甲说:"老太太是住附近的养老院吧?"我点点头回应她。她习以为常地说:"我想也是,来我这儿带老人来修脚的,多半是这样。那你是她的……""我是她的孙女。"老太太这回抬起眼找到墙上的钟表,指了指无奈地说:"饭肯定冷掉了!"我明白她这话的意思,索性明确表达了一会儿带她在外面吃饭的想法。她一准是藏住了得逞的笑意,也明确表示,其实已经饿过头了,反正已经出来了,那就请人家再帮她把脚底按一按,最近总是觉着有些发麻。我想可不会发麻嘛,她又不下来走路。我说:"那您干脆就在这儿打个盹,让碎花姨给您做个足疗。结束了我再带您出去吃饭。"我说着整理了下肩上的包,她竟然以为我要走。本来迷离不清的眼睛突然瞪着看我,叫道:"你要干吗去?你走了我自己可走不了啊。"我也是服了老太太的警惕性。"我不走,我能把你丢这儿吗?瞧把你吓的。"一旁的碎花姨都被我们这祖孙俩逗笑了。

老太太终于能踏实地打起了盹,表情明显比之前放松了许多。我边刷手机,边和碎花姨有一搭没一搭聊着。

"你对你奶奶还真不错,很少有孙女愿意推老人出来的。她就你一个孙女?"

"嗯,对。孙女就我一个,孙子们都挺忙,平常顾不上。"

"那她自己的儿女呢?"脚指甲已修完,她取出一块白布把一只脚裹上,另一只捧在手上开始足底按摩。

我专心刷着手机，心不在焉地应答她："女儿都在外地，两个儿子在当地，也挺忙。"正说着我爸来了微信，问我们现在在哪儿，他去了养老院得知奶奶让我接出来了。我大咧咧地回复在足疗店。他当然不清楚在哪个足疗店，我没太过脑子便直说："就是经常经过的那条七里巷，街边一排是杂货店、包子店、理发店。就在我妈上次补衣服的店隔壁，你找一下就找到了……"发出语音后，我才意识到应该直接说名字不就好了。"您这店名是什么来着？"我一脸茫然地问她。

"我姓周，店名就叫小周足疗。好记吧？"我边打字给我爸发了店名，边朝她有点不好意思地点头。

"抱歉哈，我没太注意你这个店名，光知道这边有个足疗店。"我真不是想替自己辩解，主要是她这店铺隔壁还有一家店，我每次路过都有意低着头走过去，只为能迅速把这几步路躲过去。碎花姨一听就乐了，一下子懂了我说这话的意思，恐怕也是深有同感的缘故。

她露出一丝笑意，说："我明白。我一开始在这儿开店，也不敢往他家店里看，尤其到了晚上出去倒个垃圾我也不敢。虽然他这种买卖比一般生意赚得多，不过他的门面确实让人看了比较硌硬。我旁边理发店那家，比我们这几家店开得都早，不知道明里暗里抱怨了多少回，自从有了这家店，连上他们家理发的客人都比过去少了一半。想想也是，我们这儿价格是比大街上便宜，可地理位置本来就不好，旁边还开了这么一家阴森森的店面，谁还乐意跑这儿来呢？"那家理发店我之前也去理过几次，价格确实比外边便宜。老板也是一位女性，个头挺高，得有一米七以上。我上回是做了个离子烫，头发还没做完，就接到奶奶被家里人送到养老院的通知。这事全家人商量有半年了，老太太自然是不愿意来，她的观念里进了养老院相当于是进了监牢，或者说是出了家。以前她一直留在老家跟姑妈住，后来姑妈身体也出现了问题，我爸好说歹说才把她接到这里来住。虽说是养儿防老，但每家都有一本难念的经，最终老太太也没有办法拒绝如此折中的方法。

我说："我知道理发店里的女老板，嗓门挺大，声音也很爽朗。他们家好像有个十七八岁的女儿，夫妻俩带着女儿住这儿吧？"

二

"她有女儿吗？我怎么不知道？"碎花姨看上去一点也不清楚，"我只看到过她儿子、儿媳妇带着小孩经常来，她老公，好像也不像一开始看见的那个。我记得先前是个矮个子男的，后来没多久就换了一个高个子皮肤白白的，也有点年轻的。"

这怎么说得令人一阵诧异，还有点糊涂呢。她看上去还那么年轻，这两年都有孙子了？她女儿那年不是才十七八吗，这会儿已经换了年轻丈夫了？几句话而已，信息量大到令人有些茫然，我只好笑了笑。碎花姨似乎还想继续跟我述说下去，却被我爸的进门声打乱了。离开足疗店时天色已晚，因为有隔壁那家店的存在让刚六七点的天儿显得比寻常时候更阴森一些。我爸推着奶奶靠街的里面走，我浅浅拽了他的衣袖走在外边，恰好他和奶奶帮我挡住了不愿意看到的店铺。我们在小饭馆吃饭时，我爸和奶奶闹起了别扭。一个控诉在"监牢"里过得多糟糕，护工压根不把他们当人，心情好时就说话好听点，要是碰上哪天心里不快活了，请她帮忙照顾的人就没好日子过了。"不仅这样，做人还不老实，拿着工资手脚也不干净。我好几身衣服都没了。你一会回去可得找他们领导报告报告。"另一个呢，光是听老太太唠唠叨叨就已经很没耐心了："您别老疑神见鬼了，这是正规星级养老院，护工就是有那胆子想也没那胆子做。我知道您想回家住，可如今各家有各家的困难不是。您就踏实住着，我们又不是不管您了。"老太太挑了一筷子青菜伸到我爸眼前掂量掂量，嘴里说道："老白菜烂了，没用了，都被你们送到市场处理了，哪里还会回到正经餐桌上？"我提着心瞄着他俩的脸色，我爸肯定听得懂奶奶的指桑骂槐，年轻的时候早跟她顶起来了。这回出乎意料，他笑了笑，对我说："你听听你奶奶这话说得多逗。"我说："对，奶奶的语言艺术，你们几个儿女一个没学会，通通都是直肠子。"

等到下一个周末再去看看奶奶时，进门柜子上的红色果篮特别醒目，我没多问，以为是临床家属送来的。这会两个老人和护工正围在一张小圆桌吃晚饭，护工给她俩一人围一块口布，看上去是挺干净，但却让人失了体面，我好像有点理解为什么老太太说这儿是"监牢"了。见我带了两个素馅包子，奶奶丢掉吃剩的半碗饭和咬不动的土豆烧肉，扯掉面前的口布，一把拿过包子坐到床边上大快朵颐起来。护工不到六点半就忙着把另一个老人拖进卫生间洗漱。奶奶嘴里塞满包子，鼓鼓囊囊的，她指了指柜子上精致的果篮对我说："那个，你一会儿带回去。"

我有点疑惑："这是咱们家的？谁送的？"

她就着一口凉茶也没把包子全顺下去："小兔崽子下午来过了！"

我还是一脸疑惑，她加重语气又说了一遍："小兔崽子！"

我这才恍然明白："哦哦，他今天来了。"

"这兔崽子一年也来不了两回，来了就送这些东西，哪一样我能咬得动？"

"他来是有什么事吗？"我问。

"他来哪有正经事,还不是例行公事嘛。这孙子穿了身白衬衫黑西裤坐我对面,像大领导慰问孤寡老人似的客套问几句,拍几张照片就走了。跟他妈一个样专爱搞这些形式主义。小兔崽子他都忘了自己小时候是谁带大的了,当初出生一周就叫他外婆给撵出来了,要不是我没日没夜地带他抱他哄他,他能有今天?可有什么用啊,人家后来长大了还是上他外婆家去了,一口一个'我家外婆''我家外婆'的。真是白带了小兔崽子……"听她一口气絮叨完,我也没打算多劝。本来也是这样,日久见人心。她说完就要去坐轮椅,说脚麻了,让我带她再去足疗店按一按。

我想说今天算了吧,脚麻了也能叫护工帮忙捏捏。她瞟了卫生间一眼:"拉倒吧。"我还想托词不去:"太晚了,天都黑了,下次再带您去。"她坚持嘟囔脚麻好几天了,就等着我今天来带她出去。我不得不说出实话:"足疗店隔壁那家店,晚上路过实在太吓人了,我不敢走那条路,等一下回去我都得绕着走。"哪知道她毫不在意地说:"不就是家做殡葬的店吗,我早就看到了。多大点事,谁到最后还不死啊。"正准备走的时候,她叫我把床上的毯子带着,说是一会儿直接铺在躺椅上。我说:"那不是毯子也要弄脏了吗?"她爽快地摆了摆手:"没事,带回来给她洗就行。"这时正巧护工从卫生间出来。接下来捏脚的一个多小时,她真就睡得特别踏实。我和碎花姨也继续了上一段的话题。

"今天隔壁那家儿子把小孩送回来给她带了,你猜怎么着?她忙着给客人理发把小孩交给她男人带,结果一回头,发现小孩居然跟狗待在一窝里。男人还特有理地说,'人和畜生都差不多大,放在一窝正好做伴。'气得她举起剪刀就冲男人砸去,两口子跑出去打了半条街才安生。你说可笑不?这说明这孙子肯定不是这个男人的,要不他怎么能对自家孩子做出这样不上道的事呢?"

我觉着坐久了有点难受,站起来活动活动,走到外屋一抬头差点没惊慌地喊出来。一只拇指肚那么大的蟑螂正在日光灯下明目张胆地飞檐走壁。好在碎花姨眼疾手快,抄家伙举起电蚊拍冲出来,一拍就送这只小强归了西。天哪!怎么会有这么大的蟑螂,还能飞上墙?碎花姨收起索了命的工具又回到里屋,坐在我奶奶脚边继续按。

"我们这房子常年潮湿,有这些小玩意很正常。也有些客人看到一次就不来了,嫌不干净。"我心想,要是我第一次来就碰到今天的情况,应该也不会再来的。不过我注意到,来了几次,店里好像只有她一人。

"店里就你自己一个人吗?怎么也没见着有个帮手?"

"你是想问我怎么不像理发店老板有个男人吧?我家那个死鬼男人早没了!"如果她下面不继续解释,我会顺其自然认为,这人现在一定是跟刚才飞檐走壁的小强在一块了。然而她却继续自言自语说下去,"二十年前走了,一个下午他说出门买包烟,就再没回来……"我分明感觉并不是我想问,是碎花姨想找个人说出这段故事。

"我家那个死鬼,这么多年过去了,到底是死是活都不知道,人凭空消失了二十年。要不是还有个儿子,我真的会怀疑世上到底有没有过这样一个人。"她用两只手指夹住我奶奶的脚趾一根一根往上拔。这事情从她口中说出来其实并不复杂。碎花姨的丈夫应该是个老实本分的人,平常话不多,与人为善。他们夫妻之间也很少吵架,他对孩子也很好。那时候他们都还很年轻,在老家靠做小本买卖为生。碎花姨的个性算得上泼辣,小本生意也是商场,偶尔出现一些情况总得有人出面坐镇才能平息不可避免的事态。碎花姨说,事实上那些年他们家在当地过得相当不错,没有经历过什么大风大浪的事情。可是有一天下午,明明一切正常,他还说出门买包烟,晚上回来包饺子吃。哪能想到她和儿子等到第二天也没等到他回来包饺子。那段时间碎花姨像发了疯一样到处去找,然而那么活生生一个人就突然人间蒸发了。

"这不合理吧,在他消失之前你们确实一点点事情都没发生?或者说你在他预备要离开家的时候一点蛛丝马迹也没察觉?这怎么可能?所有事情发生,肯定是有原因的呀!"碎花姨大概是听了无数遍的相同推论，只麻木刻板地摇头："没有，这个问题我想了多少年了，绝对没有发生过任何一件逼迫到他非得离开家的事。我至死也想不通好好的一个家，他为什么一声不响地就走了。"

"你后来报警了吗？"我问。

"嗯，报了！"她的眼神和捏脚的动作变得越发机械，然后又很快让神色活络过来，说，"警察也找不到，他们也说不上这个人是死是活。唉……算了，我已经不想了。半辈子我也活过来了，也不像过去那么恨他，就当他是个活着的死鬼。也许他还活着……"

把奶奶送回去时，养老院一条走道静得让我瑟瑟发抖的，绝对不亚于那家殡葬店带给人的阴森可怕的感觉。

应该是在等奶奶回来，她的床头上的那盏起夜灯还亮着，我们开门的声音也将躺在沙发床睡着的护工惊醒了。奶奶大概知道因为她今天晚归，会让护工心里不太痛快，所以催促我快回去的同时，麻利地熄了灯，躺倒在床。我并没有把柜子上的果篮带走，而是在临走时替奶奶做了顺水人情，让护工挑一些容易进嘴就化的水果给奶奶吃，其他的若不嫌弃就都归她了。见我这般客气她自然从刚才的不悦转为露出了笑脸。她这么快的变脸速度，让我又想起了她们坐一起吃饭的一幕，我头一次不客气地对她交代："我奶奶脑子一点不糊涂，她是个讲究人。

以后吃饭，要是她不愿意戴口布就别勉强了。放心，她是不会把衣服弄脏的。"

三

后来，我每隔个把月就会带奶奶去碎花姨那里捏一次脚。我当然知道奶奶之所以热衷去捏脚，肯定不只是单纯因为脚麻，而是希望能有逃出监牢的喘息时间。碎花姨的故事是一回两回就可以讲完的，然而我每去一回她又要重新讲一遍：

"其实他手巧得很，几十年前，论粉刷这块，在我们那儿方圆十里都得请他。现在你再看看我这儿的墙面，想找个人刷一下都要花掉好多钱，刷完我还不一定满意。"

每次讲完她都会问我类似的问题："你说他狠不狠心？"

我听了好几回，也觉得这事对一个普通家庭来说离奇得很，简直可以说匪夷所思。我说："他是不是那种话少，事都往心里憋的人呢？"碎花姨继续手头的工作，眉头微微皱了一下，似乎是回想起了什么，回应道："好像是有点像你说的这样。以前我们家刚开始做生意，总有人找麻烦，他一遇到事就不愿意吭声，随人摆布，每次都是我打抱不平。他呢，每回都是一副惹不起躲得起的样子，净说些'吃亏是福'的傻话。你说说做生意哪有光吃亏的道理。我就不服了，有几回要不是我直接冲到对方家里去，那么大一笔钱，他压根别想追回来！"

听她这么叙述下来，我不禁说："嗯，还是您强势，不然也不能够撑这么些年。"

正回忆着过往，她似乎是又想起了什么，眉头微微一皱说："昨晚门口漏雨的洞不知是谁给我填上的，问了邻居，也没人知道。"

我们最后一次去她店里是个艳阳高照的大中午，她破天荒地站在店门口，和理发店的老板在谈论些什么，表情神秘。

"隔壁压根也没什么生意，干吗非要开在这小街小市的地方？"

"就是啊，本来一条街都是柴米油盐的生活气息，就被他这店搅和得阴气沉重。"

"你不觉得奇怪吗？他家这店也开了快一年了吧，好像从来也没碰到过老板，只知道是个男的，蛮老。"

理发店老板把声音压得更低："我听我男人说，他晚上十一二点起来去对过厕所碰见过那家老板两次，那家伙神神秘秘地大半夜跑到公共厕所去洗衣服、洗菜。我男人瞟过他一眼，他对我男人浅浅一乐，阴森森的感觉，不要太吓人。你呢，见过这人吗？"

"哎哟，我可没有！"碎花姨一脸惊悚地说，"你知道的，就因为隔壁是这种店，晚上睡觉我都得开灯睡。我还能去见这种人，岂不是惹鬼上身？简直不要太吓人啊！"

我奶奶听了，说了一句："封建，迷信！"

往回走的路上，奶奶突然叫我停在了鸭子店的售卖窗口，说想吃一吃盐水鸭，让我买点骨头少的带回养老院给她提提味儿。我把头伸进窗口问能不能只买两个鸭腿。那人笑道："真有意思，哪有这么买鸭子的？不卖。"我说："那好吧，整只鸭子我都要了，不过你要帮我把肉最多的地方全部斩碎了。"

奶奶被灵车接走的那天早上，护工说前段时间是奶奶这两年在养老院吃饭最多的时候，她说奶奶赞美这家店的鸭子吃在嘴里很香很入味，特别下饭。

也就在那一天，我们一群人路过碎花姨的足疗店。她隔着玻璃门看到了我，拉开门走出来问我："怎么有段时间没带老太太来了？"我说："她刚走，我要到隔壁店选一个以后让她住得舒服的屋子。"我们家人陆陆续续往殡葬品店里走，碎花姨仗着人多壮胆也跟在后面。

一个身材又矮又瘦、长满络腮胡的男人从里屋掀开门帘，走出来跟我家里人对接。这时站在人群最后的碎花姨，从缝隙中瞧了他的真容，竟如同哭丧般哇一声泪水狂奔……

（发表于《花城》2023 年 6 月）

机　遇

一

晚上七点四十候机大厅内，猛然蹿腾过一阵火光似的身影。"手机手机，我的手机，你们看见我手机了没？他们说是你们捡到我手机了……你们机场服务是怎么回事？捡到手机怎么能不接我电话呢？别废话了快给我，都要登机了！"蓝小姐发了疯似的直冲到问询处，双手怒拍着问询台吼道。

"小姐，这是您今天第三次来这儿了，东西一会儿丢一样，一会儿丢一样，您自己东西不看管好，还来责问我们……"

"都跟你说了，我马上要登机了，你话还这么多，你们机场服务就这态度？要不是时间赶我就投诉你。"蓝小姐抢一样拿过刚放在问询台上的手机，不顾形象地朝对方吼了几句后，匆匆忙忙赶往登机口。事实上晚上八点的飞机，她下午三点半左右就到达机场了。取了登机牌后就以为万事大吉了，开始满机场溜达，恨不能把楼上楼下每家店铺都逛一遍。令人发指的是，她几乎是溜达一家店就丢一样东西，若不是有人及时提醒，她跑问询台的次数恐怕远不止三次。

蓝小姐觉得自己最近运气糟透了，逛个机场还碰到这么多糟心事。但是更料想不到，提前一个月买好的去深圳的飞机票，登上飞机才发现座位被安排到机舱的最后一排。她也只好"既来之则安之"，不信还能糟糕到哪里去。也好，最后一排三人位正巧没人坐，她就不客气了，人坐一座，背包和斜挎包也各占一座。

不过，蓝小姐从小就对尾气汽油此类味道相当敏感，二十多年来闻不得汽油味。如今还稍微好一些，要放在过去八成会一秒破功，眉头一皱，污秽呕吐一地。后来大概是经历多了些，对于这类气味渐渐地有了免疫。尽管如此，她坐在机舱最后一排还是被尾气狠狠熏了一遭。太难受了，她拍了拍胸脯，稍作调整才将涌上口腔里的酸水又吞了回去。这么形容似乎有点恶心，而蓝小姐觉得如果没控制好一口喷出来应该更恶心。这回是请了年假出来的，她早就盘算着要在一座陌生城市好好游走一番，说不定能碰上期盼已久的事，反正是不能再在两点一线的日子里继续蹲下去了。枯燥、无聊、毫无生气，甚至有点令她感到反胃，就像闷在汽油桶里一样恶心。

为什么在年头请假?二十几号就放寒假了,年假加寒假至少有两个月的时间,任何时候请年假都不比这时候划算。这也不能怪蓝小姐故意偷懒,照她的话说:"一个职业学院的动漫老师十二月底就基本完成一学期的工作了,元旦后再回去也只是每周开一开例会,整理教案,真是纯属浪费光阴。"所以,她宁可花上小半年的工资来一场说走就走的旅行。不为别的,就为让自己从平庸生活中逃离出来,或者还奢望能够寻求一种意想不到的刺激……

飞机盘旋于上空。她从舷窗望去一片漆黑,好像身体已经陷入茫茫黑河里游动,但又似乎哪儿也没去。很显然,蓝小姐对窗外固定许久的画面没太大兴趣,只觉得自己的头断断续续有了眩晕感,于是闭上眼,半梦半醒地睡了一觉。又过了一会儿,机舱里有一些波动使蓝小姐从无趣的梦中醒过来。她突然觉得这瞬间的波动,反而让内心一阵莫名兴奋,仿佛是从贫乏现实里做了一个不可能的梦。她从内心到眼神反复希望确认些什么,直到发觉自己身上被谁盖了一件墨绿色油腻腻的夹克。扭头一望,过道邻座的大叔对着她一脸媚笑,他也是一个人占了仨座。他向左侧身正要对她说些什么,却被经过的空姐挡了一道。蓝小姐站起来顺手把夹克摔在最外边座位上,准备去洗手间。但听到空姐提醒:"现在飞机处于波动状态,请您稍等一下再去。"又过了一会儿飞机逐渐平稳,油腻大叔再次侧脸对她微微一笑,却又被她闪了一下,她起身迈出两步就开门进了洗手间。"哼!胡子拉碴,还用这么古老手段搭讪,真够 low 的!"她拍下水龙头,唰唰抽出几张纸巾反复将打湿的手擦干净,回来便看到那件夹克已经被胡子拉碴的大叔盖到了自己身上。不过,这要是换作一位文质彬彬的商务人士,盖在她身上的是一件干净熨帖的西服,或许又是另一种可能了。蓝小姐忍不住胡思一番。

二

怎么会选择去深圳?当然是为了体验一把大都市的快节奏。蓝小姐总觉得自己是过着井底之蛙的生活,她所在的那座三线城市,简直太小太窄。有时周末随便上街溜达一圈碰见熟人的可能与彩票刮出"谢谢参与"同等概率。而在二十五岁不到的年纪,家里人早就给她安排好工作,买好了房,存好了款。尽管房不大,款不多,但她这后半辈子绝对不会为没着没落发愁。她常觉得这世上应该没人过得比她更安逸了。安逸到她都能对着自己痴笑,从出生到成人,一眨眼就被安排得妥妥当当。好像别人口中谈论的奋斗拼搏,于她都是电影里才会出现的滑稽之谈。

"可笑！把我锁在井底，真的就想让我永远成为跳不出来的癞蛤蟆吗？真是太可笑了！"事实上，蓝小姐对任何一件事都不满意。每天早上一睁开眼就能知道一整天要发生的事：七点半洗脸刷牙吃早饭，从家坐21路公交车到学校，八点十分上课，中午徒步三分钟去食堂打饭，下午三点之后是例会，傍晚五点下班回家，回家一开门母亲日复一日说着那几句经典台词，"回来了，洗洗手，吃饭了……"每一天都在安排之中，每一帧都在重复。她就是个被日子牵制的活木偶，好像可以随心所欲，其实无法得到真正释放。

最让蓝小姐身心俱疲的还是学校里的那点破事。"全都是提不上筷子的破事，我一点也没夸张。"她经常对人这样狂喷自己工作那点事，"你说一个职业院校能培养出什么样的人才？职业——几年教出来的，都只能是在社会上混口饭吃的人而已。做这种老师，别说对这些学生的未来了，我对我的未来都感到无望。"

"我有时候是真想不通我爸妈当初让我读大学到底有什么意义。让我读大学，倒是让我去大城市读呀，填志愿非要逼着我填省内的学校，专业还非得是师范类。大四迫不及待安排我考了教师资格证。一毕业还来不及喘口气，又被送进了职业学院，扭脸一看父母是踏踏实实睡着了，也笑醒了。我呢？这一切压根由不得我！"蓝小姐必然对这"现世安稳"极为不甘，可又能如何？现实就在那儿，按部就班不偏不倚，生活进行得刚刚好。说出来可能鬼都不信，这次是她二十几年来第二次独自出这么远的门，第一次是大三的暑假——那次是好说歹说爹妈才同意她跟几个同学去大连玩了几天。就算是去了，每天也得给家里至少打三个电话报备行踪。"那时我都十九了，成年了哎，我爸妈还跟管未成年少女似的看着我。"所以，这是她第一次一个人坐飞机，飞到——应该说是逃到离家一千多公里的地方。

又飞了好一阵，蓝小姐也没了睡意，眉头紧皱。光线昏暗的机舱内，刚巧也只有她和油腻大叔亮着小夜灯。

"怎么了？睡不着了？还是又觉得难受恶心了？"这油腻大叔不知是什么时候从舷窗那侧挪到这边来，侧着身，自来熟地对蓝小姐发出关心。她先是被突如其来的安抚吓了一跳，然后一声不吭地瞥了对方一眼，不屑地转过脸去闭着眼。"嗨，睡不着就别勉强了，越睡越晕。看在我们都是坐后排的分上，聊聊？"蓝小姐紧闭双眼装睡，手将一旁的包往身边拢了拢。大叔仍穷追不舍，呵呵笑道："小姑娘，没人惦记你那包，这是在飞机上，咱是文明人。"真正激到蓝小姐的还是油腻大叔的一句："第一次出远门吧，瞧给你吓得……"

"谁第一次出门了？你从哪儿看出我是第一次出门？看不起谁呢？我还觉得你是从哪儿放出来的呢，话这么多……"她以为这么明确了态度,这大叔就能消停点儿。不过后面那两句,她倒是小心翼翼放低了音量。哪知道大叔又是无所谓地扑哧一笑:"是!我这不也是好不容易才从小地方出来一趟嘛,要不怎么能坐到最后一排呢!你猜我怎么看出你是第一次坐飞机的?"

蓝小姐看了大叔一眼。大叔像是得到了鼓励,自顾自说下去。

"刚刚飞机气流颠簸那么大动静,前面那老太太吓得都叫了起来。你连安全带也没系,还心不跳面不改色地站起来去厕所……"

"不就颠簸几下嘛,有什么好大惊小怪的。"蓝小姐假装淡定地说。

"好吧,你这么说也没错。"他又对蓝小姐上扬起嘴角补充一句,"出来放风嘛,总是要遇到点有风险的事才有意思,是不是?"

等了这么久终于等来空姐送飞机餐了。蓝小姐为吃上一顿飞机餐,故意买了晚上的机票。红眼航班不仅价格便宜,还能在天上吃一顿晚餐,光想想就觉得有情调。

"不是应该有牛排吗?红酒……也没有?"打开餐食盒,她发现这跟平时在小视频上看到的飞机餐完全不一样,一脸失落地看着空姐。

"不好意思，小姐，经济舱的餐食就是这样的，如果您觉得不够，我们还可以给您拿点面包。"一旁的大叔又忍不住抢先解释道："你要的牛排红酒应该在头等舱。"听到大叔玩笑般的说辞，她有点挂不住，不甘地指指餐车上的饮料："这些每样都能要吗？"空姐笑笑："是的，需要的话也可以续杯。"

"那就红茶和咖啡各来一杯吧。"飞机餐好不好吃是一回事，先拍几张照片发朋友圈才是正事。她并没有觉得自己的行为有什么不妥，倒是觉得油腻大叔的笑很滑稽。

登机前微信上就收到十几条消息没来得及看，这会儿蓝小姐腾出空来仔细读，有五条是母亲的查岗信息，还有几条是班级群消息。其实班级群消息她想开启免打扰模式，但身为老师这么做好像有点不负责任的意思，也就作罢了。母亲查岗信息是要回复的。幸好这会儿在飞机上，要不然母亲非得连环 call 不可。

"喂！姑娘，飞机上不让开手机！"

"我见过世面，是飞行模式好吗？"

一个月前，蓝小姐联系了在深圳定居十多年的洛宁。她们是大学同学，那年暑假她们一块去大连。洛宁做任何事都很有条理，去大连那会儿蓝小姐母亲千叮咛万嘱咐把"无法自理"的闺女拜托给洛宁，才放心让她自由了几天。这次，蓝小姐思来想去还是去深圳投奔了这多年不见的老同学。

洛宁很讶异，这么多年过去了蓝小姐怎么还做着家里的"乖宝宝"。另一方面，洛宁又很羡慕蓝小姐在家乡生活得安逸无比，她哪能理解外乡人在深圳的不易啊。

"别跟我提'安逸'俩字，我都要被这俩字弄窒息了。一眼看到头的日子，给你，你愿意要？"

"为什么不呢？"

"差异，人和人的差异就在这儿。"蓝小姐告诉洛宁，她觉得自己可能、大概、也许病了——心理病。她说肯定是生活环境造成的，或许再夸张一些说，是生存环境造成的。她很困扰，满脑子尽是乌七八糟的念头。洛宁并不能完全理解——她为何会将安逸和困境联系在一起，难道她不是一直都这样生活的吗？洛宁知道问不出个所以然来，就只有热情邀蓝小姐到深圳就来家里住，反正她还是单身一人。有朋自远方来，借住几天再正常不过。没料蓝小姐果断拒绝，还反客为主地约她去酒店住几天。

洛宁不解其意："我在深圳有家，虽然跟你的百十平方米豪宅没得比，但接待个朋友还是可以拿得出手的。"可她听说蓝小姐订的是一间五星级大套房，并租了一辆商务车全程接送时，不禁啧啧惊叹："真是刺激，还没出家门你就花出去这么一大笔。"实则蓝小姐在点击确认付款时，看到那么大数字也唏嘘半天的，但心里同时涌上一阵莫名的痛快。

生活不就是一日三餐,忙来忙去都为柴米油盐那点事,其实在哪儿生活没太大差别。若真有差别,不过是每个人进行的过程或方式不同罢了。蓝小姐属于被动安排型,洛宁属于被动打拼型。看似都是被动,蓝小姐就觉得自己二十多年的人生犹如一潭死水,毫无波澜。

"老实说,我真想借这次出逃机会把工作给辞了。有什么意义呢?天天面对那堆千年不变的事,教出再优秀的学生也不可能有什么大作为。钱不用多赚,房子不用多买,你说待在那么点大的地方,我还能干吗?只能是跟个机械一样重复过上一辈子,意义在哪里?"

"所以你就想造点什么?"

"是!不造,我还能有什么想法?"

"你别觉得我说话直,你其实挺能作的,憋坏了?"

"你说得没错。我要是再不作,可能就真的只有混吃等死的份了。"

"嗯,先来吧。也许出来了你就能明白外边是怎么回事了。"

蓝小姐并没有想好出来两个月究竟要做些什么,可能在她想来,能出门游荡或许就已经达到了目的。

三

油腻大叔稍微眯了一阵，醒来打了个哈欠，双臂举起，舒服地伸了伸懒腰问蓝小姐："没睡会啊？"他转过身，左侧半边脸被压得有些红。

蓝小姐乏味地翻看着飞机上的杂志，应了一声："嗯。"想了想看了他一眼说，"人老才犯困吧？"

大叔无奈地笑笑叹了口气："确实，人老容易犯困，困了能省好多废话。"

"你也知道自个儿话多啊？"一直脸色阴郁的蓝小姐露出一丝笑容。

"我很有自知之明的！你们这些小姑娘，都讨厌听别人啰唆，关心也不行，跟我女儿一模一样……"说着大叔摸了摸左侧半边红了的脸。

两小时四十分钟后，飞机开始下降。明明是晚上十点多，透过舷窗望去天空仿佛已渐渐明朗。她觉得自己看到了另一座城市的天际线，陌生的、向往的，甚至是不切实际的。然而飞机在上空盘旋许久，始终没有要降落的意思。乘客们互相打听着："怎么回事？误点二十分钟了，飞到机场上空了怎么还不降落？"广播里传来提示："各位旅客，十分抱歉通知您，目前我们还未接到机场塔台降落指令，请您稍作休息，耐心等待！"又过了半小时，乘客们终于按捺不住了，"为什么不让降落？天气这么好！""都到深圳了，这要磨蹭到什么时候？从机场进市区都快半夜了！""搞什么搞嘛，好好的怎么能不让降落呢？"……乘务人员只能一一上前安抚。

"什么鬼？这还能晚点？该不会是飞机出故障了吧？"一个可怕的念头从蓝小姐响亮的嗓子里喷了出来。"没有没有……怎么会呢，小姐，飞机运行一切正常。"乘务员赶来解释。"嗨，姑娘，没你想的那么可怕，飞机要是真有故障，这会儿不至于连颠簸也没有吧。赶紧坐下，少安毋躁……"大叔在一旁朝她摆了摆手。

"女士们，先生们，飞机已经降落在深圳宝安机场，外面温度二十摄氏度……等飞机完全停稳后，请整理好手提物品准备下飞机。从行李架里取物品时，请注意安全。"

"总算是到了！"一时间机舱内手机铃声此起彼伏。

"妈，我到了到了。没事，我活着呢，放心吧。"

"洛宁，我刚落地，你今晚别等我了，明天我去找你。"

连发出两条语音，蓝小姐松了一口气，一抬头，猛然看见七八个乘务员和空警从前到后在过道里悄然站成一排，这阵势分明有蹊跷。蓝小姐不自觉看了一眼正在刷手机的大叔，第一次把头伸了过去，慌张地问："喂………喂，这……这是怎么了？"大叔定神一瞅，也不由倒吸一口气说："别慌！"

忽然间，舱门一打开，五六位刑警以光速冲了进来，等不到所有人反应，第十排座的通缉犯就被蒙头押解了出去。

"这飞机上居然有通缉犯？天哪！机场怎么能让他上飞机？万一……"蓝小姐吓得冷汗直冒，瞬间全身瘫软坐在原位。

"万幸，看样子不像是个行凶犯……"大叔套上墨绿色油腻夹克，收拾起背包，走到蓝小姐面前问，"走吧，需要我送你出机场吗？"蓝小姐满目惊恐地点点头，随即不由得伸出一只冰凉凉的手，拽住大叔油腻腻的袖子胆怯地往前走。

取完行李，大叔不由发出一声哟嘀的喷叹——蓝小姐那么小的个子，居然托运了一个跟她身高体形差不多大的行李箱。

"小姑娘，你这是要离家出走啊？"

蓝小姐面无血色，双手紧握拉杆箱，畏畏缩缩地嘟囔："本来是要离家出走的，现在还是算了吧……"

"那你这会儿打算去哪儿？"

"买机票，回家……"说完蓝小姐拖着笨重的行李箱，头也不回地向出发大厅走去。

大叔停在原地一阵唏嘘，从口袋掏出一包烟，取出一支无法点燃的烟衔在嘴里。目送蓝小姐越走越小的背影，他不禁通红了鼻子,喃喃自语着:"女儿啊,要是当年爸爸也能这么陪你坐飞机,是不是后来也不会有那么多遗憾了……"

他还未从回想中清醒过来,便听见从一米开外又传来女孩空灵的声音:"你不陪我一起吗?真是有点像我爸,一路碎言碎语没完没了,走哪儿都跟着,这会儿还不好人做到底?"大叔定了定神,朝她小跑过去。

(发表于《太湖》2023年1期)

红与白

李晓梦

大年初五,在小群里约了大半年的聚会终于敲定了。我都忘了上一回跟他俩聚会是何年何月了,反正这三人群经常是隔一段时间就叫唤几声,刚开始都答应得好好的。

"聚,这次肯定聚,地点就定长江路那家了啊!"

但每到临了,就不约而同出现各种问题。

"哎呀,这周不行,临时被抓加班。"

"要不下周?"

"下周我不行,跟人提前约了事儿。"

"那下个月,元旦总可以了吧?"

终于轮到我开始发言了:"元旦?呵呵,我约不了!"

"大过节的你哪儿去?"他们问。

"说走就走的旅行,不光是你们可以,现在我也可以……"

我管这群叫吃货群,群里另外一男一女是我交往了二十多年的好友。但是,他俩并不是情侣,所以加上我这么一个三十向上的大龄女青年,这群其实也可以叫"单身狗吃货群"。因此我们相聚重点是为了吃饭,更重要的是为了互相喂瓜。

我说:"再怎么忙饭还是要吃的,至于瓜甜不甜另说。"

"那就去自助吧,这样更容易找到自己喜欢吃的菜,忙忙碌碌了一年,约老友出来聚会就该往过瘾了去。"

于是三人面前各自堆了几盘混乱不明的食物,却都相同地领来了一杯热饮。

"年纪大了,胃不好,冷的喝不了了。"

"喊,你才多大呀?"

"过了年我也三十了好吧,而且天天加班熬夜,体质明显不如从前。"这个程序男头发前两年就不太旺盛了。

那个行政女也说:"我差不多也是这样,公司隔三岔五加班,这会儿三十拐了个弯,也不比以前有精力了。"

说到这儿我算是听明白了,今年的瓜是吃不着了。刚举起杯子想喝一口,程序男对着我问了一句:"晓梦姐,你过完年三十五了吧?"好家伙,我差点没一口喷出来:"谁三十五了？你才三十五了呢，我这么老了？"

"没有没有，我是想说你正青春。"

行政女笑说："你俩挺合适，要不我撮合撮合你俩得了？"

"可拉倒吧，我俩一个不喜欢弟弟，一个爱不了姐姐。只能做一辈子好哥们。"

"不过真要吃瓜，我这倒有一个。"这俩人瞬间竖起耳朵，拿发亮的眼神望着我。

"别这么看我，瓜肯定不是我的。是我妹，二十五岁，跟交往三个月的男朋友要结婚了。这也不算闪婚，具体咋回事我也不清楚。说不定就是爱情来了挡都挡不住。虽然刚开始听到这一消息我也莫名其妙抖了一下，但真正说起来三个月内闪婚也不能算是个新闻，婚姻这玩意到底是个什么东西，我没有实践确实没有发言权。可能是热恋中的人为抢上新鲜的菜及时下锅，以免过期变质。"

我听说表妹开始恋爱，应该是从她相亲"二选一"开始，大概也就是去年十一长假的时候。只是没想到90后的孩子居然也能接受相亲这种方式——直奔主题，直达目的地，一点也不含蓄，没有意料之外的神秘感。就一个慢热的人而言，我是没法接受这种直接上秤式的相亲的。

舅舅一通电话打得也是突然，大年初一早晨，连着拜年加婚宴邀请一气呵成。

"酒席就在正月里办，人齐热闹。你们一家人可一定要回来啊，我都跟我亲家说了，孩子们办喜事，我们家南京姑姑肯定会回来的。所以计划来计划去，就挑了个正月十五的好日子，元宵节团团圆圆，时间好记又吉利。你们可一定把时间留出来。"

元宵节是个好日子，大家都还在年味里。不过怎么这么着急呢？表妹今年也才二十五啊，按理说大好时光才开头啊！

"你不懂，"我妈说，"按老家的算法，过了年她就二十六了，男孩比她大三岁，都要往三十上去数了。你舅舅觉得趁早把大事办了，他们也就大功告成了。"还有这样的逻辑？三个月一锤定音，这航天飞船上天都还没来得及返回地球呢。我咧嘴笑："反正我是做不到如此速成，除非有别的隐情。"我妈大概是猜出我的言外之意，唇齿一碰果断否定道："不能够，那孩子本分得很，不会有什么意外之举。"我爸披着件外套从房间直奔卫生间去，门虚掩着。我妈估摸着他能听着，便扭着头朝卫生间方向喊："哎，你听着电话了吧，我弟元宵节请我们一家人回去喝喜酒。"我爸类似打哈欠一般应了一声。我妈接着又对我说："订高铁票的事就你负责了。"从开始到现在我还一头雾水呢。我说："我还是别去了吧，手里一堆稿子没写呢，要不就你跟我爸代表了？"

近些年真是越来越怕参加婚礼，倒不怕扔出"红色炸弹"，只是觉得婚礼对于漫长的岁月来说形同虚设，真的很难想象这喜庆热闹的婚礼能抵多少结婚以后要面临的艰难困苦。

许慧芳

这事的确来得有点快，不过我弟和弟妹毕竟都是老实人，假如当初把孩子留在南京工作，他们也不会想这么着急完成任务。至于那座小城市，我也五六年没回去了。

但是每回提到我娘家的事，这俩人就不太积极。老的哼哼哈哈不回上不回下，小的干脆不想去，说是不在计划之内。这有什么好计划的？大过年的，谁家请吃饭就去呗，何况还是亲舅舅家。不过我刚接到电话也觉得挺突兀的，其实我是最怕跑长途的。我闺女说我有出门恐慌症，一想到要坐几个小时的长途车各种小毛病就都出来了。关键还不是这些事儿，我懒得回去一趟，用脚指头想也能想出来是怎一出场景。姊妹几个见到面先是客客气气寒暄一番，接着就该评价事件分析主旨了，这回小侄女突然结婚必定会引起一场"非议"。要我说，人家办喜事与其他人又有什么干系，不过是出份子的事。再然后……

"再然后，你们就可以开始互相伤害了。"我闺女说，"大姨见到你肯定会翻着白眼说，'哟，慧芳你怎么又胖了？看看你脸上这么多皱纹，还有斑斑点点的……到底是退了休的人了，我可不羡慕你那生活，累死累活弄出两套房来，以后放着也是吃灰，人老了哪有那么多精力收拾？'"

我闺女预测的的确没错，甭管隔了多少年，每回反反复复就这么几句。她倒挺好，自己脸盘那么大，每回视频只能看到半张脸。打开她的衣橱一看，黑压压一片，有几件衣服还是几十年前的。我说："你就没有鲜艳一点的衣服吗？好歹是参加婚礼，总要穿得鲜亮一些吧。"最讨厌的还是我姐夫，本来长得一副凶神恶煞的模样，一开口说话更是没半句着调的："你姐哪有你这大城市的人时髦啊，你去商场给她带几件回来不就得了。"

倘若把她每天连轴转开麻将档挣的那点辛苦钱都给我，我也过不来这样的日子。三十多年始终窝在同一个地方，真想不通她挣钱是为了什么，难道不能把居住环境改善一下吗？罢了，一个人一种活法。她认为我过得不舒服的日子，我反而认为现在正是最好的日子。至少我现在能花上我闺女给的钱，不像她们挣钱不是帮孩子还房贷，就是替孩子养孩子。子孙满堂，听着是舒坦，代价也是要有的。

话说回来，娘家好不容易办一次喜事，该出钱出钱，该出人出人，这点面子还是要的。

"我不管，你们父女俩把自己的事先放一放，正月十四必须全体出发回老家。结婚是大事，哪有三三两两不到场的道理。丫头，你可别推托你不去，为了抢手捧花你也要去。自己都三十好几的人了，真打算蹲家跟着爹妈颐养天年？"

"我没意见！"

"嘿，老李，你这时候说话了？都叫你给惯的，除了码字挣钱点外卖，啥也不会！就这么定了，买票，都去！"

李平凡

大过年的，办喜事倒是提前通知啊，这一年忙到头谁不想在家歇着。从南京回老家少说四百公里，光是在路上就得耗半天。更何况现在疫情还没结束，为喝顿喜酒来回得七八个小时车程，待的全是人群密集地方，不说传染了，就是戴上那么长时间的口罩也得憋够呛。

事实上我们家老许是平时让她回去都不回去的人，她自己也说回去没意思，见到老家的姊妹几个，绕来绕去还是陈年旧事那些话题，除了相互攀比和控诉以外没什么新鲜内容。

那姊妹几个多少年一贯如此，你日子不好过她看都不看一眼，穷人家门口长青草，以前是常有的事。可你要过得好，尤其过得比她们都好了，又都会酸了吧唧地说你过得多累，不像她们想得开有钱多花，没钱少花图个快活。奈何，我们家一向全是老婆说了算，再怎么样一旦是她娘家有事，即使好几年不回老家，她也像是猛然被谁打了一管子鸡血似的，早早地就开始在家折腾。

"还有十几天才去呢，现在买车票太早了吧？这又不是去北京上海，跟春运关系也不大。"说实话我是不想去，闺女也不想去，觉得太折腾。以前去过年，每回去都要塞满一后备厢东西带回去，分给各家亲戚，东西只能多不能少。一次两次觉得热闹，三番五次就变成理所应当。不仅如此，我们从南京赶回去串亲戚拜年，好歹留我们吃个便饭嘛，结果是我们一家人把人招进饭店请客。这么做是图个祥和吉利，但是每回都这样，谁也不是痴傻人，有这闲钱闲工夫，我们一家人在南京过年过得不要太舒服哦。

我也晓得她小舅要我们回去是为了帮他撑个台面，这规矩我懂，只要对方亲家听说是亲戚从南京赶回来的，怎么面上也会高看他们家一眼。加上我们家里最高领导都下达了指令，不回去也得回去。倒是闺女在一旁挑衅："反正你们以后可别指望能把发出去的红包收回来。好好的单身日子不过，这么早就陷进柴米油盐酱醋茶里，以后日子也是够她受的了。"闺女按指示买好了车票,这老许就又开始折腾。连去带回统共不超过四十八小时,浓缩起来不过一顿饭的事,她翻箱倒柜翻出五六套衣服,穿羽绒服嫌臃肿,穿呢大衣嫌冻人,穿色彩鲜艳的怕盖过新娘母亲的风头,挑件暗淡些的又觉得没太多喜气,这一套套堆在床上真是五彩斑斓。闺女这时又有些不屑地丢下一句:"搞清楚对象,好吧?那是八百年都不会给你发一条微信的侄女,不是天天守着你的女儿。"我吓得赶紧纠正闺女:"你妈是难得回一趟娘家,为见你舅舅姨妈,跟参加婚礼关系不大。"

本来是可以顺理成章回去喝顿喜酒的,可往往就是这么人算不如天算,正月十三我也接到了从老家打来的一个电话。几乎是看到屏幕亮起,我就明了八成不是什么好消息。我这边刚接完,老许就冲我嚷嚷起来:"这算怎么回事?怎么也挑在这时候?"我瞪了她一眼,人去世怎么能挑时候呢!

刚刚打电话来的是我远房表姐的儿子,来给我报丧的。因为我母亲生前一直和表姐走得近,所以两家人也没断了往来。年前就听说她住在医院只能靠流食度日,人到七老八十的年纪,有这么一天总是迟早的事。然而事情往往净是这样赶巧不赶早。人是十三凌晨走的,按风俗停放三天,也就是十五出殡。这老太太真是选了个好日子走。

许慧芳

真是瞎闹,哪有这么巧的事,过个年丧事喜事赶到一块了,还都是元宵节,这事闹的。我就说老李这人不能遇上事,一碰上个事儿他就虚到不行,人家儿子在电话里说了,不劳烦他这表舅大老远跑一趟,打电话也就是礼节性通知一声。可他偏不信,非说:"人家只是客气一下,出这么大个事哪能不到场吊唁一下呢?反正刚好也要回去一趟,干脆两场小麦一场打。"

他这不瞎胡闹吗!一件喜事,一件丧事。吊唁是白天,婚礼是晚上,你这白天送别,晚上再来喝喜酒,假如让人知道还不得骂死。不行,这事我可不能由着他性子来!我说:"要么你跟我回去参加婚礼,要么你一人在家,我和闺女去,这好歹是我娘家的喜事,本来请你回去是帮忙给孩子撑撑场面的,你倒好,还想给我来这出儿。"话说我这闺女也不知哪根筋搭错了,她爸胡闹,她也跟着起哄。凭什么婚礼不想参加,一听说她表姑走了倒麻利地冲了出来。真搞不懂这父女俩到底什么意思。我承认他表姐一家是跟这边三代交好,从我婆婆开始到我们闺女这代人都有联络,但毕竟隔着三百多公里呢,你不去人家也不会怪你啊。况且我这喜事在前,无论怎么排也应该先去参加婚礼。

要说我这娘家侄女，我还真觉着有点对不起她。当初她好不容易考上了省里的大学，拿到录取通知书那一刻，我弟弟全家人满心满意想把孩子留在南京。没过两年房子都在周边买好了，车也为孩子配好了。我们还商量好，等将来都退休了，年纪都大了，两家人就靠在一块相互照应。可也不知道是这孩子没有留在大城市的命，还是怎么着，反正谁也没料到给她在这儿找个工作这么难。越是想使劲处处托关系、想办法，就越是哪儿哪儿碰壁。我弟是个老实人，但就是再老实也知道女儿是自己的宝贝。我真的是一门心思想把这侄女留下，只是奈何人各有命。她的命，我有心有力也难以掌握。

还是怪我这姑姑没多大能耐，要是有十种方法，我恨不能使出二十种办法把她留下。唉，反正终归是我亏欠了我弟和侄女。一直想找个机会补偿补偿，这回是她的终身大事，更是我弟这一辈子最大的一件事了，说什么我也得替他们全家撑足了场面。哪怕这都是虚的，我能弥补一点儿是一点儿。

李晓梦

这年过得也是够戏剧化的，元宵节，一边喜结连理，一边披麻戴孝。三张回去的高铁票我是安排妥当了，但下了火车兵分几路就说不好了。我倒不是对表姑有多少情感，只不过提到她就想到我奶奶。我奶奶生了四个女儿，却没一个像她。我这表姑从外表到内在，活脱脱是我奶奶的翻版。我妈对着我爸下了终极通告，而我到底是去抢表妹的捧花，还是去给表姑送菊花，倒成了问题。

临出发前一晚，我问我爸："这表姑的丧事怎么非得去一趟？你要是想表达心意，我替你在网上订个花圈送去也一样。"我爸背对着灯光摆摆手，说："这不是送个花圈就能表达的事，表姑是所有远房亲戚中跟我们家走得最近的。你记得吧？你爷爷走的时候她就带着一家人到你奶奶那儿忙活。你亲姑姑跟她不仅是同龄人，还是同名不同姓，你奶奶有任何事即便不愿跟自家儿女说，也要跟她商量，你姑姑为此没少跟你奶奶闹别扭。可谁让你表姑句句话都说到她心坎里呢。后来你奶奶走了，就数她哭得最伤心。"

几十年前，奶奶家住在一个小镇上，镇不大，表姑家就离奶奶家不到一条街的距离。我妈生了我那年在奶奶那儿坐月子，表姑几乎是顿顿端着碗来串门，一有事儿就替我奶奶各种出谋划策，弄得好像是自己家媳妇生孩子一样。

还有一回，我们回老家给奶奶过九十大寿，这姨侄俩阔别许久，一遇上就将两家儿女全部"清场"，两人躲进房间互诉衷肠。由于两人都有抽烟的嗜好，每回都是人手一包烟，她抽完你拿给她，你抽完她递给你，就这么烟熏火燎地聊了一下午，总之家长里短是没有终结的话题。快聊罢了时，表姑的儿媳推门走进这谜一般的房间，差点没被呛死。随之便对她一阵"怒斥"："我的天哪！这是抽了多少烟，瞧这一屋子的烟。真不是我当着姨奶奶面说你，自己看看身上的衣服有一处好地儿吗？全是香烟头烫的洞。你儿子每个月还按点给你供应，真是惯得你不像样子。"然而表姑也一向对儿媳的训斥装聋作哑，待她离开后便说："什么玩意儿？我抽烟又没花她的钱，就她话多。不就因为我现在上年纪了跟着他们过嘛，换作十多年前，我还在咱们镇上叱咤风云的时候，有她什么事？如今就是为难我的大儿子，他是个孝子，夹在我和他媳妇中间可委屈了。"她随口一说不要紧，把我奶奶的情绪带动了，好嘛，一下午烟灰缸已经清了三回了，这下新一轮儿媳吐槽大会又开始了。

  这边我们一家三口各自去向尚未确定，那边舅舅又打来了一通电话确认："是明天下午三点的车吧？那我六点前准时到车站接你们。"舅舅打来的是视频电话，我爸在一边自言自语嘀咕，舅舅木讷的神情在视频中卡顿了几秒，应该是没注意我妈扭头朝我爸发怒的表情。

  我想起那天聚会跟程序男和行政女聊到究竟什么样的人

才是真正值得共度余生的话题，现在我的观点是，留得住，聊得来，能在自我和彼此之间完全自如互通的人，才值得去期待共同的未来。而婚姻是什么物体？只不过是固定一段关系的容器。以前的女孩都向往婚礼，总认为自己从舞台尾端走向中央时刻，是走进了世界的另一端。但也可能是走向了世界毁灭的另一端，就像人到最后总会走向死亡。

我最后一回见表姑是在奶奶离世三周年祭上，当时参加祭奠的人里，她年纪最大。近八十岁的她，再也没了雄赳赳的精气神，不仅拄了拐杖，另一边还需要人搀扶着，走两步歇三气儿。唯一没变的是眯起眼说着话时，手会不自觉塞进口袋去掏香烟和火机。她那儿媳又在一旁哑哑嘴："都哆嗦成这样了还改不了这恶习。把自己衣服烫了就算了，在家也没完没了地抽，一点也不顾及孩子们的健康。"等儿媳一走开，她便对着我奶奶的墓碑一通絮叨，就像以前一样诉苦。这回她也走了，我估摸着这两人在那边又能聊上了。

反正不管怎么说，参加婚礼，或去祭奠，在我而言都将会成为一种对过往时光的怀念，当然要是都不去是最好，毕竟热闹是别人的，悲伤也是别人的。

不过我爸妈肯定不这么想，别人家欢天喜地，接乘龙快婿是我妈娘家天大的事，哪怕这事与她只是一个红包和一声姑姑的关系。同样别人家呼天抢地拽布披麻，多远赶去也就是一束菊花三鞠躬的事儿。所以明天究竟定下什么方向，不到临下车一刻还真不好说。

李平凡

出发之前，我再三强调不要大包小包带上火车，一来一去统共就那么点时间。这老许光衣服就备了两套，弄得闺女都觉得不是很舒服。下午三点的车，两点半就得从家里出发，但老许在意料之中从一点半就开始不停去厕所，平时在家从不拉肚子的人，一要走长途就闹腾，这是年轻时候就有的毛病。闺女安慰她："现在高铁上都有洗手间，你不用这么紧张。"我就说她不能出长途吧，每回都搞得像新娘上轿头一回似的。好不容易上了车，她的眩晕症又犯了，所幸的是她带出来的包里设备齐全，一把掏出了全天麻胶囊缓解了突发状况。我说："何必呢？时隔五年了，非破天荒地跑一趟。"她闭上眼头靠椅背虚弱无力。闺女笑道："我妈懒得搭理你。"

"我问你，一会下车跟谁走？"我问闺女，她也摇摇头说没想好。其实接到电话时，我也没说一定得去，哪知道老许反应得那么急火攻心，我头脑里一卡壳就说这事我也得去。事实上去或不去，都是做给后人看的。人都走了，弄出再大的动静她又能知道个什么呀？

而舅老爷家的喜事，看似去了是给他们家加强了阵势，说到底不过也是一场人间喜剧。老许一辈子要强，当年我们过得那么穷，她还每天都把自己收拾得体体面面出门，为的就是不能让谁看出我们过得艰难。接着就是她娘家人，都是"无事不登三宝殿"的亲戚，有麻烦了三天两头往我们家跑，要是没事，就是走在大街上的陌生人。她希望和家里人抱团取暖，希望每家都过得好，生活得体面。然而她不是不明白，只有在他们需要这个南京姑姑的时候，她的抱团才有意义。别说没帮上忙的。就是帮上忙的又如何？她姐家女儿的例子就摆在面前，从上学、工作、找对象几乎是一条龙给她安排好。结果别提是对姨妈姨父知恩图报了，这么多年连基本的礼节问候也没有。你说说，这种亲戚走着还有什么意思。

但生活往往不只是喜剧，有些时候还是让人哭笑不得的戏剧，甚至是闹剧……

李晓梦

还真是一场戏剧，还差半小时到站，我们终于商量好各自的去向。我和我妈跟舅舅走，我爸独自去给表姑吊唁。我当然知道我妈怕晦气了舅舅家的喜事，我干脆好事做到底，在距离折中的地方订好了酒店，这样各自办完事就回到自己订的酒店谁也不麻烦。

等到临下车，我妈脑袋瓜一转说："这样，你还是先跟我们走，要办事也是明天，今晚我弟安排了晚饭，他家女婿亲家都来。你好歹出席一下，照个面，这样明天婚礼不参加也说得过去，但千万不要提那事。"不得不说我妈为了娘家人也是煞费苦心，话都说到这份上了，我爸也只好默认答应。

出了站，我便看到舅舅喜气洋洋地招呼起来。车也换了，说是新女婿孝顺的。我们正要上车，表姑儿子打来了电话，我妈悄声地让我爸到一旁去接。回来后我们发觉我爸脸上多了一份松弛，似乎是有块石头落了地。他走到我和我妈中间嘀咕："时间搞错了，我以为是明天出殡，她儿子说今天早上已经把事情办妥了，还说我姐已经替我送了花圈。"我妈瞬间松了一口气，终于顺顺畅畅地呼吸到了家乡久违的空气。舅舅开着新车一路在高架上驰骋，两侧是高楼耸立。我妈一路感叹家乡的变化，又好奇地打听表妹嫁了个什么样的家庭。一直到车停在酒店门口，我们才知道明天的订婚宴就订在我们住的地方。

是订婚宴？不是结婚！

（发表于《中国作家》2023年7期）

三人游

一

倒掉最后一口热美式,倪佳怡回房间又拉上窗帘,即便今天没有出门约会,她照旧化了精致的妆,架好手机拍了一段短视频。其实她什么声也没出,道具和音乐倒是添加了不少,美颜滤镜就更是开得没边。我虽不爱拍视频,但不得不承认刷抖音确实是比较解压的方式。

近半年,倪佳怡更新视频极度频繁。一开始我还以为她是在空余闲隙打发消遣时间,有一段时间更新越发多了些,后来近乎接近日更。从磨皮、美白、亮眼到清新、浓妆、瘦脸一路美妆全部开出,又从冬天围炉煮茶奔至春天魔都旅行。这压根不像是一个进入不惑之年的妇女状态,也不像一个家有小升初的孩子奴能做出来的事。几次,我也想私信她近况如何,转念又一想,时间距离都远了,我又何必瞎操心,只得打趣评论:"这怕是开启第二春了吧!"

我所指倪佳怡的"第二春"更多是表达她当下的状态和生活重心,并非一定涉及感情或婚姻。这一点不知道她看到评论时有没有完全理解。在我看来,倪佳怡过去并不是一个对生活抱有多少热情的人,从前她性子极为沉闷,脾气多少有些古怪,我跟她的交往不算太多,却恰恰偶尔能聊上几句真心话。但说实在的,她留给我的印象是总喜欢无端皱着眉头,以至于一脸凶相有点吓人,一点也不比这会儿视频里那么恬静温和。但越是这样,周璇苑就越不认同我的观点。她说:"倪佳怡八成是过得不幸福,所以才另辟蹊径找乐子。瞧瞧她'老公'每天不重样,今天肖战,明天王一博。"这似乎确实有些幼稚,也不像是四十岁人该有的心理。追星,实在没必要这么不理智。

"她这回去上海是看谁来着?薛之谦吗?"

"好像是,她还挺有情怀。

周璇苑说:"恐怕她有的可不只是情怀,还有野心,一种逆生长的野心。"

我和周璇苑的日子过得也没多理想,要不然也不可能闲下来用微信聊别人的八卦。周璇苑在一家出版社做编辑,她工作第二年结婚生娃,耽误了她不少事,以至于入职五年职场晋升无望。而我却"因祸得福",这几年创作的几部作品都交给她打理出版。时间一长,她也发觉这样不疼不痒的编辑生活反而放松舒坦,得以不紧不慢、不慌不忙地带娃。

我说:"周末除了带娃,你就不打算干点别的?"

她说:"也干啊,看稿算不算?就是社科类有些枯燥,其他也还好。"

"所以我说还是编文学有意思,至少能看看别人的喜怒哀乐。早跟你说了,去年轮岗你就该调到文学编辑室去。"

"当时是考虑过,又担心忙起来顾不上孩子。怎么办呢,鱼和熊掌不可兼得。"

这话倒是没毛病,生活好多事不是挑担子,而是天平,总会需要有倾斜的。

倪佳怡视频作品又更新了,拍摄了一段车窗外的沿途风景,倒车镜里有她自己,样貌越发青春,可惜眼角细纹还没完全遮住。背景音乐却稍显悲凉。

"你说开车的是她老公吗?"我问。

"那肯定不是,你不记得她从前是怎么花式秀恩爱的了?"周璇苑和我同时发出"龇牙"的表情。

二

倪佳怡谈婚论嫁时，我们都在场，出于对朋友的关心，我旁敲侧击对她说："你嫁的是心中想嫁的吗？"那会儿她正在店里看一款五六千块的普拉达手提包，打算在婚礼当天作为配饰装扮。她对着镜子左右打量，看上去丝毫不介意，问我这话有什么言外之意。我望着她喜形于色的样子，便收回好奇心，浅笑回答："没有，就随口一问。毕竟只嫁一次。"她丢下一款，又换了一款，对我笑了笑："反正都得嫁，日子过得去就行。"

难道说，结婚成家只为日子过得去？当时我还真不能够理解。这话到了周璇苑嘴里，倪佳怡就成了最实际的人。她觉得倪佳怡这话也没错，嫁人可不得让日子过得去，至少过得比现在好嘛。我问："婚姻不应该是以感情为前提才能达成的事吗？"谁知她俩都笑我修炼的等级太低，活到这把年纪还抱着这么理想化的心态。

周璇苑说："你勾勒出的那些柏拉图或是乌托邦，恐怕过些年连小说中都不可能出现了。"我还没喝下第一口抹茶拿铁就否认道："不能够，文学中是不可能让这些消失的。要不然弗洛伦蒂诺也不会买下照到他爱情的镜子。"于是，她俩分别在不同场合又笑我："难怪，你很难结婚。"

或许，她们说得是对的。我后来一直没在结婚这件事上过多费心，因为我总觉得经营婚姻也需要天分，婚姻并不适合所有人。比如周璇苑，她就适合婚姻。婚后第四年，二胎如期到来。周末陪大儿子上兴趣班，又恰好为小女儿铺垫好早教课程。她的先生在机关工作，朝九晚五，早上比她晚走一小时可以送孩子，傍晚下班又能顺道接孩子回家。晚上夫妇俩煮饭炒菜分工合作，一荤一素一汤，一个多小时的晚餐时间恰到好处。我说："这不就是我形容的理想化婚姻吗？"她笑笑摇头："这只是一个片面而已。你还没见过我们家鸡飞狗跳的样子。生活不是一段段意象诗，而是一幅幅不规则动态图。"

倪佳怡周末更新视频的质量越来越高级了。今天内容是三段式的，先是商场试衣，再是西式餐饮，最后黄昏降临时来了一段瑜伽。十来秒的视频，却可以覆盖倪佳怡这一天的生活。周璇苑不禁发问："她周末不用管孩子吗？她都已经结婚十多年了，孩子上初中了吧？"我回复了一个点头的表情包："不过她身材保持得还挺好的，没有想象中那么发福，我不记得她有练瑜伽的爱好呀。"周璇苑说："可能是一时兴起罢了。"

可就在前不久，我从拐了几道弯的熟人那里听到一件关于倪佳怡的不太好的传闻。说有一天晚上，狂风暴雨过后，她不知怎么爬上了二十四层的楼顶，站了至少有半小时，后来也不清楚是她自己下来的，还是被人拉下来的。总之听人说，她有一段时间情绪特别不稳定，成天要么郁郁寡欢不说话，要么就随时都可能暴跳如雷。

我问周璇苑："你有没有突然想离开当下生活的时刻，就是那种不管不顾的决绝？"她大笑道："太有了！一个家庭过日子的琐碎远比你想的要复杂。不！已经远不能用复杂来形容了。"

"那你会想去哪里？"

"别管哪里，能走就行……"

我猜测，倪佳怡突然站上二十四层的楼顶，说不定也就是有过"别管哪里"的冲动吧。但就像她后来说过的，她"现在是一只飞不走的家雀"。

四月，总要等到过完雨纷纷的清明节才能拨开云雾见天日。我和周璇苑都认为林徽因笔下的"人间四月天"应该是不存在的，人间哪有诗句中那样灿烂的四月，"是爱，是暖，是希望"。

周璇苑问："你就真不打算找个人结婚？"

我答："连你都把生活形容成那样了，我还是算了吧。"

周璇苑说:"你觉得倪佳怡为什么爬上楼顶呢?我听说是只差一步就……"

瞧瞧,真是越传越具体了。

周璇苑又说:"其实我倒有个主意,你以后可以考虑一下 AI。"

我摇头:"绝不考虑。因为机器人太完美,一点差错也不会出,越是无懈可击的越可怕。"

倪佳怡持续更新动态,今天主题是音乐、烧烤、啤酒和电影院。而且她的状态也越发好了,像是刚可以谈恋爱的小女生。我不由自主地给她点了赞。她近来很少再发朋友圈,上一条还停留在一年前——她儿子小学的毕业典礼上,后来就再没有提及有关家庭的内容。

两年前微信闲聊时,我问过她有没有再回来的打算,哪怕是探亲。她说:"会回去,但暂时放不下走不开。"她也对我聊起过,如果现在没有家庭,没有孩子,她不至于像只家雀一样被困在别的城市。但是可能吗?当然不!当初结婚时已经够晚了,现在心理作祟又有多少用处。

我不是很好奇短视频究竟能为她现在的生活带去多少乐趣,毕竟她不像是靠流量度日的人。难不成她真是要迎来"第二春"?周璇苑有些好笑地望着我。

"稍稍想一下,似乎也不是不可以——我是说在情况允许的情况下。"

周璇苑当作开玩笑说:"你可以从她那里挖掘一些写作素材。还是算了,说不定她过得并不一定是她展示出来的那么光鲜。人间疾苦,谁能真的懂得。"

倪佳怡的性格是比较极端的,从前是,现在也是,要么孤僻到不行,要么热情到不行。她父母只有她一个女儿,但她却极少关心家里的事。父母矛盾她不问,父母生病她不管。而用她的话说,"他们不需要我管"。我们曾经接触过她的父母,她母亲总说:"家里的事尽量不想让孩子操心,只要她自己过得好就行。"除了"可怜天下父母心",也想不出别的更恰当的理论了。因此,这些年倪佳怡也总和我们似有似无地拉开一定距离。

又过了一段时间听说她父亲得了癌症,倪佳怡最初是不知道的,那会儿她自己的日子也正处于混乱当中。"围剿"了丈夫和小三,青春期的儿子又迎来叛逆期。儿子毫不留情地揭露了她平日里对家庭不闻不问。倪佳怡因此站在了楼顶?大概就是母亲那一通及时的电话,是她后来转身走下来的理由。

周璇苑又在为儿子钢琴考级发愁了,才八岁就要考三级。她说:"这倒霉孩子一首曲子练半学期,还弹得断断续续。要命的是一坐上琴凳,他不是要喝水,就是上厕所。真是够了,他爸除了负责接送，还能干得了什么呀。每逢考试必找理由出去躲清净。躲出去也行，你倒是把另一个孩子也带走啊。他倒好，一个都不带，只顾自己快活。"周璇苑把日子过得像出版工作一样周而复始，就如我把时间耗费得像写作一样规律。

四月的早晨，我越发睡不醒。好困，不仅早晨困。中午因为吃了米饭，更困。最近忘了买咖啡，以至于把黑白颠倒的日子过得更透彻了。之前，周璇苑劝我："创作是可以干一辈子，但终究不是伴侣。"最近她说："其实我觉得你这样也挺好的。"我说不上长此以往这样下去好不好，但的确因此避免了好多不必要的困苦。

周璇苑那天和先生为孩子暑假去哪儿的事大吵一架。她想把孩子送到老家父母那儿，因为父母都是教师退休，一整个暑假就能包揽孩子的所有课程辅导。她先生则认为，趁一年级暑假得空赶紧带孩子去爷爷奶奶那里，待上一个月好好和长辈亲近亲近。周璇苑一听要把孩子放公婆那里一个月，瞬间就炸了。

"你说他是不是疯了，一个月光吃喝玩乐，这要落下多少？我气的也不是这点，他想让孩子去看爷爷奶奶我能理解，但他怎么能说是我太霸道，独裁了他们家的亲情呢？"

"这是他说出来的话？'他们家'，合着你不是他们家人？他这才是独裁吧！"我也跟着愤愤不平起来。

"这也就罢了,现在连孩子也跟着他爸后面蹭,小小年纪就学会'讽刺'我太霸道,说是我不让他和爷爷奶奶团聚。行,那我就随他们去,什么都不容易,撒手不管还不容易!"原来这就是周璇苑突然出现在我面前的原因。她带着一个小型行李箱加一只平常外出的斜挎包。我没有打算劝她回去,既然出来了,至少得过个夜才算没有白费这离家出走的心思。

三

我有一天半夜十一点多走在街上,小吃步行街满是烟火气。因此,我觉得即使单独一人,也不会觉得空空荡荡。我明了自己仍然具有爱人的能力,不过即便用力去爱了又能如何。《百年孤独》里就说过:"人生的本质就是一个人活着,不要对别人心存太多的期待。"也只有当我写不出内容的时候,才会感到心底有一丝丝悲凉。

后来听谁说起过,倪佳怡在这么"放荡"之前,她在替父亲操办丧事时,也办成了一件人生大事——给自己选了一块墓地,单穴的。大概是想以后图个清净自由。周璇苑对此也不感到讶异,莞尔道:"反正几十年后都得尘归尘,土归土。何况没准隔几年还得涨价。"我和周璇苑静默了好一会儿,终于决定一起买飞机票，两小时后出发去丽江。我问周璇苑："去丽江合适吗？"她想都没想说："合适。只要别想着有什么邂逅。"

说是去丽江古城，事实上我们两个人一头扎进了小酒馆。我喜欢白天的小酒馆，坐在靠窗的位置，十一二点钟阳光照进来，什么都不想。我和周璇苑摇晃手中的酒杯，身体倾向一侧窝着。周璇苑没一会儿看一眼手机，没一会儿刷一下微信。我说："今天好歹是周末，单位没人找你，家里孩子有爷爷奶奶，你别瞎担心了。"傍晚时，我们租了两匹马，在古镇的街上游荡，周璇苑没有经验，不敢独自骑行，便让人牵着溜达。我想起多年前和一个男孩在某个公园骑马，他答应会帮我牵住缰绳绝不放手。谁知马儿突然闹起脾气，突然仰天长啸，嘶吼一声，那小子自己吓得一甩缰绳，落荒而逃。我浑身一震，差点从马背上仰天摔倒，幸亏驯马师及时相救。从那以后，我就再无法信任男人。所以有些谍战剧说得没错："信任一个人，相当于把自己的命交在他手里。这是极度危险的事！"

周璇苑忽然委屈起来，说："其实昨天从家里跑出来，就冒出一个特别清晰的想法——离婚。这不是一句随口说说的玩笑话，而是当我那晚回到家，看到满水槽的剩菜剩饭全都堆在那儿，我就清清楚楚有了这样的念头。因为我不想每回加班回到家，就是为了打扫这残余剩饭。"

我的理智告诉我，旁观者是不能鼓励她有如此极端的想法的，但往往最能击溃人的都是这样看起来不值一提的小事。她终究放不下孩子。我们的马儿走得很慢，真希望能像诗里写的："从前慢，车、马、邮件都慢，一生只够爱一个人。"爱好自己就很好。

　　也就在这时，从后面恍惚穿过另一匹马，伴着一声"驾"，速度极快。但周璇苑和我同时认出了早已跑出几米远的身影。是她，确定就是她，倪佳怡！

　　那天晚上我们夜宿酒吧，谁都没问彼此的生活，仿佛就一直了解彼此的生活……

〔发表于《文艺报》2023 年 7 月 12 日
第 75 期（总第 5053 期）第七版〕

逆流而上的治愈

一

萧懿辗转反侧，她已有好几个晚上没有睡好了。如果不是想到杂志社跟她约的封面还没画完，她都怀疑自己是不是快要抑郁了。其实也不能说是抑郁，她还没到郁郁寡欢，茶饭不思，整宿整宿失眠的程度，就是心有点乱。忙起来还好，但就不能静下来，白天不能，晚上更不能。只要一想到这半年经历的事，想到那天晚上严柯对她的笑容，那天早晨他给的拥抱……她的内心就莫名其妙地慌乱，最近又转变为对自己的耻笑，耻笑自己是在痴人说梦。她侧了个身，眼神呆滞地盯着宝莲状的床头灯，开关捏在手里被开了关，关了又开。这几个晚上就这样反反复复无数次，她觉得自己有些神经了，冒出一句："真是荒诞，说出来你就是个笑话！"灯总算被熄灭，萧懿却一定想进入一个更荒诞的梦。

　　说起来萧懿也算个挺奇特的人，学生时期各科成绩都很一般，数理化英语基本属于半工半读没学明白，语文作文写得也是神龙见首不见尾。结果可想而知，别说高中了，技校也才勉勉强强考上。这倒也不能怪她不争气，谁让她天生跛脚呢。一个姑娘家天天一瘸一拐去学校，得受多少冷眼对待，什么瘸子、拐子、跛子都是她在学校里的代号。没人真心同情这么个走路歪歪扭扭，还不给人好脸色看的女生。老师嘴上不说，实际上也是这么认为，"这种人以后能有什么出息？顶多来认几年字，以后回家好看电视打发打发时间罢了"。所以萧懿向来各项功课都不行。她没信心，也不想认真学，哪知道以后会怎么样，反正能过一天是一天。不过越想随波逐流就越不会那么容易逍遥自在，人总会在无意间发现自己还有一技之长。

　　上初中时一节美术课上，老师在评价学生作业时，破天荒地点到了萧懿的名字。"萧懿这次美术作业完成得不错，轮廓和色彩都非常好，得了优加！继续努力！"她坐在台下蓦地抬头，看见老师对着她笑。后来上了技校，她想都没想就选择了绘画设计。五年制学习结束后，她一走一颠地想出去找份工作赚钱，但哪有那么容易。去打工吗？不可能，人家需要形象。就算是得着一些怜悯，给予她一些不透光的洗碗活，凭萧懿这"自命不凡"的气度，不可能去接受别人的施舍。毕竟她不仅需要填补物质上的空缺，还要填补精神上的匮乏。因此，这一晃荡两年过去了。

把一个人生生关在家里两年是什么概念？这是个网络通信发达的时代，宅在家反而成了对生活的一种修炼。萧懿自然是闲不住的，她明白网络从某种意义而言对她是好的。她在网络上投简历，试图寻找与专业对口的工作，她从一开始就不信自己找不到一份体面的工作。功夫不负有心人，两年后一家杂志社看了她的图画样稿后，真的就录用了她。每周不定时坐班，完成每月一期的杂志封面。这工作让萧懿信心倍增，还维持了她的体面。

杂志社办公空间略显拥挤，一间编辑室里挤了七八个工位，严柯就在这个时间节点出现的。他和萧懿的工位是邻座，负责杂志内页的简笔插图。她平时很少来，来一次就会把自己的一亩三分地收拾得干干净净。她不只与严柯是点头之交，跟其他人也是如此。大概在她的认知里，对人敬而远之是一种不失优雅的礼貌，所以她从来都没觉得严柯是特别的。尽管他谈吐幽默，待人绅士，个头近一米八，但人很普通。假如非要找出他与众不同之处，就是他喜欢穿正装上班。一个画插图的编辑，每周换不同色系的西服坐在格子间里，握一支笔画钢笔画，这样的画面感该怎么形容呢？

这期封面图主题是治愈。萧懿听到便觉得是个"假大空"

的主题。这年头令人受伤的地方太多，一碰一伤，谁都会身经百战，谁也都是遍体鳞伤。怎么治愈？谁又可以治愈谁？她思考了将近一周也没思路。

"想表现出治愈，得先想出受伤的感觉。"她不由自主用笔戳了戳原本干净纯洁的白纸。每周都是如此，她环抱着一摞稿纸来杂志社参加例会，从楼梯一颠一簸地爬上去，在他人看上去有些艰难，实则对她来说并没有多费力，只是习惯。用习惯应付艰难，现实也就没那么夸张了。

严柯也走上了台阶，并很快走到了她前面，又是一身西服套装——这次是藏青色。他比萧懿多跨上一层台阶后转了个身，对她伸手微微笑了笑说："把东西给我吧，我先拿上去，你慢慢走。"萧懿看着他愣了一下，反应过来后礼貌地一笑，把怀里的稿纸交给了他，没等她说谢谢，他就快步上了第三层。例会上，主编照例巡查各部门工作进度，严柯这期有八幅插图，都提前交稿。等问到萧懿封面时，她只能如实说："这期主题很难掌控，暂时还没想好该怎么表现对治愈的理解。"领导听到这样的答复自然不快，认为萧懿把治愈理解复杂了，硬着头皮下达命令道："抓紧画吧，月底就得下厂印刷了。"

会议结束人群散去，萧懿回到办公位的时候，严柯正在整理手边的资料，抬头对她说："没事，还有的是时间，回去慢慢构思，总得想清楚了才能画好。"

二

那是个阴雨天，周五的傍晚，上次杂志社组织去团建的视频剪辑出来了，同事把视频投影到屏幕上。其实这类活动，萧懿一般是不会参加的，团建总是要"跋山涉水"或"拓展训练"，确实不适合她参加。但今年同事们都说是去度假区悠闲团建，没那么多复杂项目，劝萧懿一块去，她依旧是说："算了吧，我嫌麻烦，一路上会给旁人添麻烦，就不去了。"严柯环顾了下四周，看似不经意地说："人总是要麻烦别人的，要不然人与人之间怎么会产生连接。"然后，她就参加了。

这回团建，杂志社真是难得一见地慷慨，找到了一家在深山里的五星级度假酒店——依山傍水，自助丰盛，还租了一间会议室当沙龙分享会。萧懿背了大背包上车，同事问她："就去两天，你这是带了多少衣服？"她微微一笑说："衣服就带了一套，其他的都是笔和画本，想着换个环境或许能有新的思路。"她和严柯各坐一边靠窗位置，途中大家轮番上阵走到车前表演节目，为旅途助兴。严柯向来很受女同事追捧，他不上去唱上一两首，肯定是不能让这帮人罢休的。萧懿认识他这么久，的确不得不承认这人多少有些才华，行为做事礼貌绅士，谈吐风趣，才艺俱佳。这么想一下他还真是个挺有意思的人。

五星级氧吧酒店确实是不错的，一人一间房带独立的露台，推开门能见层峦叠嶂，几声鸟鸣从头顶掠过，深吸一口气全是山间的清新之气。

为了找到符合封面主题的灵感，萧懿试图回忆这些年让她很受伤的事，比如学生时期被人嘲笑，或是成年之后走在街上无法像正常女孩飘逸地走过，又或是痛失过哪位心疼自己的长辈……这些她经历过的，后来都是怎么痊愈的，她竟然一点也想不起来了。她怎么也体会不出当时的痛感，难道痛感太多、太久会使人麻木？

晚餐后，分享会的氛围远比在会议室召开例会轻松自在。萧懿虽然偏爱独处，有些时候也渴望融入他们。大家入座很随意，虽围成一圈，但中间隔得有的稀松有的紧凑，还有些人索性盘腿坐在地毯上。领导今天脸上表情也略显少见的松弛，说："今天不是不谈工作，而是为了给大家工作以来的嘉奖。我们来一个十大最佳的颁奖仪式！"最佳卷首语、最佳选稿、最佳设计，最佳影响力篇章……轮番颁出。萧懿当然觉得这是与她无关的事，正撑着脑袋鼓捣封面的事。恍恍惚惚听到有人报到她的名字，"萧懿获得上半年最佳封面奖！"她麻木地调整了坐姿，一时没反应过来，只见周围人全盯着她鼓掌，她忽然有些不知所措。同时又感到肩膀上落下一只温热的掌心像是在抚慰她，微微回头一看，是严柯迎着她一脸笑。而这笑容，也是萧懿后来才清晰地想起的，有些灿烂，是从他镜片投射到脸颊上的光芒；有些温馨，是从他眼角和嘴角散发出的暖意。

萧懿睡不着了，灯又亮起来，然后又强制性熄灭，又打开。她打电话给齐蓉，吞吞吐吐，带着各种焦躁情绪东拉西扯。齐蓉实在忍不了了，问她究竟想说什么。她说："没什么，最近画画不出来，心烦。"准备挂电话之前，她还是没忍住多问了齐蓉一声："你记得我们杂志社的严柯吗？"

团建第二天早晨，萧懿为了"治愈"折腾半宿，一早冲进洗手间好好洗涤了一把半宿的困苦与纠结。到底什么是治愈？怎么样才算治愈？经过一刻钟的冲刷，她披着湿漉漉头发走出房间。

"山里的空气就是好！早啊！"她一路慢慢走着，一路继续思考"治愈"的事情，严柯一身运动装从后面小跑跟了上来，走到她身边时自动放慢了速度，跟她打招呼。

萧懿扭头看了看他，礼节性地对他笑了笑，心想，原来换上运动装，他竟是这么富有朝气。严柯边走边做着小幅度运动。他们缓慢走着，严柯说："昨晚又没睡好吧？还没构思好画什么？"她点头嗯一声，回问："你觉得什么样的举动才算是治愈？"这时，七点多钟的太阳从山的背面露了出来，他什么都没说，只是停下来，笑着看了看她。

齐蓉一时被电话里的问题问住了，可是不一会儿突然想起，语气有些激动说："哦，我知道了，是不是总爱穿西装的那个？看起来挺斯文的。"

"嗯，对。"萧懿回答得很轻。随后又跟了一句，"他画插图画得挺好，人确实优秀。"

"所以呢？"

萧懿听出了齐蓉不怀好意的语气，就没再继续回应。

团建回来后，距离交稿的日期越来越近。这些日子一直不停下雨，断断续续快半个月了。上周五下班以后，萧懿就再没去过杂志社，按理周三是去交稿的时间。然而直到现在她连草图都没画出来，满脑子却都是另一件事。

那天团建结束，正准备上车返程的时候，她接到家里打来的电话——她的外婆突然在半夜去世了。她站在酒店大堂前，恍恍惚惚，不知该怎么去接受这个消息，只是木讷地停在原地不动。严柯从大巴车上跑下来，穿过门廊到大堂找到她，见她神情凝重便察觉出她心里有事，捡起她丢在地上的背包，问："怎么了？"

她直愣愣地告诉他："我外婆走了，上个星期还说回去给我蒸馒头吃的。"她没哭出来，却被严柯搂进了怀里。

"你……动心了？"齐蓉不甘心挂掉电话，又给她打过来,"反正也被你吵醒了,跟我还卖什么关子?你打电话来不就是想说说的吗?"

"我压根没想过对谁动心。按道理,应该不会。他这人一直就是这样,挺普通的。"

但是那天他们确实拥抱了,意料之外又在情理之中,可能她都没意识到,或许自己已经等待这个拥抱很久了。

"那你打算怎么办?告诉他吧?"

"怎么告诉?我拿什么告诉他?就不可能告诉他。"

"我就纳闷了,你喜欢一个人怎么就不能大大方方地面对呢?非得自己慢慢熬,你这都什么毛病!"

"像我这种人怎么能开口说得出这样的话?肯定不能说,说出来这事就荒诞了,我不想让自己变成一个笑话。"

"你这种人又怎么了?平时那么傲气,碰到这事就说自己是个笑话了?你啊,让我说你什么好。一个严柯你就看得这么神圣,这要是人家对你真有意思,你是不是得天天把他供起来敬拜!"齐蓉太明白萧懿面对心动的人不自主会将自己放到卑微位置的心态,她认为萧懿这次是应该争取一下,于是激将道,"能不能有点出息,这有什么见不得人的吗?也别整你那套什么'我爱你,只是一个人的事',所有不敢说出口的理由,都是扯瞎。你喜欢人家,不能光顾自己痛快,人家被喜欢的也有知情权吧。除非……你够怂,慢慢熬,熬到鸡飞蛋打。

到时候我陪你哭几场,你又是一条好汉。"

凌晨两点,萧懿居然比任何时候都清醒,被齐蓉一折腾,她是彻底睡不着了。听筒里不时传来她的哈气声,说:"有时候啊,你把事情想复杂了,可能就真复杂了。你对一个人有好感,说明这个人能明白你,也许还能治愈你。要是喜欢的不犯法,你怕什么……"

萧懿再次拿起手边的画本和笔,脑海里出现了一幅逐渐明晰的轮廓。严柯向来都给人一种谦和的舒适感,他说话的口吻一直是那样温柔,最要命的还是笑容……

画笔还没落到纸上,她先打开了音乐播放器,在"我喜欢"列表中播放了第一首新添加的《平凡的一天》,这是团建出发那天,严柯在路上唱过的。

"这是平凡的一天啊,你也想要吗?不追不赶慢慢走回家。就这样虚度着年华没牵挂,只有晚风轻抚着脸颊……"

原来美好的时光都是虚度的,最美好的旅程都是慢慢走过的。原来即便我们站着不说话,就十分美好。

周三,交稿的日期终于到了。雨,仍然像一个执拗的女孩,一旦钻进牛角尖就在自己的思绪里不停打转,想过逃离这段漩涡,又不忍自我放弃。萧懿下午去了杂志社,刚一进办公大厅,有人就赶来告诉她一个好消息:"萧懿,大楼昨天装好电梯了,以后都不需要费劲爬楼了。"这对萧懿真是个好消息。老楼里添了新家什，人人都像逮着新玩具似的往里挤。新电梯里满满当当载满十个人，萧懿站在了挡住按键的一角，电梯门正要关上的一刻，一个瘦瘦高高的身影抢到最后一步跨进来。同事们开始七嘴八舌地抱怨，"满了满了，超重了。"可是电梯门还是顺利地关上了。

"正好正好，我目测好还可以再加一个人才跨进来的。"萧懿早就看见严柯远远地快步走过来，不会有人注意到是她在最后时刻摸索着按下了开门键，严柯也不知道。下电梯时，她甚至没敢看他一眼便慌乱地走了出去。

昨晚齐蓉仍是有些奇怪地追问她："其实你认识他也不是一年两年了，这次怎么会搞成这样？"

"是啊，怎么会搞成这样？"

萧懿总算在最后关头交稿了，封面最终被萧懿在凌晨三小时内定稿——一个身穿舞裙，面庞失落感伤的女孩，被一只从水中跳起并微笑着的海豚，用胸鳍温柔抚慰额头。领导满意地说："我就料到，你的治愈是真的可以治愈人的。"萧懿并不能确定，那只温柔的海豚是否真能治愈伤感的女孩。但她可以确定的是，严柯那天早晨的拥抱是真实地安慰了她。可能也就是在那刹那间，她清楚地意识到：

"严柯是特别的，而我不能对他产生任何一丝一毫念头，只因为他太好了。"

临近下班时间，外面的雨仍下个不停。编辑室里同事们都知道今天是严柯的生日，每个人临走前都拍了拍他肩膀，说一声生日快乐。没过一会儿人越走越少，有人提醒萧懿："趁雨小了一些你也早点走吧。"她说："好，等收拾完就回去。"编辑室里最后只剩下她和严柯，她看得出严柯今天兴致勃勃。他也看见萧懿还在座位上鼓捣包，便站了起来对她招呼道："一起走吧，楼下的雨水积得深，我送你到地铁站吧。"萧懿自然是欣喜的，正打算在他转身之前把包里的什么东西交给他时，严柯的手机响了。听着窗外绵延不绝的雨声，她用余光扫到严柯接到电话后的喜悦。他神清气爽挂了电话，高兴地对萧懿说："我们下楼吧，我女朋友打电话来，说她到楼下了。她开了车，我们顺道送你回去。"萧懿瞬间不知作何反应，待她想拒绝严柯的好意，他早已阔步走出了门，来到了电梯口。走出杂志社时，门前的雨水已经积到脚踝的位置。严柯的女朋友从车里撑起伞飒爽英姿跑出来，他赶忙上前去接住伞，和她握着手，笑着对女朋友介绍："同事萧懿，我们杂志社设计封面画的唯一高手。"严柯的女朋友礼貌地笑了一下。"路面积水了，萧懿不方便走路，我们一起送她回去吧。"严柯女朋友也是个热心人，连连答应，拉开车门邀请萧懿上车。

"哦！不用不用！"萧懿觉得自己的回应有些激烈，又重新缓和了语气说，"谢谢，不用麻烦了。雨不是特别大，地铁站就在路口，我带伞了，走几步就到了。"她肯定是不想坐车的。然而在听到严柯说她走路不方便时，萧懿的心似乎是被某种尖针刺痛了一下。她来不及跟他们道别，整个身体逃避似的躲进伞里。

一路上，她感到她的脸是湿答答的。她确定这是刮到脸上的雨水，而不是矫情的泪水。跨进地铁站的一刻，雨并不仅仅是越下越大，而是伴着电闪雷鸣的瓢泼大雨。她拎着水淋淋的伞等回家的地铁，满脑子都是严柯和他女朋友站在一起郎才女貌的画面。太般配了，他是该拥有这样美丽动人的女孩陪在身边。

随地铁门打开的，还有齐蓉打来的电话，她随意找了个靠边的座位坐下，将包拢在怀里。

"喂，我刚进地铁，今天下这么大雨晚上你还要来我这儿吗？"

电话那头齐蓉在耳边嚷："去啊，我在路上了！"

她有气无力地嗯了一声。

"啊？你说什么？大点声，我没听见。"电话那头的嗓门更大了。

"礼物，没送出去。他女朋友今天下班来接他了。"这句话总算是被齐蓉听清了，"挺好，至少我没成为那个荒诞的笑话……"

地铁上熙熙攘攘，每个人每一次乘上的心情都是不同的。有拥抱玫瑰花的喜悦，有饥寒交迫的无奈，也有爱而不得的心酸。这么多年萧懿一直坚持一个人的孤独，她确定自己注定是得不到完美结局的人。可爱情如此细微是不容掌控的，甚至有时，连它是在何时何地发生的都说不清道不明。而她的情感，终于在没有开始前就已结束。她闭上眼，身体斜靠着车厢，她告诉自己："这是好事！"她本以为闭上眼就可以放空思想，暂时逃离。而真实是，她的眼前像被谁点开了放映机，严柯的笑容、神态，他的安慰、鼓舞，以及那天她将整个身体和灵魂依附在他怀里的每一个场景，都依次清楚鲜明地呈现。有一刹那，她以为自己是真睡着了，眼前所浮现的画面应该是一场不切实际的梦。

突然萧懿整个人被一阵猛烈的颠簸狠狠震颤了几下，她的梦也彻底惊醒。地铁车厢内一片慌乱喧哗，她惊慌失措地张望周围人的神情。有人从远处车厢喊："地铁停了！有水进来了，有水进来了！"此话一吼，整个空间在分秒内演变出惊悚的剧情。"水……水渗进来了！怎么回事？越来越多了？这到底怎么回事？"有人脸上表情开始不受控制地狰狞。地铁里流淌进了暴雨渗透的雨水。这才不到五分钟时间，地面上就从一块块小水泊变成几片更大的水洼，雨水还在止不住地往里流……所有人都意识到不对劲，暴雨可以淹掉路面，也可以使湖面上涨，可怎么能够冲进地铁里呢？水流灌进车厢的速度越来越快，车厢内积水越来越深。

"怎么办？怎么办？救命啊！快来人救救命啊！"水都没过人的小腿，快要上升到座位上了。

"快，拽着拉手站到凳上去！"萧懿一言不发，背后冒出了冷汗。她双手抓住边上的扶杆像攀爬绳索，费力地把一条腿蹬了上去，接着是另一条。她死死抓着扶杆，双腿只能蜷缩着半坐。做梦也想不到，只是乘一趟地铁竟然会遇到这样骇人听闻的事。

三

正当人们手足无措时，地铁司机冲了过来，他一边安抚乘客不要恐慌，一边指挥大家从隧道人行通道撤离，但却因为水流猛，通道又窄，拥挤那么多人压根走不动，大部分人只能重新回到水已逆流成河的车厢等待救援。

一个妇女原本将抱在怀里的孩子奋力托举到半空中，然而最终妇女因体力不支，脚下不经意发生滑动，一下子连自己带孩子猛然一个前倾跌倒在水流中，众人惊愕却都束手无策。

白发老人双手双脚不停颤抖，老泪纵横地向身边人作揖求救：

"求求你们……帮我打个电话给我儿子,让他赶紧去学校接孩子……"一旁的孕妇捂住自己肚子,对肚子里的孩子说:"孩子,我对不起你,你爸爸今天让我不要出来,可是我偏不听,是我害了你……"

车厢内哭声抱怨声骂声此起彼伏,一个女孩站了出来,镇定地安慰大家:"不要慌,大家都冷静下来,我们来想想办法,一定会有办法的。"她发动了几个和她差不多大的年轻人一起通过网络或是电话,向外部寻求各种救援方法。一对小情侣始终依偎在一起,女孩哭着说:"我不要死,我还没等到你跟我求婚呢!"男孩使劲将她拥在心口说:"不会的不会的,我们肯定能出去,出去我就跟你求婚!不怕,不怕!"

时间在慌乱中过得漫长,车厢内的空气越发变得稀薄,许多人已开始不能正常呼吸了,最初的嘈杂声也渐渐削弱。萧懿张大口呼吸,直到现在她的思绪都是错乱的,她不明白为什么在短短几个小时里,自己就沦落到这么复杂的灾难当中。而此刻噩梦还没有终止,当水位快要漫过上半身,人们开始体力不支……一部分人心中早已有了掂量,握着手机用最后那一点电量,给重要的人发送短信或语音。蹲在萧懿身旁的那个男孩耳朵里一直塞着耳机,见周围人慢慢静下来,他拔掉了耳机线,将手机里的音乐放了出来。

"这是最平凡的一天啊,你也想要吗? 不追不赶慢慢走回家……"

萧懿的眼泪终于在刹那间决堤了，她无助地抱住自己面对这一生最绝望的时刻。她多后悔刚刚没有跟着严柯和他女朋友上车，她多后悔为了自己那点微不足道的体面，而从此就错失了和心爱的人再见的机会。她多后悔没有在严柯接电话之前，就把准备了半个月的礼物送给他，她甚至多后悔自己没能成为那个笑话。而现在已经没有重来的机会。

她摸索出手机，却不想给任何人发一条告别信息。"就当为自己来过这个世界，爱过这样一个人，发最后一条朋友圈吧。"萧懿找出一张她今天凌晨拍过的照片，是那张她新完成的封面——女孩与海豚。在这封面上还摆放了一个蓝色蝴蝶结的礼盒，礼盒里是预备今天送给严柯的领带。照片拍了，礼物却没能送出。现在她把这张照片发到朋友圈，打出这样的文字："我喜欢你，喜欢到舍不得浪费你的生命。祝你生日快乐！"

萧懿用最后一点力气，按下了发送键。朋友圈发出下一秒，原本如掉进黑洞里的车窗外，蓦然出现了一线光亮，紧跟着地铁车顶上传来一阵阵急促的脚步声，越来越近……有人扒在车窗上喜极而泣地喊道："救援队！是救援队！有人来救我们了……"萧懿努力大口喘息，一度觉得就要无法呼吸。她即将在这仓皇的一天中，随逆流而上的泪水屏蔽掉最后一丝光线。然而在恍惚中，她又感受到冰冷掌心里有了几下振动，她用余光流连屏幕，严柯的名字仿佛是从幻觉中跳出。

（发表于《延河》2022 年第 4 期）

往来皆白丁

一

颐和路附近一处咖啡馆里，每到周五晚上比平时更显热闹。咖啡浓烈的香味在晚上八九点钟后，随店内人气沸腾，弥漫在这条颇有民国气息的街道。这里没有大都市里灯红酒绿的喧嚣，也没有夜店里光影十色的颓废，店内会放一些舒缓的轻音乐，静谧又祥和。

夜幕星河，三对结婚多年的夫妻，会漫步进这家咖啡店。每周五晚上都是如此，假如你经过颐和路的这家咖啡店，不难从咖啡店落地窗外看到三对夫妻，每人面前一杯美式咖啡，坐上两个多小时，他们时而面对面轻言细语慢谈，时而又转过脸与前后座相谈甚欢。店长经常吐槽，说这咖啡店是流水的营盘，他们却是铁打的组织。

说来也挺有意思，三对夫妻的年纪、职业、家境都各不相同，但之所以融入同一个"组织"里，只因为一个很奇葩的理由——丁克。至于这个"组织"是谁最早发起的，已经没人想起了。反正几个人聊着聊着就聊到一块去了，所以店长说每到周五她这儿就变成了"丁克俱乐部"，时而欢腾，时而阴郁。

老周夫妇是这里面最年长的一对，老周看上去差不多四十几岁的样子，妻子应该比他年轻一些。老周是做贸易的，妻子是全职太太，他们婚龄十二年。认识的时候两人都是大龄青年，剩到最后就以最俗套的相亲方式见面了。按照他们过来人的经验，男女交往方式虽然有很多种，但是他们觉得相亲未必不是最靠谱的一种，反正老周这个生意人就是这么娶到这优雅大方的太太的。

坐在他们对面的，是一对在学校工作的夫妻。丈夫姓刘，妻子姓许，一个是大学教授，一个是中学语文老师。相比较老周夫妇面对丁克选择的豁然开朗，刘教授夫妇这些年一直很被动，他们是被"丁克"的。

最奇葩的还属走到哪儿都像连体婴儿连在一起的赵俊杰和林晓倩夫妇，两个人三十出头，结婚有五六个年头。这两人不太像有固定职业的人，但他们又说起过，赵俊杰似乎是个网络写手，林晓倩好像也做一些有关网络的工作。然而他们的作息时间仿佛要比别人更慢一些，或者说他们的夜晚时间会比普通人更加长一些。假如没机会靠近，压根不会知道他们聊些什么。

二

丁克在这个时代仍不是一种普遍现象，大部分选择婚姻的人，也就选择了繁衍下一代。但有些丁克是被动的，他们仍然有生儿育女的传统思想，然而苦于无法得子。刘教授和许老师就是如此，太想要孩子了，刘教授总是说，没有孩子的人生是不完整的。他和许老师在结婚之前就一直畅想，以后要有了孩子，那从小到大的教育都不是问题。当然刘教授更希望能有个儿子，老话说"早生儿子早得济"。许老师那时就笑他："真是个老古董。都什么年代了，还有重男轻女的老思想。"此时的刘教授只能是一声长叹："唉——这会儿别说是儿子了，哪怕就是能有个小女儿也行啊！"事实上刘教授和许老师有过一个孩子。听说是在十年前，许老师怀过一个孩子，但还不知道是男孩女孩的时候就胎停了。刘教授文绉绉地说，这孩子只是为跟他们来一场邂逅就走了。他却没预料到此后近十年里，连这样的"邂逅"也没有了。

关于这点老周倒是很看得开："要孩子做什么？你把他带到这个世界，他绝对不是来报恩的，十有八九是来讨债的！先是呱呱坠地折磨你，再是青春沸腾逆反你。等到好不容易长大独立了，好嘛，接着在外面胡吃海喝消耗你。到了最后，你猜怎么着？一朝翻脸，管你爹妈是谁，一张机票断绝联系，远走高飞……所以要孩子干吗？不如自己挣钱自己花，何必造出个妖孽彼此折磨。"坐一旁的老周妻子不屑一笑说："你也是坐着说话不腰疼，你好歹有个远在天边的儿子，有人叫过你一声爸，人家刘教授和许老师跟你说的不是一个情况。不过话说回来，我当初还真是因为老周已经有了儿子，才嫁给他的，这下我省了多少事。"没错，老周是二婚，而妻子年轻时就有"恐娃症"，一见到孩子哇哇大哭就感到害怕。每每看到有孩子死皮赖脸撒泼打滚胡闹，她就觉得自己原本安安稳稳的生活绝对不能被一个不明事理的小孩给毁了。她不止一次想过，即便是自己生下了孩子，应该也不能好好爱他。幸好遇到了老周，满足了她要一辈子丁克的人生理想。

许老师思量了一会儿，稍显遗憾地说："其实生孩子、养孩子是人生中必经的一个过程。这就像二十多岁渴望恋爱，三十几岁期待结婚，到了四十几岁就该期盼有个孩子围绕在身边，再往长远了打算，等将来老了，七八十岁了，想来子孙绕膝的幸福还是挺令人向往的。"

周太太听了，耸耸肩，又不以为然地笑了笑。坐在她身后的小夫妻很少参与这样的热聊，而是一人对着一台电脑忙自己的事情。倒是坐在他们对面的韦小姐接上一句："我觉得做丁克或者生孩子都没有什么不好，这只不过是个人选择生活的方式不同而已。"韦小姐是这里唯一的单身，一直到现在都未婚，男朋友也没有。加入"丁克俱乐部"纯属是被赵俊杰林晓倩强拉进来的，本来说好是找她来喝杯咖啡聊聊天，不想一来二去，她竟然也成了这里每周五的常客。于她来说，丁不丁克就像有没有伴侣一样，没那么重要。人嘛，本来就是赤裸裸地来，无论这过程有多热烈轰动，也架不住百年以后还得一个人赤裸裸地走。总不能像下车似的，自己坐到站还要死拉硬拽，把另一个没到地方的人一块拉下去。韦小姐特文艺地打了个比方，"就比如说杨绛，她一生活得也算得上圆满了吧，可是到最后还不是只能从《我们仨》写到她自己。事实上每个人最终走到生命的边缘都会处于同样的境地，重要的是在这之前你过了怎样的生活。独身也好，丁克也罢，只要拥有充足的经济基础，确保具备自理能力，安排好自己的生活，就没有什么不可以的。"听她说完这么一套长篇大论，林晓倩敲下回车键，抬眼撇嘴笑着望了她一眼。

"你笑什么？"她问。

"我是觉得你真行，一个没结过婚，也没交往几个男友的人,这种话题都能讲得头头是道!"林晓倩顺手端起咖啡。

"我听说有些夫妇结婚时,说好一起丁克,但是过了十几年男人就反悔了。那时候女人也生不出孩子了,迫于压力和孤独就……"韦小姐显现出微妙的表情并做了个摊手动作。

"所以我们婚前签了一个协议,不生娃的协议。否则,我是不会答应嫁给他的。"林晓倩坦诚地说。

"咦!你怎么什么话都往外说,不是说好这事我们自己知道就好了吗!这要让我爸妈知道不得闹得鸡飞狗跳?"林晓倩这话仿佛是刺了赵俊杰一下。

"什么?你们现在还能有这种操作?也太不可思议了吧?"在场所有人都大惊失色盯着他们。

刘教授夫妇却觉得,如果一个人从开始就将自己的未来按照独立自主来规划,那岂不是连婚都可以不用结了。许老师听了直摇头,语重心长地说:"你们真别觉得现在年轻,能蹦能跳,样样事都不求人。等到了几十年后,人都已经垂垂老矣,动也动不了了,两人之间总会先有一个老去。那时候身边连个说话的人都没有,凄凉的应该就不只是饭菜了吧。"

林晓倩长呼了一口气,忙完这一轮工作关上电脑扭过身回应:"其实我倒认为根据时代的发展,未来的老年生活应该不至于像你说的那么凄惨。你就说我俩吧,我们自从结婚之后就一直在存养老基金。我们正因为做好了丁克一辈子的打算,更会替将来做好充足的准备,而不是趁年轻多挥霍。再比如我这朋友,她跷起大拇哥点了一下韦小姐。我之所以把她拉进来,也是因为她为自己做了长远打算。对了,你那句话怎么说来着?"她两手扣着美甲缝回过头对韦小姐看了看,"找一群人什么的……"

"人生就是找一群有趣的人共度余生的时光。"韦小姐说。

"对!一群人,就不包括自己的孩子。嗨……今日份码字完成。"赵俊杰跳着站起来,舒服地伸了一个懒腰。

俱乐部散场的路上,赵俊杰准点接到了父亲打来的电话。林晓倩猜都不用猜就知道他们固定的几组对话。

三

"嗯,忙完了!明天……再看吧!好好好……回来回来!我跟晓倩说一声。"赵俊杰刚挂断电话,林晓倩就应答道:"我不回去,也不去吃饭……"赵俊杰无奈咂咂嘴说:"你觉得我想回去?但是我爸说,明天回去有大事跟我们说。"

能有什么大事,他俩心里最清楚不过了,这些年说来说去不就是劝他们生孩子那点事。疏影横斜路灯下,林晓倩挽起赵俊杰的胳膊化身为恋爱中的小女孩,对他撒娇:"老公,你看咱们现在生活得多轻松自在。平常你码你的字，我做我的微商。周末有空咱们就去网红餐厅吃吃饭，下午看个电影逛逛街，然后回家冲个澡美美地睡一觉。时间有弹性，生活有质量，这样的日子多好呀！我也不要求多么大富大贵，我只觉得有你在就真的足够好了！"

话是这么说，赵俊杰当然明白林晓倩的打算并不是什么坏事，可他也懂得这些事放在新婚头两年真是再好不过的生活了。而随着时间推移，他的心里越来越觉得当初一冲动和林晓倩签下的协议荒唐。

果不其然，周末回到父母家吃饭，他们还是没能逃过该有的问题。只是这回赵俊杰的父母也聪明了，让他们来先吃饭，什么话都不说，好吃好喝先"伺候"上，即使交谈也只关心两人最近生活得怎么样。林晓倩知道公婆这么好吃好喝地招待，背后原因绝对不简单。她十几分钟内结束这场鸿门宴。不过作为儿媳她不可能吃完就抬腿走人，为了不让公婆有念叨的机会，林晓倩系上围裙主动包揽了洗碗的活儿。这要放在平时婆婆一定会阻拦她："你别洗了，每回你洗完这碗里还是油腻腻的，我还得替你返工，还不如不洗。"今天婆婆脸上倒显喜色，不但没拦着，还特地拿出了橡胶手套递给她："戴上手套慢慢洗，别让洗涤剂伤了皮肤。"即便是这样，林晓倩仍旧打算速战速决，当她从厨房出来准备拎包撤离时，婆婆已经准备好了水果，公公则从房间里笑嘻嘻取出一沓户型图邀小两口坐下。林晓倩微微皱眉望向赵俊杰，赵俊杰同样一脸无可奈何地示意她先坐下。让他们意外的是，今天公婆开口聊的居然不是孩子——老两口往他们手里各递一张新房户型图，叫他们看看哪套比较好。赵俊杰开口就问："爸妈你们要买新房啊？"他老爹哈哈一乐道："我们买什么新房，给你们看肯定是给你们买了。你叫晓倩看看，喜欢哪套，我给你们付首付。"林晓倩半天没说话，公婆乐此不疲地介绍几套户型图，有一百零四平方米的，有一百零六平方米的，他们说："最理想的还是跃层的那套。重点是地方大，房间多……"林晓倩推辞说："我们就两个人没必要住那么大的房子，再说就算有你们帮忙付了首付，以我俩的经济基础也付不起尾款啊。"没料到公公一摆手补充道："我们既然说要帮你们买房子，哪能付个首付就不管了呢。你们看啊，这几套房子不仅够宽敞，周边配置也好，幼儿园、小学、中学……只要你们答应生孩子，这几套房你们随便挑。"

"我就猜没那么简单，还真是黄鼠狼给鸡拜年……"林晓倩靠近丈夫捂着嘴小声嘀咕。赵俊杰有意咳嗽几声掩盖掉她的话，却只看到父母一脸不满，最终自然是不欢而散。老爷子今天也是撂下了狠话："我将来的所有资产只留给第三代，你们如果还这么顽固不化，以后一分钱都别想从我这儿得到！"

四

"你听听这话说的，谁贪他那点财产，用几个钱、一套房就想跟我做交换，破坏我大好的青春，老头老太想什么呢？那话说得就好像我们这么多年，都是靠他们救济才过来似的。"林晓倩路上把这些话一字不落地发语音告诉给韦小姐。这下也激怒了在开车的赵俊杰，他一踩刹车，破天荒地对着林晓倩怒吼："好啦！你发够了没？我说了多少回，家里的事不要往外说不要往外说。你还有完没完了？"

"吼你妹啊！我在你们家受了委屈，不能跟我爸妈说。我跟我朋友吐槽几句，倾诉一下怎么啦？你这么厉害，刚刚在你父母面前怎么不说话？"他们四目相对，赵俊杰气急败坏地敲了几下方向盘，又无可奈何地踩一脚油门冲上马路。

许老师这几年一直觉得怀不上孩子很蹊跷，她曾怀疑是不是自己的身体出了问题才导致现在的局面。为此，她还偷偷一个人跑到医院做过检查。好在，检查结果一切都正常。医生宽慰她："要孩子也是讲究机缘的，你越着急就越艰难。何况你的年龄在不断增长，所以压力就更大了。"听完这些话，许老师心里顿时五味杂陈，有很多矛盾纠缠，也有一些呼吸到新鲜空气的释然。至少她不用担心是因为自己的原因才导致没有孩子。

丁克真是生活自在的源头——"恐娃症"的周太太必然是这么认为的，没娃缠身的人生，更年期都能比别人推迟好几年。她站在女性角度算了这么一笔账：女人从怀孕到哺乳期至少两年，孩子抱在手里至少三年，上小学接送六年；其中陪玩陪睡陪做功课也得要个七八年，再加上报名各种辅导班……就这样不折腾个小十年，就没有自由的机会，往后还有高考、大学、读研、找工作……周太太扳着指头，吓得简直要冒冷汗！这算的仅仅是时间的账，远远超出的还有金钱的账。

她问："这一溜下来你们还敢往下想吗？"老周一拍大腿，一声冷笑："我不就是这么过来的，最后又换来了什么呢？微信都不愿意加我。"

咖啡店里灯光有些昏暗，咖啡因给众人心中添了一些活力。刘教授夫妇各带了一沓书稿捧在手里翻看，刘教授最近正打算出版一本学术方面的书，许老师主动揽下了校对的活。"你们说的确实有一定道理，真要忙起来的时候，如果有个孩子可能也很难照顾周全。何况像我们现在四十多岁的年纪，怀里真要有个嗷嗷待哺的孩子，精力跟不跟得上是一回事，能不能全力带好他也难说。我啊，就怕委屈了孩子倒是真的。"刘教授翻看书稿，低头不语，翻到下一页时一声接一声地叹息。

韦小姐窝在最墙角的位置，一个人品味卡布奇诺。她内心想的是："香，真香！独身是所有模式中最香的一种，结什么婚，生什么孩子，反正怎么样都不如独身自由自在的香。"

五

赵俊杰半夜码完字，拉开抽屉看到他和林晓倩婚前签下的那份不生孩子协议。怎么看、怎么想都觉得当时是鬼上身，不然怎么能签下这种鬼东西。做什么丁克，哪有人以不生孩子为前提条件结婚的？就在此时此刻，趁着林晓倩正在卧室熟睡，他恨不得即刻粉碎掉这份协议，而转念眼一闭，又不甘心地塞了回去。

自从上次不欢而散之后，他们已经躲避一个多月没有回赵俊杰父母家了。老两口对儿子下了死命令，"这个周末必须回来。要是这次还不回来，那今后就不用再回这个家了"。

"回，就算被他们唠叨死，也得回。"林晓倩言下之意，"你们愿意念叨就让你们念叨，反正生不生是我的事。我可以忍一时风平浪静，但想让我退一步是不可能的"。

这一回见面的气氛格外凝重，婆婆做了一大桌子菜，愣是半天不让人动筷子。公公捧着报纸翻来覆去看，婆婆什么话也不说，只是不时盯着手机把控时间。半个小时干巴巴地过去了。赵俊杰忍不住了，试探性举起筷子说："快吃吧，菜都凉了。"

他父亲接话说道："你也知道菜都凉了，早干吗去了？有个孩子不是早就能吃上饭了！"林晓倩听了心里还真不是滋味，他这话呲谁呢？这时婆婆又看了看时间，叫儿子别着急，一会儿就能吃上饭了。她表情神秘地告诉他："今天有惊喜给你！"

惊喜？赵俊杰疑惑尚未解开，门铃就响了。这老两口突然像川剧变脸似的，一下子腾地站起来，双双眉开眼笑地跑着开门。

"什么人来了？"林晓倩一头雾水地问赵俊杰。赵俊杰也不知道，两人只好顺着老两口的意思站起来迎接。此刻，一阵欢声笑语的寒暄扑面而来。赵俊杰父母一人站一边把一个热情活泼的女孩接了进来，赵俊杰看了半天也没想起来这女孩是谁。

他爸对着他轻声训："你傻了，陆娜来了你怎么不招呼一声？"

陆娜，他对这个名字好像有点印象。女孩倒先入为主握住他的手说："怎么，不认识了？我，陆娜！你忘性也太大了吧！"又对他母亲撒娇道，"阿姨你看他，连我都不记得了。真个大！笨！猪！"这真让他灵光一现，猛地想起面前的人是谁了。"我的天哪！你……你是……你是小猪妹！"

林晓倩瞬间看出了他欣喜若狂不能自已的神态，还没等她反应过来，这个叫陆娜的女孩竟情不自禁抱住了赵俊杰，一会工夫，刚刚还冷若冰霜的一家人，分秒之间就热火朝天了。林晓倩瞄一眼就明白这姑娘绝对不是什么善茬，于是她有心用脚踢响了椅子，赵俊杰立刻意识到妻子还在身边。

显而易见，这场饭局老两口是为赵俊杰和陆娜这对"两小无猜"准备的，话里话外丝毫不避讳对陆娜的喜爱。刚开始林晓倩作为这家的儿媳妇强装大度，客气地招待客人。但是没想到他们的话题越聊越没边了，公公更是流露出"要是小时候给你俩定了娃娃亲，说不好这会儿就能有个小娃娃坐上桌吃饭"的意思。

林晓倩被冷落在一旁，看着他们其乐融融的样子，终于在陆娜模仿小时候玩过家家，口无遮拦地称呼赵俊杰"夫君"时爆发了。

"后来怎么样了？赵俊杰和他父母知道不对了吧？"韦小姐冒着大雨赶来陪她哭泣。

林晓倩窝在沙发上不停抽泣，然后抹了一把脸冲进房间开始收拾东西。

"他们怎么可能认为自己错呢，本来就是做给我看的。两小无猜青梅竹马，我不介意他们再续前缘，延续香火……反正被他们家人阴阳怪气讽刺挖苦的日子，这么多年我也是受够了，大不了离婚！"

这周五晚赵俊杰和林晓倩没来，周太太有些八卦地问韦小姐："这两口子是不是吵架了？"韦小姐笑笑不说话。周太太又关心起她的个人问题："你怎么不给自己找个伴？整天一个人多无聊呀？"韦小姐还是笑了笑回答："我不无聊。"韦小姐不是个容易情绪化的人，不过要是真的有情绪猛然突袭，她也的确有过特别无助的时候。例如赶上一场措手不及的大雨，没能赶上公交，要不是有人及时递给她一把雨伞，她大概也就没心情去安抚林晓倩了。

瓢泼大雨是昨天的事，今天许老师便声音嘶哑，面容憔悴，独自出现在咖啡馆。她对服务生示意："今天不喝咖啡，麻烦给我杯白开水。"她说刘教授以后应该不会来这儿了，因为他们今天下午刚去民政局办完手续。大伙纷纷不解——刘教授和许老师两个都知书达理，平时相濡以沫的夫妻怎么会没有一点征兆地走到这一步呢？其实原因还是孩子，刘教授当初选择做丁克，完全是被迫。尽管已经四十多岁，每回从校园里见到那些青春飞扬的学生，他总是想到要是早十年自己有个孩子，这会儿都快上初中了。

有一回同事见他望学生望得出神，也明白他们夫妇多年求子不得的无奈，便好心提醒他："你们夫妻那么优良的基因不传承下去有点可惜了。你有没有想过是身体出了问题？我在医院有个熟人，你要是不嫌我多事，我介绍你去做个检查。与其这么朝思暮想，不如一查究竟也好放心。"听同事说出这样的话，刘教授不以为意地摆手，他认为这是很荒诞的说法："又不是之前没有过孩子，自己的身体怎么可能出问题。"同事拍了拍他肩膀又劝慰道："我是看你那么着急要孩子，才有话直说的。听不听在你个人，别耽误就是。"

刘教授心里打起了鼓，就这么听取了同事的建议，瞒着许老师自己去医院做了检查。最终，同诊断书一起放到桌面上的，还有一份离婚协议。刘教授说什么也要和许老师离婚。检查结果不仅让他觉得愧对妻子，更是令他作为一个男人感到巨大的羞愧。他满脸愁容对许老师说："是我对不起你，都怪我瞎耽误了你这么多年。我们分开吧，趁现在还早，你的年纪也不算太大，重新找人成个完整的家吧。"这理由当然不足以使许老师同意签字离婚，然而刘教授也是铁了心要迈出这一步。既然许老师不同意，他就索性收拾行李搬到学校宿舍去住，任谁劝也不顶用。许老师知道他是个极其顽固的人，一旦有了执念是拉不回头的。

一连半个月，赵俊杰和林晓倩都没出现在咖啡店里。周太太两只胳膊横挎四五个金鹰购物袋血拼归来，她大汗淋漓地将自己扔在沙发上，大口喘气叫着服务生："快，给我拿一瓶矿泉水。渴死我了。"咕噜咕噜大半瓶水被她灌下了肚,她才发现今晚俱乐部里只有韦小姐坐在最里面翻看杂志。

"咦,怎么只有你一个人在这儿?"

韦小姐看了眼腿都逛肿了的周太太:"都没来,就我一人。"

韦小姐抬眼看了她一眼,有些疑惑地问:"你怎么也一个人来了?难道……"

"嘿,我和老周好着呢!就是最近他那宝贝儿子回来了。这两天让他享受享受天伦之乐,我也过几天单身生活。倒是赵俊杰他们夫妻呢?该不会真像许老师他们一样因为孩子闹掰了吧?还是早就已经散伙了?哎哟,瞧瞧这一对对哟,做个丁克也能被子虚乌有的孩子给弄散……"周太太自言自语念叨半天。

话音未落,周太太和韦小姐同时收到了微信群消息。周太太打开手机,惊讶得好一阵嘴巴没能合上:"还有这样的事?这夫妻俩也太逗了吧!"

韦小姐也流露出一丝不屑的笑,摇了摇头吐槽:"还是没能逃过命运的捉弄啊。"

赵俊杰夫妇俩也没料到,正准备去离婚呢,孩子却提前一步来报到了。

(发表于《山东文学》2022 年第 5 期)

单·生

一

拄着拐杖走出咖啡厅的时候，她已下定决心要在今年完成这件终身大事。三月里，冷风不再野蛮，路上行色匆匆的人们一浪浪涌动日渐复苏的城市，一切都在暖阳中回过神来。春天让沉闷已久的人得以深呼吸。

这件事她从启蒙、探索、求证到来回思考、斟酌、反复权衡利弊，再到思前想后二三十年的人生规划，在三十五岁的年纪，做出了这样大胆的决定。她从咖啡厅走出，过马路进小区，几百步的距离要走上二十多分钟，因为不敢走太快，红绿灯要等上两次。

十几年前，开始做电商时，她因为脑袋转得比一般人快一些，从小本买卖做到了官方认证。这些年直播卖货大热，她又成功转型成人气主播。最早她也没想过亲自出镜，碍于形象，更碍于面子。但是这些年每想做成一件事，除了单打独斗，并没有更好的方法。她年少时坐过轮椅，后来因为想站起来跟人说话，就练习使用拐杖。她觉得一只拐杖就够了，一对就显得不太雅观。不记得是从哪一天起，或许是在某些因素影响下，她觉得既然拥有了特殊的生命就不能再用特殊的方式活着。这么多年过来，她不再介意自己缺一条腿，而多一只拐杖。

好在她头脑清晰，口才也不错，在进行短视频运营时，她明白唯有她本色出演才能将此一直做下去。直播带货的目的本是养家糊口，能叫枯竭的日子鲜活起来，但没想到她成了第一拨受益者。创业本就艰难，何况还是她这样一个没有完整身体的人，但她总跟人说那句戏剧性的台词："我不干，你养我？"于是网络时代就这么成就了一群勇往直前的人。她身边的人没一个敢相信，在多少年后，她竟然是活得最自在、最成功的一个，哪怕所有赞美的前缀都得加上一个"残疾"或"残障"。

有人会好奇，她挣到第一桶金之后会做什么。她的答案很实际——买房，实现独立。家人也不理解："你为什么要买套房？难道这么多年你离得开家，你一个人能住吗？买完又能如何呢？难道只为了证明你有能力，别人有的你也要有？"她笑了笑，她确实有这样的心思——别人有的，我为什么不能有。有房子加持她能安心些。

人的欲望有时就好像吹出的泡泡，一个接一个吹出来，在光芒下格外耀眼，特别璀璨。三十岁以后的某一天，她脑海中冒出一个让她自己也吓一跳的想法——她想要一个自己生的孩子。

太古怪了，怎么会突然有这种想法？此后一段时间她都在尽力打消这个不切实际的念头，甚至归结于最近太寂寞了，所以才产生了如此匪夷所思的想法。不过她没有因为这荒谬的念头感到羞耻，毕竟她思想开放，所以在一次聊天中将这个念头说给了同学薛凡听。

薛凡听了先是讶异，然后没忍住又笑出声来，还朝她竖起大拇指夸赞道："好样的，不愧是你周若玲，每回都能想出令人大跌眼镜的事。你确实厉害！"她明白薛凡的笑没有嘲笑的意思，薛凡后面紧跟了一句，"那谁是孩子爸？"

周若玲当然知道生孩子的活儿不是她一个人就能做得了的。生孩子不是举着一台手机直播，也不是支一个支架录视频。至于她为什么想要一个孩子，没人能理解。周若玲也想对薛凡说清楚些，然而思量一番又觉得不知道怎么解释清楚。所以这终究仅是一个说说而已的想法。薛凡说："你的想法就是太多了，不甘平庸。十几岁时就说以后要开一家咖啡店，二十几岁又说要成为一名摄影师，现在……啊，连孩子这么具体的事情都敢想。知道的说你不是一般人，不知道的还以为……"

"还以为我精神错乱了，是吧？"

"我可没这么说！"与周若玲不同，薛凡一开始就对小孩子这一物种怀有极其厌恶的情绪，同样三十几岁，没有组成家庭，男朋友却是从来不缺。薛凡端起杯子抿了抿，吐露出最近前男友回来找她的经过。

"前男友？哪个前男友？"周若玲确实不是故意讽刺，只是确实没想起来她说的到底是哪一个。

"拜托，别说得像我有多少个前男友一样，不就你知道的那两三个吗？所以，这个还是十年前的那个。"

一提到十年前，周若玲立刻顿悟："十年前？这么久了，他又回头了？"

"你打住，千万别提'回头'两字，这比你想要个孩子更可怕。"关于薛凡十年前的这个前男友，周若玲知道的仅限于他们是大学同学，曾经有长达七年的恋爱历程，原本是打算一条道走到结婚，可到了最后不知怎么的，突然就分道扬镳了。尽管薛凡后来也有过几任不错的对象，但也仅仅是停留在交往层面，似乎都没有更进一步的打算。

周若玲有些好奇地问她："你们当年分手真的就只是因为熬不过七年之痒吗？"其实傻子都能看出，那场分手不太可能这么简单，要不然她怎么到这把年纪还没个着落。所以，肯定是另有隐情。她知道薛凡今天愿意开口跟她提起这个人，她肯定是想和盘托出的。

"现在这网络通信四通八达的时代，想找个人实在太容易了。即便没有对方手机号，只要从各类社交平台上搜索与其相关的关键字，或找到和对方共同的联系人，别说十年了，哪怕过了小半辈子一样能搜到。"薛凡说。

"那他也够用心的，MSN、QQ、邮箱、微博、微信、抖音、快手全搜了个遍，看来是真的想找到你。"周若玲接道。

薛凡翻着白眼道："他有心？别逗了。这不过是他一贯的作风罢了，狗皮膏药一张，只顾自己的感受。"

"旧日情人想尽办法找到你，无非两种可能：一是过得不如意，回头一想都是当初你害的，现在才弄得如此狼狈，索性找到源头向你寻仇；二还是过得不如意，在萎靡不振的时候又想起了你，抱着试探的心找你重温旧梦。"不用想这前男友多半是第二种。薛凡不屑地点头，说他也只能是第二种。周若玲调侃她反正也是空窗期，不如试试。薛凡白了周若玲一眼。不过周若玲不会在意朋友的白眼，因为早晓得薛凡可能压根连对方的好友申请都不可能通过，何况再续前缘。而至于其他可以私信的地方就不太好一删了之了，谁丢垃圾前不得扫上一眼。

"他都说了什么？"周若玲仍然好奇。

"私信是发了。开头想渲染一番,但是被我秒删了。"

"你也有点夸张了吧!开头你都没看是谁发的,就能秒删?你怎么看出人家开头想渲染呢?"

"能不能不较真啊,姐姐,我说的'秒删'肯定是知道了是他发的。反正平常收到的大多也是垃圾信息,所以这条也差不多。"

按薛凡所说的"垃圾信息"收到的必然不止一条,对方发了也不止一天。网这个东西但凡找到一条线索就能织出全部的联系方式。所以那几天无论打开哪种社交软件,这前男友就像是一只蜘蛛无孔不入。不过也只有在第一次删除后,薛凡才学聪明了。不删除,不屏蔽,不拉黑,随便你怎么发,她都选择视而不见。相比一棒子打死,宁可一言不发,薛凡把这称为是对他最大的尊重。周若玲看着她越说越像讲别人的事,看来薛凡也许是真的不想再和这个人有任何瓜葛。

二

周若玲的主播事业一直做得顺风顺水,去年从粉丝群里招聘了两名同城的员工,都是在家待业的家庭妇女,直播团队也就顺理成章地成立了。她觉得生活也要像做事业一样,都应该有从无到有的过程。她现在三十多岁,在某些方面逐渐达到了自己理想的需求。其实她的好多念头,从来都不是一瞬间的。就好像她很早就确信了此生不适合走进婚姻,建立家庭。究其原因,终究是害怕给他人带来麻烦。婚姻里复杂的人际关系,就是光鲜的枷锁,人们终其一生也许都会在角色扮演里度过。

"但我或许可以要一个孩子。"她不止一次想过。圣诞节那天,她结束了这一年最后一场直播。本来说好是要举行庆功会,然而她将两名员工请到直播间,说她明年想退居幕后,直播的重担就交付给两位新晋主播。两名员工乍听甚慌,她也不打算做过多解释,笑笑说:"放心,没事。我会一直都在。"

一个单身、未婚、残障女人,想要一个孩子。她闭上眼不用思考,都会听见别人在嘲笑。她想起母亲说过的一句话:"有孩子是累赘,没孩子是缺憾。"可有时候想想缺憾好过累赘,比如母亲本人就曾这么想过。她时常笑着平衡自己过往的人生,切去那些不满意的边角料,其实还算完整。要说缺憾,可能是一开始就生活在缺憾里,所以便对此没了所谓。可是想起无法成为母亲,她就莫名产生冗长的遗憾。薛凡直截了当地说:"那你就赶紧谈个恋爱,结个婚,以后的事不就顺理成章了!"

"可我不打算结婚,我想自己生个孩子。单生!"

此话一出，薛凡当场惊掉了下巴！她想到周若玲大胆，但没想到她这么大胆！周若玲找出一个视频给薛凡看，视频里讲述的是一个未婚女性通过试管婴儿的方式生下了孩子，从而成为单亲妈妈。薛凡皱起眉头："这个时代是疯了吗？你好歹在这圈里混了这么多年，这是网红炒作的伎俩，你也信？"

周若玲本来是不信这些"去父留子"的荒谬言论的。但是她又细细一想，假如说一个女人可以不通过烦琐复杂的夫妻关系，生下只跟自己有血缘的孩子，那似乎也可以算作是一生之中难得的完美。而这件事她除了告诉薛凡，当然也征求了父母的意见。最开始他们以为她只是在说笑，还顺着她说："好啊！你生了我们帮你带。"结果发现她越说越认真，父母必然是强烈反对，他们的反应同薛凡现在的如出一辙。

父亲说她这些年就没有安稳过日子的时候，这才把事业做稳定下来，又冒出这么天方夜谭的想法。"你以为生孩子养孩子是买个洋娃娃放床上陪你睡觉吗？那是个活人，是会长大的。"周若玲不是不清楚这里头的利害关系。单单是生出来就不会像普通家庭生孩子那样容易，毕竟通过试管生孩子是不得已而为之。生下之后便是无缝衔接的养育，一系列过程下来少说也得十八年。哪怕抛开这些不说，有了活生生的一个人站在你面前，未来自己又该怎么面对周遭世俗的眼光？这眼光不仅仅是对自己，还对那个被自己生下来的孩子。孩子长大后问父亲去哪里了怎么办？总不能说他爹只是一个细胞吧……

周若玲曾经一股脑想过很多这样类似的问题。她始终知道这个世界是很有趣的，所以也就不想一辈子活得太无趣。她算好了近十年的规划，保持一份稳定的事业，有属于自己独立的家，不奢望赚太多的钱。有钱是好事，然而有时钱也不是万能的，至少买不回她当年被车轧断的一条腿。大半夜高架桥上灯火通明，一波波汽笛声像一段段溪流从耳畔穿过。她侧了身搂住了她的"女儿"——一只睡着的毛绒娃娃。哪天有个孩子冲着她喊妈妈，得是多么有意思的一件事。

焰火绽放完结的时刻，周若玲确定了要做成这件终身大事。那天薛凡只问了她一个至关重要的问题："你要孩子干吗？"周若玲压根也说不出理由。

"好像也没什么理由，就是觉得该要了。"她接着释怀地笑了笑，"过了小半生不想留有遗憾吧。"薛凡一听也泄了气，扳弄着手指说："果然人和人的想法是很不一样的。假如我十年前像你现在这么想，也可能就不会分手了吧。"周若玲一直以为，她们的交情远不止十年那么浅，今天她才晓得薛凡居然有过一个孩子。怎么可能呢？十年前她要有过一个孩子的话，干吗不生下来呢？无非是办一张结婚证的事儿。但她薛凡还是那句话——要孩子干吗？周若玲听着她无厘头的倔强，哭笑不得地说："要孩子，不一定非要干吗呀。让世上多一个跟你有血缘的人不好吗？有一天男朋友老公都有可能弃你而去，可孩子不能。就像你的父母不会丢下你不管。"薛凡不认同这样的观点，她觉得世上最能打乱生活节奏的就是孩子。只要把这个人一带到世界上，那自己的人生便从此不再是自己的。

"所以，你十年前真的是因为这个孩子才决定分手的？"

"是。我实在受不了他一听说有孩子了就恨不得原地结婚的样子，我说要缓一下再做决定，他就拿死威胁我。你根本想象不出他当时有多癫狂。就在那一瞬间，我就很清楚真要把孩子生下来，将来准是一场悲剧。"

也许真的如薛凡形容的那样，假设没有她当初义无反顾当断则断的决定，恐怕此刻光鲜亮丽的薛凡只会是一名被生活蹂躏的怨妇。"所以现在我还是不太赞同要孩子。"她看了一眼正在预约医生的周若玲。只不过周若玲脑中闪过"蹂躏"的字眼，似乎正巧也替她解释了为何一直拒绝婚姻。她又对薛凡说起，通过私信联系到了那位未婚的单亲妈妈，说她们聊得很愉快，很投机。她问了那位单亲妈妈，孩子现在五六岁了，会不会问爸爸在哪儿。周若玲说隔着屏幕也能感受到单亲妈妈的释然。她说她告诉孩子，"你是妈妈选中的小天使，所以在没有找到爸爸之前就先找到你了。等你长大了就会知道你的出现对妈妈有多重要了。"薛凡笑她们都太理想主义，所思所想完全不符合逻辑。

三

夏日秋千荡漾的时候,她们又见了一面,这回薛凡不再那么强烈反对周若玲想要孩子的想法。这回换周若玲不理解了:"你怎么突然想明白了?"

"我也要结婚了!"

薛凡要结婚了,对象还是那个对她"掘地三尺"的七年之痒。"为什么呢?你不是说好马不吃回头草吗?何况你还是匹洒脱的野马。"周若玲调侃道。

"结婚和生子其实是两种生活方式。与其一个人跌跌撞撞,不如找个互相了解的人合伙过日子。只要没有孩子,就可以过得豁达一些,给足彼此安全感和自由,这样就还有其他的可能性。"果然女人都是经不起旧情人穷追猛打、回忆煽情的。

世上大概就是因为没有那么多为什么,才会有这么多可能性。周若玲要孩子,却拒绝婚姻,是为了避患和成全。薛凡要婚姻,却拒绝孩子,同样是为了避患和成全。

九个月后,周若玲的女儿在她的预期中来到了这个世界。她给孩子取名周欣晨——每一天都有新的令人欣喜的晨曦。

薛凡去探望她们母女时,周若玲父母正兴高采烈地给亲戚们派发喜糖。

"你真就这么当妈妈了?太不可思议了!"想了想她凑到周若玲身边耳语问,"你事先问过孩子爹是个什么样的人没有?"

周若玲笑道:"大高个,博士,很健康。"

后来的时间像诗歌一样短促,生活像小说一般戏剧。几年后,薛凡离了婚,周若玲带着女儿过着简单又单调的日子。薛凡喝着甜奶茶苦笑:"我就知道是白折腾一场,要不是当初他穷追不舍地对我洗脑,我又鬼使神差去算了命,说我不嫁给眼前的人会孤独老死,我肯定不能那么脑袋一昏就嫁了。现在看来……唉,说到底都是自己作出来的。"周若玲觉得薛凡结婚结得匆忙,离婚必然也不算是多意外的事,便说反正体验过了,人生本来也是一场经历,过得舒服才是最重要的。

周欣晨长得可爱,脑袋瓜也聪明,唯一缺点就是嘴巴太碎,一天到晚话就不够她说的。周若玲说:"你是个小女孩讲话要轻柔一些,频率要慢一点,这样才是个文静的小姑娘。"但这泼辣的丫头立刻反驳道:"那要嘴巴做什么?总不能天天只吃饭吧?它就两个功能,你还想剥夺它说话的权利?"

周欣晨上了一年级就有人问她怎么没有爸爸。小家伙发挥了伶牙俐齿的优势:"我爸去拯救银河系了。"也的确可以这么解释,如果她爸不是拯救了银河系,又哪里会有她呢?人类的繁衍和发展总要有人做出贡献,尽管这贡献是有偿的。

薛凡总是有些气不过,说这几年把时间耽误在婚姻上真是白瞎了。那也没办法,谁叫她开始发狠和前男友老死不相往来,后来又经不住软磨硬泡重修旧好呢,最终绕了一大圈硬生生把"前男友"熬成了"前夫"。周若玲劝慰她:"你要想想,你们俩当初长跑七年都能分手,又何况现在不到五年的婚姻?现实能是你当时想的那么简单吗?这回是为了什么?"

薛凡说:"现在想来你好像还真是对的,婚姻太复杂,根本不是一个正常人可以操控的。"薛凡结婚前本想跟前夫说好只管过好两个人的日子,绝不提生育之事,却不想婚后才过一年,婆家拉开架势催生,刚开始前夫负责和稀泥,还摆出一副"与我无关"的可怜相。直到一年前婆家实在搞不定薛凡不打算传宗接代的固执,才让前夫彻底撕下伪装了几年的嘴脸。在一次酒后不达目的不罢休的撕扯中,他对薛凡长久的不满爆发了,死死拽着她发了疯般摇晃,唾沫直喷地说他已经容忍薛凡多少年了。薛凡十多年前就"杀死"过他的一个孩子,如今还不愿意好好赎罪重新给他生孩子。前夫认为薛凡是天底下最恶毒的坏女人。薛凡在他疯狂的摇晃中差点晕过去。她终于明白前夫当年不惜把尊严踩在脚下将他们求成合法夫妻,其实是另有目的。周若玲当初的话真是一语中的,他回来找自己是

"寻仇"的。好在折腾了一年,终于把这段"孽缘"斩成了稀巴烂,薛凡才能坐这儿消停地喝杯咖啡。

"所以,还是你的选择明智。成功躲避了婚姻的险恶,一个人带着孩子安安稳稳过自己的日子。"

四

这会儿面对薛凡的羡慕,周若玲也只能笑着摇摇头。因为她近两年的事业也不如意,团队不但没扩大,员工竟相继离开。她们在周若玲事业巅峰期加入,也在她逐渐落魄之时迅速撤退。她很清楚随着大势所趋,光凭单打独斗,长期直播带货是非常吃力的事。周欣晨的成长也并不如预想那么顺利,才上了小学就开始叛逆。薛凡说:"这么早就叛逆会不会是跟基因有关?"周若玲明白薛凡指的是什么。而她也知道周欣晨之所以过早叛逆,无非是跟外界的眼光和说三道四有关。这孩子生性好强的个性倒真的是随了周若玲。因此她也不能过多责怪孩子,孩子在外面争强好胜受了委屈,回到家难免会发泄情绪。"等再长大一些就好了。"薛凡劝说周若玲,"她还会问她爸爸去哪儿了吗?"

"嗯,会问。"周若玲说,"别看才丁点儿大的人,她压根不相信她爸去拯救银河系的谎话。所以，我早就跟她实话实说了。"

当然，告诉孩子她爸只存在于生物学上，孩子目前是不会懂的。周若玲大概也没指望她能懂，之所以这么直白地说只是想早点让她晓得，在今后人生中都不会有父亲。尽管如此又怎样呢？她妈本就是个独立女性，会尽其所能给孩子完整的爱。

薛凡问她："后悔了吗？"

"谈不上后悔不后悔，有些事做了就做了，吃下去的饭是吐不出来的。"

一天，周若玲带周欣晨回父母家吃饭。饭桌上外婆习惯性地端起碗给孩子喂饭，习惯性地把挖满饭的勺子先往自己嘴里唆了一口，好把上面堆积的米饭抹平。谁料周欣晨眉头一皱，把将要送到她嘴边的饭推掉了，满脸嫌弃地喊起来："您怎么这么恶心，把你的口水给我吃。我不要来你们家吃饭了！"外婆瞬间愣住了，周若玲反应快，本能地拿起拐杖冲着周欣晨后背打了一棍，怒吼道："你这孩子是不是疯了，外婆疼你，给你喂饭，你这是什么态度？"外婆想护着孩子，周欣晨被周若玲一把揪住问："你为什么这么做？快跟外婆道歉。"周欣晨哇哇大哭，倔强反驳："饭上面有口水，就是太脏了！""脏什么脏，那是你外婆，是我的妈妈，我小时候外婆就是这么把我喂大的。你嫌弃什么?"周欣晨还没见过周若玲发这么大脾气。

"去墙角面壁,想好了来检讨自己错哪儿了!"

母亲劝她:"没这么严重,让孩子吃饭吧。"又叹了口气说,"她就一个妈妈,别太苛刻了。"周若玲从不这么认为,她不觉得自己是未婚单亲妈妈就让孩子缺少了任何爱,所以教育孩子应当跟其他孩子一样。

很多年以后,周欣晨问周若玲:"您当年怎么就能那么坚定一个人生下了我?"

周若玲眼睛已经有些老花了,一笑起来眼角纹像花瓣一样绽开,"哪有那么多为什么,人过一辈子总是在经历之中度过。生下孩子不是因为有多么勇往直前的精神,只是该来的总会来,该有的缘分也躲不掉"。

楚　楚

一

李楚楚是个泼辣的女孩，她的性格一点不像她的名字。她常说："我叫李楚楚，但我这辈子都不需要人来怜。"不了解她的人都会认为这是个惹不起的主。自从十年前生了场大病，又剪短了头发，她看上去更像个男孩。半个月前，她说要搬家，搬到离人民医院近一些的地方。我自告奋勇来帮忙，她在电话里冷笑一声："有什么好帮的，我就一人一包，倒几趟公交就到了。"我坚持说："不行，你现在这状态，我说什么也要去帮你整理整理。"可这家伙一向对别人的好意不领情，她那张嘴永远要比煮熟的盐水鸭的嘴还要硬："你啊，别费事了，姐们还没到需要临终关怀的时候，你别急着来。"我简直被她搞得无语了，一时没控制住情绪，也顾不上她是个病人，在电话这头忍不住吐槽:"我看你真是犯老毛病了,头脑是哪根筋又搭错了?老是把人的好心当成驴肝肺。你爱咋滴咋滴,谁要管你,就该你活了二十多年还是孤家寡人,就该你孤独终老!"

"哈哈哈……"她忽然在听筒里大笑起来。我没好气地凶她:"笑什么笑?到底要不要我去?"我能感觉出她笑得喷出了口水,这会儿肯定一只手在擦口水。哪次都得凶她一下,她才肯老老实实同意我的建议。"要啊,你来就来呗,没人拦你。我今儿乔迁新居,你路上记得带半只水西门鸭子来吃。"

这家鸭子店藏在一条狭长的巷子里,门面不大却很是热闹。今天幸亏不是周末,要不然不排上个半小时肯定买不着。我排在第三位,要了半只烤鸭,又加了一袋三块钱的酱汁,烤鸭说好听点是吃鸭肉,可不蘸酱汁其实也吃不出什么味来。排在我前面的两位都是替人取餐的外卖小哥,其中一个气喘吁吁地说:"今天来你家都跑第三单了,真这么好吃吗?"窗口里的老板把打包好的鸭子递给他,特得意地回答:"你哪天自己买来吃吃不就知道了嘛,吃过我家鸭子的,都知道好吃。"那快递小哥笑而不答,只替人取了打包好的鸭子,跨上电瓶车绝尘而去。

我和李楚楚的关系说起来有点复杂,说是同学,上学那会儿她比我高两级。如果说是亲戚,那得拐上好几个弯才论上。第一次见她，是在中学的新年合唱音乐会上，那次也是家长开放日。音乐会结束后，家长们聊起来才知道，我们两家是绕了几圈的亲戚，还说我是李楚楚的妹妹，两家大人让我们以后在学校多走动。我俩倒是从来没把这沾亲带故的关系扯到自己身上。李楚楚从小就傲娇，一般人她看不上，何况是对我这个低她两届的小毛孩。一直到后来有一回，早晨我经过早点摊时，看到她左手举着豆浆，右手握住煎饼正大快朵颐，她准备走的时候，被早点摊的老板"哎哎"地叫住了，老板指着收钱盒里李楚楚刚放进去的钱说："不对，两样东西应该是八块钱，你怎么只给了五块钱？"李楚楚还没把嘴里的煎饼咽下肚，理直气壮地反驳道："我放的明明就是八块钱，怎么是五块钱。"老板不依不饶地说："你放的是五块钱，要不那三块钱哪儿去了？"还捎带上一句，"小孩子怎么睁眼说瞎话呢？"这话灌进李楚楚坚硬的耳朵里那还得了，她一不做二不休，先是把豆浆煎饼砸到了早点摊上，趁老板不注意哗啦一下把他的收钱盒全部倒了出来，非得掰扯出个子丑寅卯来。然而现实是，一小孩哪能对付得了大人，最后吃亏的不还是小孩。我恰到好处地侠义登场了，上去拉住李楚楚，把三块钱交给老板，把事情平息下来。结果呢，李楚楚死要面子活受罪，非说我是狗拿耗子多管闲事。

"我的妈呀，要不是看在两家人都认识的分上，我能管你这事？"我也不是好惹的，气得我走到校门口使劲推了她一把，弄得她不经意打了个趔趄。我怒斥了她一句："就该让你被人骂，你还不如耗子呢！"我愤愤然地大步往前走着，又猛然转身指着她说："明天，把钱还我，谁不还谁是狗！"第二天早晨，她还真就在校门口把三块钱还给了我，并且一脸傲慢地说了声："谢了。"我突然觉得，她这人有点意思，还人钱都能这么霸气。

"瞧你小时候那趾高气扬的德行，好像欠钱的人是我。"我说，"你还记得这事吗？"

"哪有这回事？你能别闲下来就编故事玩吗？再说这都猴年马月的事了，我这些年连命都难保了，哪还有工夫记它！"李楚楚坐在我对面，一口一口啃着鸭头，她最喜欢的是鸭头和鸭皮。她四下环顾了一下问我："喝的呢？啤酒呢？鸭子有点咸。"我冲她翻了翻白眼，她就知道我想说什么，赶紧知趣地打起哈哈："我知道我知道，喝水喝水。"

我本打算今晚留下不走，陪她住一晚。但是她说什么也不肯，理由当然很硬气："住什么住，我就一张床，你睡觉太闹腾，可别影响我睡眠的质量。走吧走吧，等下次，下次再邀请你同床共枕。"

李楚楚搬家的行李就像她这个人这么利落干脆，一个人加一个旅行式背包，这就是她全部家当。走出她的一居室，我才开始注意周围的环境和邻居。走在狭长楼道里，往左看看有三户人家，往右看看也有三户人家，李楚楚大概是租房迟了一些，只落得住到了右边最靠里的位置，也不知道白天屋里的采光怎么样。六家人沿着走廊一字排开，中间是楼梯。每家走廊顶上晕乎着一盏忽明忽暗的吸顶灯。总体来说，小区房屋老旧，环境脏乱，墙面开裂翘皮，应该是七八十年代的老房子。李楚楚不屑一顾地说，优点是租金便宜，至少是像她这样的人能负担得起的。其次，就是离人民医院近，走着也就三四百米的距离。这点我倒是同意，但还是感觉太委屈她了。

她每周二四六下午要固定去医院报到，一待便是半天。我目前工作单位在城北，到她这里直线距离也得半个多小时，好在我的工作时间比较自由，不必每天坐班，这样一来能自由安排自己的生活。李楚楚是上高一时得的病，那会儿我读初二，我们的关系早就非常亲密，每到节假日，有空我们俩就黏到一起，天方夜谭胡言乱语，没完没了地聊。只不过她的学业断断续续维持到高三毕业，可惜最终没能参加高考。至于她生病的过程，我也是很久之后才知道的。她发现身体出问题的头一年，先是普通的感冒发烧，不会有人把这种小毛病当回事，更何况是大咧咧的李楚楚，别说去医院就医了，药她都懒得吃。感冒发烧算得了什么，依她的性格绕球场跑几圈出出汗就好了。可是她没意识到这样的感冒发烧越来越多,不仅如此,食欲也一天比一天差。她怎么也没想到,不到一年时间,她的身体莫名其妙膨胀起来,本以为是身体正在发育,却不想这是浮肿。连她的父母都以为她脸圆滚滚,是她乱吃了什么东西的缘故,事实上她的身体状况已经每况愈下。直到李楚楚忽然发现每天的小便越来越少了,一次小便要蹲好半天才能解下来。她才意识到是身体出问题了。结果可想而知地糟糕——肾功能衰竭。从此,医院成了她生命中的第二个根据地,现实很残酷,想要活命唯有透析。

后来,我听李楚楚说起,她的父亲原本开过一家很红火的家装公司,母亲一直在家做家庭主妇,没有收入来源。父亲长年累月忙自己的事业,母亲除了做完家务事也有不为人知的交际圈。他们以前就很少管李楚楚的事,所以养成她独立傲慢的个性,尽管父母的心早有隔阂,但原本一家三口过得也算安逸。但就在李楚楚透析的一年时间里,一家人的生活发生了天翻地覆的变化。父亲的家装公司发生了严重意外,具体是什么状况李楚楚也不清楚,总之没过多久公司就没了。她透析、治疗、吃药需要一大笔费用,父亲坐在她病床边双手蒙头,无可奈何在那张濒临崩溃的脸上表现得淋漓尽致。母亲呢,说到这儿她不禁尴尬地笑起来,连连摆手,说:"你知道什么叫落荒而逃和独善其身吗?她就是这样的,一走了之,连滚带爬地逃离了我这个无底洞，走得干干净净。妈走了，爸自然也待不住。他决定把房子卖了，让我跟着爷爷奶奶过。卖房的钱一半留给我看病生活，一半他带走创业。啊……他是真当我傻吗？这点他就不如我妈，不想负责就直说，何必编造出创业挣钱给我看病的借口呢？可笑！"

李楚楚说着摇摇头又干巴巴地笑了。我并不奇怪她说这些话时的反应，她的本质就是如此。脸上很少展现喜怒哀乐，也很少见她为自己的病哀怨哭泣。

我最常问她的一句话是："透析的下午要不要我过来陪你？"答案肯定是不要。她也没有跟爷爷奶奶住多久，就决定自己搬出去住。透析最终成为她生活中搁浅不掉的琐事，母亲消失多年；每月手机里银行存款短信是父亲还存在的证据。

虽然没有约定，我每个月定要去见她两三面。刚开始她总嫌我烦，每回见面第一句必定是："你怎么又来了？就那么闲吗？"我就说她嘴硬，因为生病不想见人。天长日久，她见我也不烦不骂了，一见面招呼一声"来了"，接着跟小孩似的翻我带来的包，问："今天又带什么好吃的了？"

自从搬到这里后，我来的次数比过去要多一些，有时在附近忙完手头的工作，也会买了熟食不请自来。我拎着东西一步步登上这光线暗淡的楼梯，走到第二层时就听到有音乐从上一层传下来。"让我们荡起双桨，小船儿推开波浪，海面倒映着美丽的白塔,四周环绕着绿树红墙。小船儿轻轻飘荡在水中,迎面吹来了凉爽的风……"我知道准是李楚楚走在上面,于是仰起脖子喊道:"李楚楚,下来拿东西,我拿不动了。"也就几秒的工夫,李楚楚顶着短发从楼梯间探了下来,我举着一口袋东西朝上用求助的眼神望她。她也提溜两杯奶茶朝下对我晃悠。两杯奶茶,还是黑糖珍珠的,不错。

"你怎么料到我今天要来?"

我俩几乎同时戳破了奶茶盖的塑料膜,懒洋洋靠在她那张一米二的小床上。

"不来我这儿你也没地去啊,一把年纪了男朋友也没一个。"她故意挖苦我。

"喂,大小姐,你搞清楚,男朋友能有什么用?是能吃?还是能喝?还是能像我们这样,即使赤裸裸在床上聊一夜,也不用担心有任何不可告人的秘密发生?"

"哈哈,你也有这么不正经的时候啊!"她狂笑不止地指着我。

李楚楚告诉我,今天走在路上看到一个身穿黄色马甲的女骑手停在路边哭得厉害,走近一看,才发现是住在一个楼道的邻居——一个单亲妈妈,她和她女儿搬到这儿已经有两三年了,为的就是靠近医院,方便给身患白血病的女儿治病。原本以为她女儿发生了不好的事情,单亲妈妈才会哭得这么崩溃。等她平息下来，才得知是因为她送的一单奶茶因为迟到五分钟，被顾客拒收了。外卖平台不仅扣了她五块钱派送费，还让她倒贴上二十几块的奶茶钱。单亲妈妈蹲在路边很懊恼，说怪自己速度太慢，紧赶慢赶还是迟到了五分钟，顾客等不到准时送达，便强行取消了订单。

李楚楚很少主动与外人接触，搬到这里也一样。但是今天她竟然花了二十几块钱从那个单亲妈妈手里买下了这两杯奶茶。在冷酷的外表下她是多么有温度的一个人。就在我这么想的时候，她朝我一撇嘴，挑逗说："怎么样，这素材提供给你写稿编瞎话正合适吧？"

"你哟，这么感动的事气氛烘托到这份上了，被你一句话就给颠覆了。"

她吸了一口早就冷掉的奶茶，扭过脸来对我说："我也想去送外卖，自己好歹也能挣些钱，就当出去溜达溜达了。"

"不行，你得治病！不能出去随便乱跑的，那得多辛苦呀。"我即刻打断她的想法，"你从来没做过这些事，不知道替人送外卖多累，你看看路上那些为了抢时间横冲直撞的骑手，太累也太危险了。你别乱逞强……"还没听我说完，她便双手举过头顶："好了好了，小姑奶奶，我都明白了，您别说教了，行吗？"她嬉皮笑脸地和我碰了碰奶茶杯。

送我出门时，我们走过那条昏暗狭长的楼道，我对头顶上恍惚不定的灯光有所芥蒂："小区物业就不能给换个亮一点的灯泡吗？"

她不屑一笑："这么老的小区哪里来的物业啊？这些事都得靠居民自发，我们这一溜都是为了看病的租户，个个自顾不暇，谁还有心管这事？"她故意抬头指指这怎么也亮不明的灯，诡异地问我，"你看这光像不像引人走向死亡的鬼火？"

我当然明白，我对李楚楚要送外卖的提议的否定，她肯定不会打心底接受。以她雷厉风行的个性，别说是送外卖了，只要是她从内心做出的决定，根本就是谁都改变不了的。上学、看病、搬家，长年累月东奔西走，她向来独来独往。

印象最深刻的是，她对于别人的怜悯简直憎恶透了。我记得，我刚工作那年告诉她，我每个月都有一份不错的收入，以后她的生活我几乎可以全部负责。她当时的表情简直比生了病还难看，满脸的不屑令人心痛。这世上从来就没有真正的救世主，也没有谁能做一辈子的救世主。

在我工作后没几个月，李楚楚有一段时间突然容光焕发，她带着我去了一家西餐厅，规模不是很大，环境非常有格调。更反常的是，我们还开了一瓶价格不菲的红酒，并且那一晚餐厅里只有我们两个人。李楚楚特地带我来，里面肯定有什么猫腻，我几次要问起，她总是把话题扯到其他地方去。直到红酒喝到半瓶，她站起来，摇晃着手中的红酒杯从餐桌对面走到我面前，伸出食指贴在难得涂了口红的艳丽的嘴唇上，向我示意别说话。接着她笑起来，身子倾斜着在餐厅内晃悠，然后指点四周对我说："这儿怎么样？知道今晚怎么没有客人吗？因为这是我的地盘，我投了钱的……"

事情就是这么匪夷所思，李楚楚把拿来看病的一部分钱投了这个餐厅，合伙人竟是网上聊天认识的网友。我该怎么形容她当时摇晃红酒杯，在餐厅打转的状态呢？有些放荡，有些好高骛远，还有些不知道天高地厚的虚荣，更多的是不甘。没过一年，结果却像她的病情一样令人肝肠寸断。然而李楚楚是撞了南墙也不会回头的人，跟失去自尊心比起来，血本无归压根算不上什么痛。

有关爱情，李楚楚的爱情也许就是存在电脑和手机里那一张有十多年的照片了吧。我见过那张照片，准确说是偷看到的。我想起李楚楚当时惊慌失措、手忙脚乱的模样，仿佛是最隐秘的角落突然被人窥探了，还有种做了贼还怕贼惦记的感觉。我没问他是谁，跟李楚楚认识这么多年，我从来不知道有这样一个人在她身边存在过。不过，我瞟了几眼，照片上的人的确很帅，眼睛里带着笑。李楚楚慌里慌张关掉屏幕，眼神里有难得的惊恐，我笑她怎么跟个贼似的，她急眼跳起来说："谁是贼了，我是贼又怎么样？"瞧她胡言乱语的样，我赶紧假装收敛了笑容，免得招来大麻烦。

二

邀请李楚楚跟我回家过年已经成为每年的惯例，所以被她拒绝也成了我们之间每年必要开始的车轮战，一连好几个来回，最终也别想拗过她，今年也不例外。

这是个没有鞭炮声的城市，走在街上人流稀少，躁动声好像在春节期间戛然而止。从楼下那几盏不算亮堂的路灯看上去，李楚楚住的那一排出租房也只剩下了两三点灯火。他们是比正常人都更珍惜春节的人，能从一年的病痛中抽出这么几天，回到家踏踏实实过个年，应该是很幸福的一件事。

我推开李楚楚的门，屋里竟然只有手机上的一点点光亮，我叫了好几声都没人答应，我摸黑找到墙上开关打开灯，这家伙竟耳朵里塞着耳机睡着了，被子也没盖，整个身体四仰八叉地瘫在床上，呼噜一声接一声，睡得真是香。待我蹑手蹑脚走过去给她摘下耳机，居然被她一把揪住了手腕。一双眼睛瞬间睁开死死盯住我，我倒被她的突袭吓了一大跳。

"疼疼疼……是我，快放开……"我咬着牙嗷嗷叫着。

她回过神一骨碌坐起来："怎么是你啊？我以为进贼

了呢。"

"大姐,你见过贼进来还摘你耳机的吗?"我的手腕被她揪得生疼,她这劲大得真不像是个病人,"你这门也不锁就呼呼大睡,没进贼算你幸运,我真是服了。"

她挠挠头问:"现在几点了,怎么天都黑了?"

"快九点了,你睡了多久了?"我把带来的东西一样样从包里拿出来。

"我好像从下午就开始睡了。"她双手来回搓了搓脸,脚下探索着拖鞋。"你怎么来了?"她又问。

"我来陪你过年啊。"

"过年,啊,我这样的人过什么年啊。"她嘀咕着从床边挪到桌边坐下,"年三十你不在家陪爸妈把酒言欢看春晚,能行吗?"

"过年呢,是该和亲朋好友把酒言欢,所以我刚才已经在家跟亲人把完酒了,这会不是正好来跟好友继续言欢吗?"

"呵呵,找我言欢就带两瓶鸡尾酒啊?大过年的,也太不过瘾了吧?"她看上去一脸嫌弃。

"鸡尾酒不是酒啊?哪来那么多话啊,来,干杯!"我们笑着碰杯,那声音真是清脆。

"你耳机里听的是什么?怎么睡着了也不知道关?"我望了一眼她正在充电被手碰亮的手机屏幕。

"《让我们荡起双桨》啊！"她回答我。

"你这种性格还会怀旧吗？我怎么不知道。"

"我哪里会怀旧啊，借着这歌想想小时候的事，睡觉时候听就当催眠曲了，说不准催着催着就做到那个梦了。"

这好像是我第一次听到她说起好多年都闭口不谈的父母。

"那会儿，我应该是才上小学，语文课本里有一篇写的就是这首歌的歌词，我爸年轻时也算个文艺青年，我跟他说，我们正在学这篇课文，他就上街给我买了一盘磁带，录音机一开里面放的就是这首歌。没想到这枯燥的课文唱起来竟然这么好听。录音机里在唱，我妈做着家务也在哼哼。他们还说，以后要带我上北京，像歌词里唱的去北海公园划船，去天安门看升国旗……我当时高兴得跳啊蹦啊，好像那一天迟早会来，我们一家人肯定能一块去北京。啊，那时候多傻，没想到这话说完没几年我的整个人生就天翻地覆了。现在想起来，那不就是骗小孩的鬼话吗！"

我看着她替自己意味深长地解释着，但就是一点悲苦痕迹也不流露。

"没关系，等你病情稳定一些，我也不忙了，我们就去一趟北京。去北海划船，去爬长城，去天安门看升国旗，一个也不落。"她本来是不难过的，这会儿因为被我握着手而动了情，说："你傻不傻呀？我都不难过，你怎么还齉鼻子了。"

她刮了一下我鼻子,"那到时候,我们还要去后海酒吧感受夜生活。"

"好,都去。但不许喝酒。"我搂着她说。

我们的人生从来都是这样,上车下车的人太多,一起看风景的人又太少。一直以为不会割舍的关系,往往在刹那就被切割成支离破碎的残屑。李楚楚本不应该是大咧咧、无所畏惧的性格,只是人生中大部分的惨不忍睹,都被她自我消化成很小部分的理所当然,这就是命运在偶然之中所要经历的必然。

从医院到出租屋两点一线,日子看上去过得平静不起波澜,也只有在透析时,她才能尝出生活最痛不欲生的滋味。我陪她去过几次,每次刚开始治疗她都让我到门外等一会儿再进来。等透析过程渐渐稳定了,她也没有那么难受了,才准许我进病房坐在床边陪她说会儿话。她说,如果人生也能像这透析一样,能把有害物质滤出去多好。

的确,人活着活着就被尘世给污染了,然而尘埃进入身体后,就再没有被净化一说。

做我们这一行的工作时间虽然可以自由分配,但看多了世间百态,笔下的文字也形成了一种固有模式。

"我要跟同事一起去外地采访几天,你一个人照顾自己行吗?"一周前给她打电话时我已经坐上了大巴车。

"谢天谢地,你也有出差的时候,我可算清净了。"

"那你自己好好的啊,好好吃饭,好好休息。等我一周之后回来就去看你。"

我说是去一周,其实不到四天就回到了单位,记者这个职业讲究的就是时效性,一旦进入状态压根不分白天黑夜,恨不得一口气把记在脑子里的东西全部吐出来。那天加班到晚上八九点了,眼看还差几行字初稿就敲完了。同事说帮我们一起订了外卖送到楼下了,让我跟他一块去取。我点了保存键,答应一声,跟着同事来到楼下,他对停在路边的电瓶车吆喝了一声。车上身穿美团黄色马甲的骑手扭头朝我们这儿看,我和骑手同时愣住了。骑手竟然是李楚楚!同事跑过去接住了她手里的两袋外卖,她对着我看没反应过来。同事纳闷地问:"应该还有一袋吧?"她才取下挂在车把上的另外一袋,递给同事,可被我抢先一步接了下来。我对同事说:"你拿上去先吃吧,我马上来。"

三

我一把拉住转身就要骑车飞奔的李楚楚:"什么时候开始做的?"她笑:"我看到地址本来想不接这单的,但是以为你还没回来,又一看姓名和电话不是你,就侥幸来送一趟,没想到还是碰上了。"

"你送完这单就回家吧,今晚风大,赶紧回去,以后都不要做了,知道了吗?"我皱着眉头望着她。她不说话,勉强点点头,然后整整头盔,骑上车一溜烟钻进了黑夜。

第二天是周四,是她去医院透析的日子,我买了熟食去医院看她,然而我到透析室找了半天也没有找到她的人。我去问负责透析室的护士:"请问李楚楚是做完透析走了吗?"护士一脸疑惑,责备地反问我:"李楚楚?她这一周都没来透析啊,你们家属是怎么看护病人的?她是患多年尿毒症的重症病人,一周不来透析是准备送命吗?"听完这些话,我转身直冲医院对面的出租屋,等着我的却是紧锁的铁皮门。

春日霞光亮得有些刺眼,我气得站在门外哪儿也不去。隔壁邻居端着脸盆出来打水看到我,像是对家长告状似的说:"你来了,她最近几天总是很晚才回来,不知道干什么去了。你要不要到我们家里坐坐等她?"我冷静下来摇摇头说:"谢谢,不用,我在这儿等她一会儿,应该就快回来了。"

我一连拨了三通电话她才接上:"在哪儿呢?你现在立刻,赶紧给我回来!"说完我就挂掉了电话,这是我头一回用这么严苛的语气对李楚楚说话。约半小时后,我从走廊上低头向楼下望去,她还是骑着那辆电动车戴着头盔,套着黄马甲回来了。她慢吞吞地走上来,眼神有意躲避不看我,一只手摸索口袋掏出钥匙低头开门。回到家里，她摘下头盔脱下马甲，我放下拎了半天的熟食，看到她有气无力地一屁股坐到床边，手机里还不断响起派单的提醒。她一定是察觉到我的气愤，下意识地把手机调成静音模式。我喘了一大口气问："你今天去透析了吗？"她应付地嗯了一声。看到她面不改色心不跳地撒谎的样子，我又不死心地问了一句："你今天有没有去医院透析？你看着我回答！"这一回我几乎是瞪大眼睛审问她了。她大概是被我今天的性情大变吓了一跳，抬头定定地看着我，正想张嘴解释什么，又被我打断了。

"我刚才就是从医院来的，人家护士都告诉我了，你不止今天没去，这一周你都没去。就连你隔壁邻居也说，你最近总是很晚才回来。李楚楚，你到底想干吗？昨晚我都没说你，谁让你干这个的？你缺这几个钱吗？"不自觉中我的声音一声比一声高，"你知不知道你是个病人？你一周不去透析把身体搞垮送这些外卖，有什么用？"

"够了！"她几乎快要把口水喷出来了，反驳道，"谁告诉你我是病人了？我怎么就成了你嘴里快要死的人了？我凭自己的本事出去挣钱怎么了？"她耐不住性子对着我嚷起来。

我终于抑制不住内心的冲动，像个被激怒的狮子面红耳赤地对她咆哮："你能不能搞搞清楚，自己究竟是要命还是要钱……"

我们之间的争吵愈演愈烈，我的愤怒还没等完全释放出来，就被她拍在桌上的一巴掌中止了。

"我告诉你，我从来没把自己当病人，我也不许别人把我当病人。我只有不把自己当作一个随时随地都可能挂掉的人，我他妈才能像个正儿八经的人活着。这些你懂吗？"她此刻犹如发了狂般怒吼，"邓梦冉，你记着，我李楚楚压根不需要你的可怜，更不要你隔三岔五买点吃的喝的来施舍我，我不需要！请你带着你的怜悯和这些东西离开这儿！"她腾地站了起来，指着铁皮门赶我出去。

我意识到自己说的话有些过分了，看着她的脖子暴出了青筋，我吓得红着眼赶紧向她解释："不是的，楚楚，你别激动。我是太着急了，你知道我不是你理解的那个意思。我们那么多年的友情，我不过就是太担心你了，所以才口不择言的。"我伸出手去拉她，她一下子闪躲开。

"你走吧！"她转身倒在床上，将自己蒙进被子里。我无奈地悄声离开，刚关上门就听到她在里边放声大哭。那一刻我的心都碎了。

那次争吵过了很久，李楚楚都没有再见我。一转眼两个月过去了，快要夏天了，我打电话给她，发微信道歉，她都不回复，去家里和医院找她，她也避而不见。我们从来都没有这样"老死不相往来"过。我知道她那么要强的性格，她更不可能接受别人怜悯的。之前她只是跟我亲近些，现在她身边连个亲近的人也没有了。我很后悔，觉得自己哪怕不赞成她的做法，也不该那么责备她，这下该怎么办？坐在计算机面前，我不知道该从哪儿下手。直到手机在桌面上突然振动，一串陌生号码亮了起来。

"你好，请问是李楚楚的家属吗？……"

我心急如焚地一路狂奔赶到医院，看到她整个人跟两个月之前完完全全是换了一副模样，我惊慌得不知所措。她安安静静躺在病床上，眼睛微微闭着，脸上丝毫没有了那天跋扈的神采。怎么连氧气瓶都插上了？我悄声走到她身边。以她的个性怎么能同意自己躺在这里？她的主治大夫告诉我，她是在今天来医院的路上突然昏迷倒下的，幸好是倒在了医院大厅。经过检查突然昏迷的原因是跟近期过度疲劳有关，并且因为没有按时透析，导致肾功能进一步衰竭……我握着她放在外边的手，冰冰的。

天快黑的时候，她醒了，睁开眼看到我，怯生生地笑了："你来了？"她说话声音比以往小了一些，然后又皱起眉头问，"你怎么知道我躺这儿了？"

我抽了抽鼻子说："还不是上回来医院没找着你，我就给他们留了电话，就怕万一有什么事，也方便联系。"

"你也太有心机了吧！"她抬起手冲着我晃了晃，"得，这回算是让你逮着了。"

"你还委屈上了？这么久不理我，也太狠心了吧？"看着她躺在病床上，我的眼睛又红了，"李楚楚，我跟你说，你以后不许生气了就不理人，更不许玩消失，你知不知道联系不上你我有多着急？我今天接到医院电话，差点以为……"

"差点以为我已经挂掉了吧？"我说什么她都知道，"放心吧，你得对我有信心，姐们命硬着呢，一时半会死不了。"然后她叹了一口气，跟我说："你知道吗，前段日子跟我一块送外卖的，就是和我住在同一楼道的单亲妈妈，退房回老家了。她往外收拾东西的时候，我才发现她是一个人走的。她女儿的病没能看好，半个月前就走了。她说自己拼了命也没把孩子的命救回来，去年她还答应孩子等今年天暖和了就带她去欢乐谷，她女儿从小到大特别渴望能坐一次旋转木马。但她总是为了每天忙着送外卖挣钱给女儿治病，这事就一拖再拖，拖到最后钱没挣多少，人也没了。小冉，你说我们这些人每天这么熬着活着，真的有意义吗？她的女儿太像我了，熬着，等着，最后什么也没实现，人就悄无声息地没了。"

我看到她眼角滑下的泪滴，被她扭头在枕头上蹭掉。我说："不会的。你说话累了，闭上眼睡一会儿吧，我在这儿陪你。"她点了点头，抬眼去找放在床头柜的手机："你带耳机了吗？我想听着歌睡。"我从包里翻耳机给她戴上，帮她调出《让我们荡起双桨》，她闭上眼睛，表情逐渐放松下来。

过了一段时间，李楚楚的状况慢慢稳定下来，我们去问了主治医生接下来该怎么治疗。医生说，以目前的情况来看，虽然她的双肾已经有一个半坏死，但是毕竟人还年轻，如果能继续坚持透析并等待合适的肾源，将来还是会有很大的可能治愈的。而李楚楚不知道，在那之后，我又找医生为她重新安排了透析时间，因为我想带她去一趟北京，这是我期待跟她一起实现的理想。

我们坐上高铁，当天晚上抵达北京，第二天一早开始了这盼望已久的旅程。我和她拉着手漫步在南锣鼓巷，整整一条街的店铺里商品琳琅满目，我们买了闺蜜一起戴的手串，坐上观光三轮钻进各种名字的胡同，又穿过马路来到什刹海。北京人会管湖叫作海，后海酒吧的白天是沉寂的，偶然路过一家清吧，隔着木色窗子我们看到一个驻唱歌手抱着吉他，弹唱着自己的歌谣。沿着后海边一直绕，一路上我们买了老北京糖葫芦，吃了李记炸酱面。我生怕走的路太多，楚楚会吃不消，特意在炸酱面馆停留了许久。快接近傍晚时分，她坚持说自己今天的精神和体力比之前好太多，哪怕走到明天早晨都不是问题，于是我们又从景山公园，走到了她说做梦都会梦见的北海公园。传说中的红墙白塔，绿水青山，波光粼粼的湖面，近在眼前，我们坐上船，彩霞映照，微风轻轻拂在脸上。

她说，这好像是做梦一样，真的就进入了歌词中所唱的画面。她还说，这要是发生在二十年前该多好。

我说："那你靠在我身上，闭上眼，这样就可以回到二十年前，你所想的就都能实现了。"

我们划动的小白船就像是楚楚做了很久的梦，此时此刻，缓缓地漂荡在暖暖的湖面上。目光所及是真实存在的绿树红墙，那首纯真恒久不变的旋律切切实实萦绕在耳畔：

  让我们荡起双桨，

  小船儿推开波浪，

  海面倒映着美丽的白塔，

  四周环绕着绿树红墙。

  小船儿轻轻漂荡在水中，

  迎面吹来了凉爽的风……

（发表于《中国校园文学》2022年第5期青春号）

饭　局

一

赵雅彤从工作室走出坐上停在门口那辆红色奥迪，李凡妮和赵可儿早已在此等候多时了。

"你几个意思？这都快十一点了，你才出来。"李凡妮一手扶着方向盘，扭过身体对后座的赵雅彤说。赵雅彤波澜不惊地看了眼手机，又看了一眼旁边的赵可儿问："你们等很久了吗？这不才十点四十？"赵可儿没出声，情绪低落地转头看向窗外。

赵雅彤见气氛不对，尴尬地笑了一下问："这是怎么了？不是说今天去小婶的店里吃饭吗，走啊？"她望了望阴郁不振的赵可儿，把话题抛给驾驶座上的李凡妮。李凡妮意识到赵雅彤没搞清楚什么情况，便笑她："吃饭？你没看群消息？你怎么知道今天去吃饭的？"

"我把所有的群都开启消息免打扰了。我最怕一些无关紧要的消息干扰我创作，还消耗手机电量。今天吃饭是我爸昨晚打电话给我的，说今天大家去小婶店里吃饭，接着就是你给我发语音，顺道来接上我一块走啊！不对，今天是去小婶店里吃饭，可儿怎么也在你车上？"

"你可真是'四大皆空'啊！"李凡妮哭笑不得对她竖起大拇指，"她已经快两个月没回家了，在学校附近租了房。我今儿是当了一回车夫，先去接她又来接你。"就这么一会儿到现在一言不发的赵可儿又换了种姿势继续阴着脸。

"到底什么情况？今天这是个什么局？"赵雅彤明白事有蹊跷。李凡妮没再接话，而是发动了车子带着她俩朝饭店方向驶去。

"以我爸为首的她妈、你爸，'对付联盟'组的这场局。"赵可儿托着头慵懒地开了口。"对付？他们要对付谁啊？你这人民教师现在用词都这么犀利的吗？到底怎么了？"

"我来给你捋一遍吧，老舅和老舅妈这阵子吵架了，见天动手，这事早就在家族群里传开了，恐怕也只有你两耳不闻窗外事，一心只读圣贤书。只不过最近事态恶化了些，俩人正闹离婚呢。这不今天他们招呼大家一块去聊聊嘛。"李凡妮打了方向盘朝南拐个弯，"我这么说你不介意吧？"她从倒车镜里瞟了一眼仰头闭目的赵可儿。见她不想作答，李凡妮又以劝慰的口吻补充一句，"他们三兄妹联盟归联盟，但是你用'对付'这词可不准确，顶多算帮忙协调，怎么能说成是人家合伙对付你妈呢？"赵可儿仍是闭着眼，突然呵呵一声，丢出一句大家公认的实话："因为我妈这朵奇葩不好对付，所以才要几个人联合起来对付。我有时真是可怜我爸呀！"

赵雅彤这会儿总算搞懂了今天突如其来的饭局是怎么回事。昨晚接到她爸的电话就觉得纳闷，爷爷奶奶离世两三年了，这一家人压根就没再聚过。小叔倒是跟他们家偶尔还有一些联系，但是很少见面。如今能用微信、电话说明白的事，根本用不着见面吃饭这种传统方式，更别提家庭聚餐了。不过提到小叔小婶闹离婚，她倒不觉得意外。

想当初，小叔找小婶这么个人回来，家里除了爷爷奶奶赞同，其他人无一附和。她爸赵杰第一个跳出来反对，说小叔好歹上过大学，还在机关工作，怎么能找一个初中都没毕业、只会开饭馆的对象。李凡妮她妈赵梅更是强烈反对，直接说："二弟你是不是脑子昏掉了，人家就招待你吃几顿熏肉就这样被套牢了？开什么玩笑，两人站一块哪儿哪儿都不像是从一个门里出来的。"

等小叔自己反应过来，才发觉好像真是有点被套的意思——当时两个人认识的时候明明说是帮他介绍对象，还是个报社记者，怎么两顿饭吃完，她反而把自己推销过来了？这怕是个陷阱吧！小叔前脚准备撤，后脚就被爷爷"捉拿归案"。至于原因，竟然是这全身烟火气息的准儿媳妇提刀找到了老两口"以死逼亲"。不道德，这太不道德了！他俩那会有爱情吗？两句话一聊就得嫁。至于后来是怎么着了，她们做小辈的就不知道具体过程了，赵雅彤再见到这个准小婶时她已经住进了小叔的新房。

小叔跟她成家以后大大小小也闹过几次，到最后总是以小婶简单粗暴的方式（骂或打）解决。每次一场恶战结束，小叔总会倒吸一口气感到无比万幸："幸好她是开饭店的，生意不错她每天早出晚归，两人一天见面的时间也就零点以后到早上七八点上班前。倘若两个人都是朝九晚五的作息，不知道要吵多少次架，闹多少次离婚，没准无论家里买了几套房都得让她一把火烧了。"

根据种种迹象，赵雅彤早就认定他俩闹离婚是必然的事。但是稀奇的是，他们过了二十五年才闹离婚，是不是有点反应迟钝？

"闹离婚正常，谁爸妈没闹过。不过，小叔小婶闹得是不是好像有点太迟了？不太符合逻辑呀。"赵雅彤说。

"你以为生活是你这个大文学家搞创作，胡编瞎话呢。离婚相当于炸弹爆炸，任何时候、任何年纪都可能发生。之所以之前没炸,那是还没真正引爆。一旦有人点燃导火索了,你瞧着吧,七八十岁老头老太能一瘸一拐来我们律所洽谈业务。"李凡妮是律师出身,论嘴皮子没人说得过她,"所以就婚姻法而言,老舅妈对老舅动手实属于家暴,老舅是可以提出离婚的。"

"什么?离婚是小叔提出来的?这可太难得了!"赵雅彤听了又惊又喜,就差拍手称快了,"哎呀,可儿你倒是说句话呀。我刚刚可没幸灾乐祸的意思啊,我就觉得挺不可思议的,小叔不像是随便下狠话的人。他要跟你妈能提离婚,这是攒了多少个胆儿?"

哪知道赵可儿一脸波澜不惊,嘴角向上挑了一下说,她爸这回能这般扬眉吐气提离婚全是仗着她的鼓励和怂恿。毕竟这段日子连她也是看不下去她妈妈的做派了。

赵雅彤竟然接了句:"把大家弄到你妈店里谈这事,不够客观吧……"言下之意是,以小婶三句话谈不拢就能提刀、放火的性格,去她的地盘谈这事,万一弄巧成拙,她能把一家人一锅端了。不过聊到现在,她们还没弄明白赵可儿爸妈闹成这样究竟是为什么。

赵可儿听了两个姐姐的疑问,换了一种坐姿,一拍胳膊说:"因为洗澡!"

二

　　明明用不了半个小时就能到达饭店的车程，愣是让姐妹仨聊了一个钟头才抵达。快到的时候，李凡妮建议先在外面找个地方吃点东西再过去，她很清楚这事一旦谈起来，即使准备了一大桌子饭菜也不可能好好吃下去，但现在半边身子靠在车门上的赵可儿根本吃不下去。每天早上十点才吃早餐的赵雅彤更不饿："东西就别吃了吧，你一会儿靠边停一下，我去买几杯咖啡来提提神。"

　　她们下车时发现饭店大门虽然让人进，却在大白天挂起"暂停营业"的提示牌。李凡妮没心没肺地赞叹："今天的车位是真好停！"走进店里，大厅内一帮厨师和服务员扎堆围在一起，津津有味地喝着茶、嗑着瓜子八卦老板家的那点事。直到有人看见她们进门，才停下聊天，一个接一个地站起来迎接。

　　"他们人呢？"赵可儿问。

　　"在……在里头包厢里。"坐在最外边的厨师结结巴巴回答。

　　赵雅彤和李凡妮先朝里面走去，赵可儿留在最后对那群无事佬说："今天没事就都走吧，老板不会扣钱的。"

推开包厢门，阴沉的气氛扑面而来，一屋子的人说话声比猫叫都小。五六个人有的坐餐桌旁，有的坐沙发上，零零散散的，餐桌上的饭菜倒是满满当当，转盘一圈又一圈不停地转。赵雅彤她爸和李凡妮她妈都有家族遗传的眩晕症，这么一圈圈地转他们不晕吗？

"怎么现在才到？都什么时候了？"李凡妮她妈先开口责备。

"路上堵车了。"赵雅彤赶忙站出来解释。李凡妮她爸从主位上站起身，看人都到齐了，一边招呼着："来来来，人齐了都赶紧上桌吧。"一边习惯性伸手去够对面未拆封的五粮液。所有长辈当中就数李凡妮她爸最馋酒，也不讲究酒桌上论资排辈的座位，先到先得是他的一贯作风。甭管是什么局什么事，只要有酒喝他必到。家里人都戏称他是喝不满的酒罐子。但今天任凭他如何吆喝，也没人回应，在老婆娘家人面前吃了个瘪。

"上什么桌？事还没谈完呢，就你最闲！"敢对他这么发狠的也只有李凡妮她妈。酒罐子当然不服这话，手里攥着已经被他拆了封的酒回嘴："我怎么就成了最闲的了？我不也是为了她老舅老舅妈的事一早就赶来了！"两句话没讲完，这两口子差点戗起来，幸好被赵雅彤她爸拦下："你俩吵什么？分不分得清主次？老李，你等会儿，今天酒少不了你的。"

只是两位主角在赵雅彤她们进来之后都没说过话，一个斜着椅子坐在桌边,手无力地搁在桌面上,边上放着香烟、打火机和烟灰缸。烟灰缸里的烟头已经满到溢出来了。李凡妮盯着这么多烟头,眉头一皱,这股难闻的味道令人作呕,她丢下还没喝完的咖啡拍了拍心口,退了几步找了靠边的软座坐下。

另一个坐在三人沙发上,苦涩的面颊像是经历了恶战的洗礼,她手里居然攥着一团被反复揉捻过的面纸,难道哭过?赵可儿这会儿反倒比在车上轻松些,摘下身上的斜挎包随手扔到一旁,张口就嘲讽道:"光顾着自己闹,发着工资让员工看笑话,你这个老板的心可真大。"听到赵可儿这么说,她爸妈才急切地向门外张望。"早被我赶走啦!就这点破事也值得你这么兴师动众……"赵可儿的语气里透着对这场闹剧的不屑。

"你……"她妈被自己女儿气得咬紧下嘴唇,腾一下站起来正要骂人。

"行行行……我知道你又要说我白眼狼了。但是你看看自己把好好的一个家闹成什么样了?我爸平常生怕你苦着累着,哪天不是打扫好房间,倒好茶切好水果等你回家。不就因为洗个澡没帮你调好冷热吗?这是最基本的常识,左热右冷你都不懂吗?天天骂,天天打,我好心劝你几句,你就说我跟我爸是一个坯子,成天说我们是喝你血吃你的肉才活到今天,好像这家就靠你这饭店养活似的!"

"你们听听,都听听……"她妈这下彻底被激怒了,涨红了脸，一个箭步直冲向赵可儿，幸好赵雅彤反应快上去拦了一道，否则小婶这一巴掌很可能对着赵可儿的脸就扇上去了。

"赵可儿，你个兔崽子真是活生生的白眼狼，老娘我那么多年起早贪黑开饭店，挣钱供你吃供你喝供你上学，把你培养成大学生，让你做了人民教师，现在出了事换不来你替老娘说一句话、出一口气。你不是我养的，你个猪狗不如的东西。"她妈咬牙切齿地骂着，又要冲过去扇赵可儿。一直坐在原地没动的赵可儿她爸赵朗，看她要当众对闺女动手，猛站起来迈开大长腿，过去揪住了妻子举在半空的胳膊，没等她骂出下一句更难入耳的脏话，就把她甩回了沙发上，力气之大让她在沙发上弹了下才坐稳。众人被赵朗如此激烈的举动惊呆了，这根本不像他这闷葫芦能做出来的事。他双目通红地瞪着恍惚中的妻子，怒不可遏地指着她："你真是疯了，我一再忍让你，今天把家里人都召集过来是想跟你心平气和地解决问题。从开始到现在一直都在听你说，我没吱一声，我以为今天让你当着全家人的面把话说痛快了，这事也就过去了。你现在居然还想跟可儿动手，实在不可理喻！她抱怨几句怎么了，孩子因为我俩这点事儿躲外面租房子住，每天辛辛苦苦上班还吃不饱睡不好，你当妈的就不懂得心疼孩子吗？"

赵雅彤觉得这是小叔这些年在众人面前说得最有狠劲的一段话，关键还是对着小婶说的。

"我呸！你们父女俩真是一路货色，一有事你们就背着我商量，从来不把我当人。你就成天惦记她吃不饱睡不好，你睁开狗眼看看，我哪天吃得饱睡得着了？就算是这样，我还照样每天从早忙到晚，赚的钱还不是进你们两只狼口里了。"

"钱进我们口里了？你也好意思说。"赵可儿今天真是一改往日知书达理的风范，好像跟她妈一样泼辣，使劲甩开赵雅彤拉住她的手，走上前挡在她爸面前说，"你摸着良心说说，从今年开始你往家里拿过一分钱吗？不仅如此，还把房贷车贷各种保险缴纳全部踢给我爸。我们下班偶尔来吃个饭都得看你脸色，你想干吗啊？还有，我今天也不怕在亲戚面前丢脸，你说我爸睁开狗眼，麻烦你睁大眼睛看看我爸身上这青一块紫一块的伤，是不是你的杰作？"说着她撸起赵朗的袖子。大伙一看赵朗身上的伤，大惊失色，人人都知道可儿妈行事彪悍，但怎么也想不到下手竟然这么狠，这可是一块儿过了几十年的夫妻啊！

话说到这份儿上，大伙应该都明白为什么这一次是赵朗提出离婚了。其实他们夫妻动手（准确地说是可儿妈对可儿爸动手）也不是一次两次了，父女俩一直都以为她这样霸道惯了，又加上经营饭店压力大，所以难免会有些暴躁。而过去只要她妈一发飙，他俩要么就忍一阵不说话，要么就出去躲一阵等她发泄完了，气消了这事也就过去了。可这回真是闹大发了，断断续续小吵小闹两个月，大吵大闹两周，稍有不满意她就像疯了似的连砸东西带打人，弄得这父女俩回家谁都不敢与她搭话。

　　爆发点就是赵可儿在车上说的，那天她妈半夜下班回家洗澡，平常都是她爸给调好水温才叫她进去，但是最近赵朗心里不痛快，又在外面喝了酒，回家倒头就睡，没顾上这事。结果可儿妈一开开关便烫着了。本来这阵子气一直就不顺的她，披上衣服一脚踢开房门，冲着不明所以的赵朗一顿乱掐。赵可儿听到父母打闹的声音吓得从自己房间跳出来，一眼看到了她妈面红耳赤、暴跳如雷扯着她爸死不松手的样子。她赶紧上去劝阻说："到底什么事？你老这么闹到底想干什么？不想让人好过你就早说，何必天天害人害己！"

　　听着女儿在众亲戚面前揭自己如此不堪的一面，她妈别说是情何以堪，简直肺都要气炸了，竟以迅雷不及掩耳的速度从沙发上跳起来，咣一巴掌扇到了赵可儿的头上。可儿爸终于不顾形象地撕心裂肺嚷起来："你这个女人真是疯掉了，闺女这么大了你说打就打，疯了疯了！"

三

　　"怎么还真打人了呢？你这人做事怎么能这么蛮横……"

李凡妮她妈赵梅也看不下去了，"就算是到了更年期也不能这样吧！"毕竟到了这年纪的女人多多少少都有些生理变化，而虽然嘴上不说，大家却都认为可儿她妈身上压根不存在所谓的生理病，"江山易改本性难移"才是对她更适合的评价。"好了好了，都少说两句。"大哥赵杰闷了好半天不发言，现在出面试图把局面稳住。赵可儿红着眼捂住头躲进赵雅彤的怀里，眼泪直打转就是不哭出来。"习惯了，真的是习惯了，我早料到躲不掉这一巴掌。"她啜泣着自言自语地念叨。

她爸一不做二不休拉着赵可儿开门就往外跑，赵雅彤她们一起跟着追了出去，将暴走的父女俩劝阻停留在大厅。赵雅彤拦着他们劝说："小叔，你们别一气之下就走了呀，今天不就是来解决问题的吗？"

赵朗怒不可遏地说："你们看看她，像是来解决问题的吗？人可是她一个个打电话召来的，自己现在做的这叫什么事！"他们在门外说着，包厢里可儿她妈干脆在地上撒泼打滚，一顿捶胸顿足号啕大哭，嘴里满口血丝的也不闲着，各种难听的话随飞沫而出。

李凡妮厌弃地瞟了瞟包厢那扇门，脱口而出："老舅，别瞎折腾了，这日子过的，后半辈子你怎么办？现在就上我律所去，我给你起草一份离婚协议，接下来该走程序走程序，长痛不如短痛。走吧！"

这话说着，父女俩还真打算跟李凡妮齐步走了。不想又被赵雅彤拦了下来。"停停停……怎么还真走啊？小叔你先冷静一下。"她又对李凡妮喷了一声，"这时候你怎么还火上浇油呢？你当律师的也太不理性了吧！"

"就因为律师足够理性，我才建议老舅这么做。"李凡妮这家伙还不忘把自己撇干净，"老舅，我说的只是建议啊，决定权当然在你。"

"喊！"赵雅彤对李凡妮的说法非常不屑，"李大律师，你现在要弄明白这是家事，不是你接案子的时候。小叔他们都快年过半百了，这时候离婚今后谁能活得体面？再说，父母离婚，你让可儿以后怎么谈恋爱结婚？她以后的人生体面吗？"

"那你说说看他们应该怎么办？人三天两头就被家暴，总不能躲着不见吧？"李凡妮想说都被家暴了，这体面虚伪的东西能值几个钱。

"不就想不碰面嘛，这还不容易，有房子就好办，还能保留体面。"其实赵雅彤的想法也不是行不通，赵可儿家的房子还是有的，一套四居是他们现在住的，还有两套小的，一套去年租出去快到期了。还有一套精装修的，因为没置办家具一直空着吃灰。无论离不离婚，房产再怎么分割等到几十年后这些还不都是归赵可儿一个人的。既然日子这么难过下去，何况这种理不清说不明的家务事，肯定也是一个巴掌拍不响的事。不如各选一处分开住,眼不见心不烦。赵朗觉得赵雅彤这话说得有道理,是个两全的办法。这时他们在外面也已经听不见包厢里边嗷嚎的动静了,赵朗一想还是待不住,抬腿走出门。赵雅彤他爸作为大哥,背着手面色阴沉地走出来:"你站那儿,走哪儿去?你俩小辈瞎出什么主意?都给我进来,吃饭!"

  赵可儿一家人最大的特点,就是甭管怎么打怎么骂,各自缓一缓没那么激动了还能坐下来一桌吃饭。总算把大伙重新召回了包厢,餐桌上的转盘仍旧旋转不停,虽然气氛依然低沉,但不至于令人感到窒息,甚至没有人感到特别尴尬。

  吵架嘛,是每个家庭再正常不过的状态,怎么可能说离就离。所以可儿爸妈说离婚这事儿,估计除了李丹妮大律师也不可能有人当真。赵雅彤她爸手一挥,简单到不用说话便把零零散散的人都招呼坐上了桌,他说:"谁家都有闹的时候,闹完了,气撒了还能有什么别的打算。现在坐上一桌的,不还是一家人?"

  赵可儿一家三口尽管形成东南西三方各自为政的坐法,但都已经没力气说话了。一大家人为了他们这点事花这么长时间耗在这儿,不让人吃顿饭的确不合适。

  待全家人上桌坐定,一股酒的浓香从一个角落向四周扑来。"要死了,老李!你一个人都快把一瓶酒喝完了!"赵梅刚坐稳就张牙舞爪地叫了起来，紧跟着抡起拳头对老李一顿恨铁不成钢的打。老李打了个嗝，一呼气将面前捻了一堆的花生皮吹得四面开花。老李确实喝得有点醉，脸通红。这可真是个活脱脱的老酒鬼，别人是论酒杯喝，他是论茶杯喝。别人是小酒怡情，他是大酒如水……绝对堪称"酒霸"。连李凡妮和她妈也说不清他是从哪年开始以顿论酒的，除了早上不喝，其他绝对一顿不落。然而平常他自己喝哪能喝到成百上千的五粮液啊，十块八块也就封顶了。今儿可是逮着了！

这会儿早已醉醺醺的老李，更不可能再像刚才那样继续听老婆的话，借着酒劲，似无意般提起一股劲，毫不费力便将老婆的胳膊撂到一旁去，从鼻腔和口腔喷出肆无忌惮的酒气说道："喝点酒怎么了？酒拿出来不就是给人喝的吗？你在家凶我，在这儿还凶我，你们赵家的人怎么都这么霸道？"此话一出，相当于把赵家兄妹仨一棒子打死了。可儿妈听到这话，哼一声附和："可不是嘛。"

四

虽然喝了酒的是老李，但是他似乎有点众人皆醉唯他独醒的意思。酒绝对不止壮怂人胆，更能怂恿人放开胆说话。

"要我说啊，你们赵家人先看看自己做得怎么样，再来说别人。她老舅妈为什么要这么折腾？人家嫁给你赵朗二十多年，天天忙天天苦，还把挣的钱一分不少地交给你，你还跟人提离婚？我就问了，她不挣钱给你存，你那么多房哪来的？你开的车哪来的？你们赵家人啊，个个都觉得只有你们自己聪明，非得我们这些外姓人都得听你们的。要我说，假如我们真遇到困难，你们几个……谁他妈会真的站出来帮个忙说句话？你们赵家人……"老李手里握着酒杯，杯中酒随他的话直晃荡。他越说越乱，越说越来气。

"你个死老李，看这酒给你喝的，长本事了是不是？什么'你们赵家人'，我们家人也轮得到你说？小妮，赶紧把你爸拖走，别在这丢人现眼。"赵梅咬牙切齿地说。

"爸爸爸……跟我走，我带你回家，这事咱别掺和了。"

"走什么走？今天是你老舅妈请我来的，这事怎么就不能掺和了？"李家三口来回推搡。赵杰又站了出来对老李摆摆手，打发他说道："老李啊，你是真喝多了，赶紧回去吧！"

赵杰不说还好，一说反而让老李更起劲了："大舅哥，咱俩也好长时间没碰面了，上一回还是在老爷子丧礼上喝的酒吧。"他不顾老婆和女儿的拉扯，一使劲便挣脱开她们的束缚，手里举着酒杯绕桌半圈，晃晃荡荡走到赵杰跟前，环顾四周看看这一桌赵姓人挑衅道："怎么着？我说赵家人你们都不高兴是不是？那我今天还真就要好好说说……"老李半斜着身子，伸出食指凭空指了指，口腔中喷出怪异的酒气，张着嘴顿了顿继续控诉，"当年我和我老婆双双下岗，没有一分经济来源，我们想到大舅家借一百块给孩子报名上学。你们家里灯全亮着，可就是不开门。我俩蹲在门口是等啊等，整整一个晚上。后来一问你们说那天晚上人都不在家，说是上你丈母娘家住了。你说你家里亮堂堂了一晚上，这真是当我们傻啊！"他话说一半，举起杯子又喝了一口，"还有那年我出车祸，伤筋动骨一百天啊，孩子她妈一个人照顾我们一家老小。小舅家当时跟我们家就隔了两条马路，俩孩子都在一个学校，你哪回接你们家可儿，顺带捎着我们家小妮了？下一天的暴雨，我家小妮回到家淋成落汤鸡，半路摔倒在泥塘里都没人拉一把。我承认我当年是穷人一个，也没啥挣大钱的好本事。你们赵家人都觉得赵梅跟我是个天大的错误，没人愿意跟我来往。这些都拉倒，我姓李的也不稀罕。可是风水轮流转啊，我没用，但是我闺女出息，我闺女是律师，自己开律所一年赚上百万，我们家开奥迪，住大房子……你们有一天……也会有事求到我们家。"老李明显觉得这么光说不够解气，因此边扒拉过去的事，边用另一只手拍桌子。他是说痛快了，赵家人脸上、心里都不是滋味。赵梅经他一提也沉浸到过去的苦日子里，却被老李的怒吼拉回了现实。

"所以你们赵家人他妈的都算什么东西？不是嫌贫爱富，就是杀富济贫，还有什么脸在这里说三道四？"

五

赵杰兄弟俩终于被老李一通乱骂惹怒了，先是赵朗暴跳如雷，指着老李鼻子警告："老李，你别太过分，今天不是让你来发泄的，我们赵家人如何，轮不到你来说，你最好给我闭嘴！"老李似乎也是有备而来，料到今天没有那么好收场，仍是不依不饶瞪大眼冲撞赵朗："你想干吗？还想打人是吧？搞不过你老婆，想拿我撒气？你小子今天动老子一下试试！"赵梅这才反应过来不知是哭还是恨，原地跳脚怒吼："你这个丧良心的，神经病！你凭什么说我们家人，你是个什么东西！"

老李还来不及接下一句，就被赵杰死死揪住了衣领，好像是锁了喉一般。赵杰眼睛充血，盯着老李一副混世魔王的嘴脸，想骂什么也骂不出了。这时候李凡妮吓得冲了过去试图从赵杰手中解救她爸。然而怒火冲天的场面，纵然是李凡妮好言相劝，赵杰仍没有想罢手的意思。李凡妮眼看情况不可收拾，其他人也像是毫无劝解之意，她只能冲着赵雅彤喊："赵雅彤你傻了吗？赶紧叫你爸松手啊，要不然我报警了。"

赵雅彤没意识到问题的严重性,她觉得她爸不可能真的威胁到李凡妮她爸,一时口不择言撑道:"你别动不动报警,谁让姑父胡言乱语了。"

老李让赵杰这般揪着,狰狞地满嘴喷白沫。忽然,他一举手将手里酒杯蹾桌子上,一声啪的巨响,玻璃碎片四处飞跳,其中一小块玻璃碴子不偏不倚飞向了赵杰左眼,万幸只是从眼角划过,鲜血直流。场面再度陷入混乱,老李被众人制服在地,赵雅彤慌乱中拉着她爸直奔医院。

半个月后,赵杰眼角伤口虽然逐渐愈合,但是当时在医院治疗处理时大夫就说,幸好不妨碍视力,可是眼角势必会留下伤痕,而且以后一旦流泪很有可能会旧伤复发。赵雅彤说这属于故意伤害,认为这件事有必要找李家人说说清楚。而且她一直都有随手录音记录的习惯。

隔天,她只身来到李凡妮的律所,打开手机,放出当天事件的录音,她知道这东西不管在创作上,或在法律上,总归有一样是管用的。

陪诊师

一

平安夜前一天还是工作日,街头店铺都以热烈氛围将整个不安的冬天包裹,没有比圣诞树和乐曲更能使冰天雪地生动的了。

韩诚很早就预订了这家西餐厅的座位,本来订的是两天后圣诞夜的晚餐,今天上午他临时决定改为下午茶——其实这也不完全是他自己决定的,是赵雅彤一气之下向公司请了假,他才想起来下午可以在这里待半天。

进门时,他扫了一眼餐厅,暗自舒了一口气。偌大的餐厅里竟然一桌客人也没有,午后阳光将整个大厅照得极为通透,两三个服务生零星地散落在角落。

他从前不知道中华城门外有这样一家小众西餐厅,忘了是别人推荐的，还是从哪儿听说的，总之后来在大众点评上搜到了这家店，光看图片就知道是赵雅彤喜欢的风格。

赵雅彤是那种不太喜欢吃饭、喝茶嫌太吵的女孩，她说吃饭喝茶，一定不要超过四个人，环境可以差点，但不要太吵。不然人一多，周边再嘈杂，那吃饭就只剩下吃饭了。他们平常约会也只会去那些类似云几的茶餐厅，找个相对独立的空间坐下，吃得简单。一人一份意面或素面，两杯咖啡，一份小食拼盘，足够两人无所事事聊半天。

今天这家餐厅很有格调的，餐桌餐椅虽然是原木色的，但有些位置配备了浅蓝色的卡座，更可以凸显出餐厅的高档和优雅。而且他们工作日来此，满场空座位任凭选择。不过还是老规矩，韩诚一进来直接走到靠窗的位置，冬天多晒晒太阳，总好过待在阴暗的一方。餐桌上餐具陈列得也不复杂，一个小白碟，旁边的长方形餐巾纸上放着小号刀叉。毕竟只是下午茶，自然简约。

服务生引导客人落座，一只手托盘奉上一杯柠檬水，再递上菜单问需要什么。他下意识没接菜单，而是打开手机，说："大众点评上团购可以用的吧？就上这份两人套餐吧。"也许是担心刚才没接菜单服务生尴尬，便礼貌地补充道，"菜单先放这儿吧，如果不够我们再点。"服务生保持优雅的微笑，回复："好的，先生。那您点的餐现在可以上吗？"他又看了一下手机屏幕，说："对，现在上吧！"待红茶和甜品拼盘上齐的时候，赵雅彤已经坐在了他的对面。红茶和咖啡二选一时，他犹豫了一下，最后要了一壶伯爵红茶。要是搁平日里，他会为赵雅彤点一杯卡布奇诺或是拿铁，但一想今天还是算了吧，本来因为上午的事就闹得急火攻心，要是再来一杯咖啡推波助澜，今晚他和赵雅彤可能都别想睡个好觉了。

来这样的餐厅喝下午茶，甜品是重点，韩诚知道小女生都逃不过精致甜品的诱惑。赵雅彤稚气还未脱干净。甜品拼盘登场时，大大方方地占据餐桌中心位置，镜面餐盘上生椰瑞士卷、白桃乌龙慕斯、抹茶芝士慕斯、巧克力慕斯每样两份错落摆放，工艺品似的。他笑了，说："这符合你的气质吧？"赵雅彤看起来兴致不高，捋了一下缀在眉头的乱发，浅浅瞟了一眼甜品说："太浮华了，这会儿一点没胃口。"

又过了好一阵，他们没再说话。服务生过来为他们倒入红茶时提醒过，红茶要趁热喝才好。可惜最开始红茶真的太烫，赵雅彤把杯口碰到嘴边又拿开了："好烫，喝不了，要凉一会儿。"赵雅彤别过头望向窗外，两三点钟的阳光正好让她有不想说话的自在。而他正一小口一小口吮吸着杯子里热气腾腾的红茶，觉得这伯爵红茶的口感好像和以前喝过的不太一样，入口有清清淡淡的香味。他喝过五星级酒店早餐厅里的红茶，味道怪怪的。有一回半夜，他便秘喝了包肠清茶，一喝居然跟酒店早餐厅里红茶一个味儿。打那儿以后，他就觉得红茶就是肠清茶的味道。不过，今天好像确实不太一样，好喝。

他们这样坐着，各想各的心事。假如一直这么下去，大概会让人觉得这俩人是来吃散伙饭的。

赵雅彤扭过头看着细细品尝红茶的他，眉头一皱愤愤然道："凭什么让你辞职走人？我就不相信全公司上千号人就我俩谈了。都是些什么陈年八代的老封建，谈个恋爱多大事？我俩是谈恋爱又不是合伙作案，偷商业机密。他们怕什么？再说办公室恋情怎么了？把人拆散公司就能直冲云霄了？这都叫什么破事……"他安安静静地品着红茶，一面听吐槽，"你怎么都不气？你被开了哎，怎么还喝得进去？"

韩诚端着白瓷花边杯笑："你不都说了吗，是我被开了……不对，我是主动辞的职，这两种性质可不同哦。总之是我不做了，你在公司还照旧不变，你那么气干吗呢？"

"这有什么不同吗？你走我走，不都一样有损失。你这会儿跟我分得清楚，当时怎么就敢站出来收拾东西走人呢？我们也真是笨，他们发现的时候，坚决不承认不就得了。顶多说关系好，经常在一起吃饭聊天。而且我想了又想，平常都挺注意的呀，又不同进同出，连节假日约会都得跨出两个区去。活闹鬼，是谁眼睛那么毒？"

他放下白瓷杯的同时也放下了桌子底下的二郎腿，双臂交叉伏在桌面："现在管他谁说的呢，这种事藏得了一时，也藏不了一世。除非我俩哪天嘎嘣一下分了……"

"啊呸！今天都这么倒霉了，你怎么还能说出这种触霉头的话？你是嫌事儿不够多，还是觉得祸不能单行啊？"

"没……没有！我哪能这么想呢，就是打个比方。"不过这么一来，他心里确实打了一个结。本来他和赵雅彤的恋情就不被她父母看好。

他是外地人，赵雅彤是本地姑娘，她的父母见过他几次，第一次见面他以为准备得很充分，而她的父母说到关键问题就单刀直入了："房，你有吗？没有的话准备什么时候买？这要没个安定居所可不行！我们就晓彤一个孩子，要是她不能安定下来，叫我们怎么能放心？"韩诚没想过第一次见家长就碰到如此尖锐的刀锋。赵雅彤说，这是不可回避的问题，她知道父母会提出来——一方面想唬住他，另一方面也确实点中了两人结合最现实的问题。但她也没想到头回见，父母就直截了当地把这么生硬的话题抛出。第二次见面，是赵雅彤父亲的生日，吃饭的地点在城市广场的小厨娘，这里最招牌的是淮扬软兜和瓦罐红烧肉。淮扬菜系总体偏甜，本来他作为西北人是吃不惯的，后来在南京读大学才慢慢习惯了江南的口味。他那天拎了一个二锅头礼盒送给准岳父，对方举在面前看了两眼，念出了"红星二锅头"，就随手放到了一边。赵雅彤眼瞅气氛不对，打趣提醒她爸："人家来送您生日礼物，您怎么不说声谢谢呢！"她爸礼貌性道谢之后，双方都尴尬地笑了笑。从那以后，他们对他的态度也就剩了礼貌性的微笑。这事过了得有好几个月，他升职到公司部门经理的时候，赵雅彤才开玩笑似的说："下次记位，见老丈人带两瓶梦之蓝就行，老头就好这口。"这下他才恍然大悟，江苏人只信江苏酒。他想投其所好，还投偏了！

本打算今年再冲一冲业绩，说不准两年后就能升到高管职位，到时候只要勒一勒裤腰带就能如赵雅彤父母的要求在市区买一套像样的房子了。可眼下，喝完这么精致的下午茶后，他就成了真正意义上的无业游民，这要让她父母知道，恐怕连礼貌性的微笑都不会给他了。不仅如此，一会儿走出这间餐厅，还有房租、车贷、花呗在等着他。刚刚还一脸释然，他这会儿已不觉皱起了眉头。还好，赵雅彤端起白瓷杯，抬起眉眼对他说："谢谢你今天舍己为妻，保住了我，敬你！"看到她上扬了嘴角，他又重新舒展了眉头。

二

那天送赵雅彤回家时，韩诚想提醒她，回去先别跟她爸妈提他辞职的事。停下车又一想觉得没必要特意嘱咐了，赵雅彤肯定不能说。而且时间一长，即便谁都不说，墙迟早也会透风的。他干脆心一横，踩一脚油门，早点回去找工作才是正事。

不出半月，他就接到好几个公司的面试通知。大概过了一个月后，他们约在楼下面馆吃牛肉拉面，赵雅彤嗍了几口面才敢假装无心地问："之前找你面试的那几家有消息了吗？"他低头吃面，摇了摇头。赵雅彤想安慰几句，他忽然抬眼问她："你爸妈还不知道我工作的事吧？"她慌张摇头："没有，他们怎么会知道。"

接近三十岁的他面临石沉大海的投档，杳无音信的面试，他恍惚觉得其实无论读了多少书，有多高的学历，在这座只能靠人际关系的城市，似乎根本无立足之地。博士毕业又有多大用处？一个人的根不在这儿，难道真能顶一顶博士帽的光环打天下吗？他突然想起一个作家小说里写道，"博士是最难挣到钱的学历"。

曾经有个大学同学提醒过韩诚："其实你除了会读书，擅长考高分，别的一无是处。"他当时听了这话却以为自己没什么错——会读书，擅长考高分还有比这更正确的吗？别的几乎可以忽略不计。赵雅彤也说过他太长时间都活在自己的空间里，有些事真要计较起来，也会让人不寒而栗。但是这样的性格也挺酷的,"两耳不闻窗外事,一心只读圣贤书",一个人哪能有那么多七情六欲。因此他总不能特别自如地与人打交道,跟人聊上几句,要么负责点头应和,要么就是话题终结者。只有如女朋友这样亲密的人才能不跟他计较。

一晃到了深秋,落叶坠向干瘪的柏油路。因为工作这事反反复复没个确定的消息,韩诚最近很少与赵雅彤碰面,但为了保持联系也只有每天电话的报备。他就知道丢了工作这事早晚要从墙缝中透到赵雅彤父母的耳朵里。

"所以你爸妈还是知道我这事了?"他说。

"我也不知道他们是怎么知道的,我回来压根没提过这事儿,我想不通他俩哪来的消息。"

"你不用想通,该知道的他们总能知道,他们肯定会在背后打听我的。那你爸妈有没有劝你还是算了?"他说得似乎心中波澜不惊。

"当然不能够,凭什么让我算了,这是两回事好吗?再说你也是为了保住我才丢了工作的,我哪能背信弃义,我是那种人吗?"

韩诚无奈地笑笑,换作是别的时候他压根不想做什么"英雄救美"的壮举,好不容易打下的江山,稀里糊涂就没了。

后来有一天是接近中午时,他从一家信贷公司面试出来,刚巧看见马路对面的快餐店,就迈过去坐一会儿,想想还有别的什么地方适合去。

南京有很多家这样的快餐店,有点像在食堂打饭,从起点拿到托盘,从米饭到荤菜素菜汤品沿着长条一路推下去。他去得早,快餐店里的人还很少,取餐口很多菜还没有上齐。他找了个角落坐下,视线无意中看到,快餐店的门被推开,一个中年男人推着一辆轮椅进来,上面坐着一个不算年轻的女人,瞟一眼就看出来女人一脸病态。他把视线收回来,低下头琢磨后面日子该怎么办。就在这个时候,他感觉到对面有人坐了下来,他眉头一皱想说这有人了。他刚一抬头,对方先惊讶地开了口:"韩诚?真的是你啊?嘿哟喂,我怎么在这儿能遇到你呢!"

他沉默半天,任凭对方如何欢欣鼓舞,他只知道这人是刚刚推轮椅进来的中年男人。他是?摸不着头脑的他再次锁紧了眉头。对方看到他满脸蒙,一拍桌子提醒道:"我,刘波。"

刘波?他想了想似乎也不认识叫刘波的人。见他还是想不起来,刘波索性更详细地介绍自己:"我是留过波波头的那个刘波,想起来了吧。"

"哦,你是刘波!"韩诚如梦初醒也激动地一拍桌子,"我想起来了,想起来了!"

刘波是他在大学时篮球队的队友,就是那个曾经说他只会考高分的人。当年刘波在篮球队里的形象深入人心,一米八几的高个，别人扣篮，他轻轻松松就能来个盖帽，可就是留着一个蛮奇怪的发型。大家以为是西瓜太郎头，刘波非说是波波头。然而这会儿眼前的刘波，不仅穿着粗糙，厚实的波波头也剃得稀疏，还站着些刺眼的白发。韩诚注意到对面坐轮椅上正在低头喝汤的女人，他小心地问："这是……你的家人？"刘波顺着他的眼神看过去，长舒了口气说："哦，你说那大姐呀，她不是我家里人。昨儿她眩晕症突然犯了，她家里人今天在外地出差，她在网上约了我来陪她看病。"

他把韩诚说得一头雾水。还有这样的操作吗？现在看病可以约个陌生人来陪？

"你其实并不认识这个人？"韩诚禁不住打听。

刘波笑着说："对啊，跟外卖、代驾接单差不多是一个意思，我们这叫陪诊师，按天算钱。"韩诚附和地点点头，没问同一个大学毕业的他为何没有一份正经工作，而是做起了陪人看病的钟点工。刘波也同他有一样的默契，没问韩诚大白天的，怎么穿一身西服却不在办公室工作，而是拎一包材料在快餐店坐着。他们相互留了联系方式，长久不见的熟人，不多问也不深聊，不故作过分热情，寒暄过后各自回到自己的状态里，是成年人之间必须要有的体面。

韩诚通过了刘波的好友验证，刘波的微信名就是他的真名，只不过"陪诊师"三个字是名字的前缀。

在找工作这件事上，韩诚之前可没遇到难处，毕竟当时他是通过校园招聘一路顺风顺水进公司的。赵雅彤虽然说是本地女孩却也没给过他太大压力。独生子女嘛，车、房家里早安排妥当。在赵雅彤看来婚姻无非就是两个人住一套房子、开一辆车的亲密关系。至于这两样东西是谁的，好像也没必要分得太清楚。因此每每听到父母说要求对方买车买房，她就觉得把事情搞得物质，像签合同谈条件。父母说："是你太幼稚了，婚姻从某种意义上来说就是合作关系。合作嘛，就是要把条件谈清楚了。房子车子本来就应该是男方主导，他啥也没有算什么，倒插门啊？倒插门我们也不一定考虑的。"父母的一堆道理好像也不是说不通，赵雅彤只能丢下一句"老思想"气呼呼走人。

韩诚也一直为找不到落脚点着急，关于买房，如今看来更是无稽之谈了。房东在晚上十一点醉醺醺打来电话，通知他下周一就是交季度房租的日子。从上一个季度攒到现在，租金已超过了原本的收入。他点开短信看银行卡余额，更清楚地知道，再找不着工作，这日子真是到头了。他窝在床上，摸索着床头柜的烟盒，手机屏幕亮了。

"韩诚，你好！上回遇见你有些匆忙，想想其实不该那么唐突跟你打招呼。只是突然碰到,就没忍住跟你聊起来了。不好意思啊!"刘波发来微信。

三

他有些纳闷刘波怎么发来这样的内容。摸到一根烟衔到嘴里,一团迷雾飞起后,他回复:"这有什么关系,有段时间不见了,也该联系联系了。你挺好的?"之后又是一段不远不近的寒暄,两人果然都有心照不宣的无奈。韩诚本是不喜欢这么无效的交流的,放在过去,他会觉得这么没话找话的聊天根本就是在消耗生命,他更偏爱说话只说重点,哪怕和赵雅彤聊天也是。但如今不同,尤其在晚上,经过了一天徒劳无功的奔波之后,他似乎更愿意有一搭无一搭地说说话。刘波说:"其实日子说起来哪有那么好过,与其说过日子,不如说是混日子。"

韩诚问他:"当初不是说你进体校当老师了吗?几次聚会都说你忙来不了。"

"你都说那是传了!不也就没这事吗!没进去。"刘波当初确实能进体校当老师,可就凭他当初风风火火的性格,怎么可能让自己进入校园过安稳的日子。"我后来创业来着,想搞搞投资，做做信贷，哪承想……嗨，不说了，反正就是那么回事。"刘波没发满六十秒语音。

"嗯，现在混日子也不容易。没事多联系，有什么难事……"他准备习惯性地说下去，一下子意识到有些差错，然后消除了语音。刘波也没再多说什么，毕竟有些聊天是不需要结束语的。

周末再次见到赵雅彤，韩诚的状态让她有些失落，她问："还要多久呢？三个多月了，一家都没成吗？你到底怎么了？一副萎靡不振的样子。"

韩诚摆摆手说："没事儿，大概是最近觉睡多了！"

"别这样，咱们得想办法，不能老这么等着，要不然怎么交代呢？"

韩诚一听话里有话。

赵雅彤和父母周旋好几回，还是破功了，无奈地说："我爸妈要见你。"

他们两人都沉默下来，用眼神交流，意思全出。

第二天从酒店出来，韩诚就知道赵雅彤父母给的那份压力，其实更有让他知难而退的意思。赵雅彤跟之前一样安慰他："你别听他们胡诌，这事儿哪是他们说的那么轻巧，我俩怎么着，别人都只能是说说而已。"

"可你爸妈的话没错，真要过日子，开门七件事，没有稳定收入是说不过去的。我再不找一份稳定的工作，恐怕他们也不会想见我了吧。"

今天是周一，看病的高峰期。韩诚似乎是知道刘波会出现在那家快餐店，见面后也没什么铺垫，他对刘波说："我遇到困难了，能不能带着我做？"刘波当然感到很讶异，他们从见面到现在也没聊过几次。

"你要做陪诊师？确定吗？"

"确定！总好过在家蹲死吧！"

"可这行说简单也简单，说难……得需要耐心。总之不到迫不得已没人会想到来干这个。"刘波觉得陪诊师这个职业，还真不是什么样的人都能做得来的。比如他自己，最开始做的时候几乎没什么客户约他。其一陪诊师就目前来说还只是个新兴职业，很少有人了解这个行业。其二陪诊师一般是要女性，至少会让病人怀有些许依赖和信任，男性好像会让人觉得不那么仔细踏实。刘波最早接单时，经常会被人误会是"黄牛"或是"医托"。刘波跟韩诚说了一些做这行的难处，最后看他貌似真像走投无路的样子，就答应说："要不这样，你先跟我一起做几天。你如果觉得做得来，就去平台注册；要是不适合，就当这两天帮你应个急，陪诊费我分你一半。"

韩诚没想过自己会落魄到需要别人分钱来救急。可眼下又能有什么办法呢，他实在受不了坐吃等死的滋味。

四

一路上韩诚话不多说，只听刘波絮叨他接过哪些病人："有子女不在身边的老年人，偶尔有个头疼脑热，孩子在网上下个单，他们就负责陪老人到医院检查、挂水、拿药；还有些是自己带孩子看病的父母，家长一个人忙不过来时，就找个人帮忙到窗口排队；还有一些中年人，你知道的，现在婚姻已经不是什么有保障的东西，看病都没人陪，说起来也挺不容易的……所以你怎么会想到做这个？"刘波不禁问。

"啊……说出来你可别笑我。我跟我女朋友之前是同一家公司的，前段时间我们的恋爱关系被公司发现了，公司是禁止的，所以……我就舍身取义。"韩诚笑着，掩饰着内心的无奈，也不能说这是被准岳父岳母逼出的下策。

正说着，刘波接到了新订单，是个老客户。他带着韩诚赶到医院门口时，老人已等在了大厅内。刘波一路小跑过去接下老人身上的包袱，像老朋友一样介绍道："大娘，这是我朋友，今天跟我一起的。我现在去给您开单子，您坐着等我。"老人点头默默坐了下去。刘波轻车熟路跑了几个来回，拿着一沓单子带着老人进行了几项常规检查，最后朝化疗床位走去。

老人说的话不多，到了病房除了叮嘱他把自己带来的被子拿出来盖上，其他都用摇头点头来表示。化疗的滋味常人是无法体会的，老人脸上却没表露出太多痛苦的表情，但是韩诚觉得她头顶上毛线帽里快要渗出汗水了。

韩诚和刘波坐在对面的病床上，问："这化疗是要在这儿住一段时间的吧？你大概要陪多久？"

刘波用轻松的语气回答："没有那么长时间，也就半天时间，化疗完了人也可以回家了，等下周再来。大娘是我的老客户了，从去年手术后到现在，就一直是我陪着。"

"那她家里人呢？"

"有一个儿子，在外地工作，一年回来两次。老伴我就不太清楚了，或许不在了？不清楚也不好打听。"

"那这……半天多少钱？"

"你还是比较关心这个，是吧？"刘波笑道。

"我不是那个意思，想了解了解，没准以后真靠这个吃饭了！"

"嗯，怎么说呢！刚起步阶段可能不是很多，以后慢慢做上手了，接单有了正常频率，加上服务到位，两三天正常这个数。"刘波比了个"二"。

"二百？"

"怎么能呢，再加个零！"

韩诚没想到这行做得好的话，一个月赚的比坐办公室还要多。而刘波又说："赚得多，时间也就耗在医院了，年轻人耗得起吗？"

"你不也年轻人？"韩诚反问。

"我不同，我是一人吃饱全家不饿，干啥都行。"

韩诚现在觉得，最耗得起的就是时间，最耗不起的也是时间。假如没有一份稳定收入，再兜兜转转几个月，恐怕迟早会落得人财两空。

陪诊师，陪人看病，替人跑腿，不会让人听了有多高尚，但面对残酷的现实，又怎么空等一份崇高多金的职业呢？韩诚心里劝自己，先干着吧。

此后的一周韩诚都在跟刘波跑单子。他发现这里面其实也没有什么技术含量，都是些替人跑腿的活。只要按照病人的要求和医院的程序操作，一天接两三单也不算难事。

韩诚最近很少和赵雅彤见面，理由是刚找到新工作，最近太忙，等稳定下来再说。赵雅彤问是哪家公司，他也只是搪塞一番，说以后见面聊。刘波说："你还是觉得这事上不了台面是吧？"刘波说他一开始也是这样想，后来做下去，一切都顺了也就觉得没必要藏着掖着了。

一天接近中午时分，刘波接到一个女客户的订单，了解情况之后，他把这单给了韩诚。他说这单不难，就是帮一个妈妈带孩子化个验再挂个水，最多两三小时就能结束。韩诚盘算着两三小时怎么着也能赚个两三百。他有些想不明白，这家长不过是带孩子挂个水，何必花那么多钱雇人呢。

别看这小孩子发烧到三十八度，这精神头一点儿也不像生病的样子，满地跑。孩子妈一边追一边咒骂着孩子爹："真不是个东西，给他打几十个电话都不带接的。天天忙生意，亲儿子死活都不管。"韩诚不作声，按照客户需求，帮忙挂了号，开好化验单。带孩子抽血时，韩诚好像明白为什么孩子妈需要一个陪诊师帮忙了，一个女人确实摁不住男孩子的哭闹和蛮力。只是抽个血这孩子就发出震天响的咆哮，一会儿挂水还不得冲出五指山。果然刚到输液室门口，小孩撒腿就跑，幸亏被韩诚挡住。韩诚二话不说把他整个人都扛了起来，小孩鼻涕口水一把抓，四爪扑在韩诚身上胡乱拍打。孩子妈本身气不打一处来，这会儿更是把所有的气撒在胡搅蛮缠的儿子身上："谁叫你生病，该！老实点，再闹我和你爸一样也不管你！"韩诚接的第一单算顺利，报酬也超出了他的预估。韩诚决定就这么干下去。

刘波不太理解，文质彬彬的韩诚为什么一定要做这行。"为什么要做这行？你很缺钱吗？你这样的人不是应该可以找一家好点的大公司，西装革履在写字楼里办公吗？"韩诚低头瞄了一眼身上的牛仔服，说："要不是因为缺钱，我也想不到来做这行。真的，缺钱。三个月没有收入，换你试一下能不能过。"刘波说："那就上平台注册吧。"

现实生活就是我们永远猜不到一次决定会如何影响下一步的走向。有人一生只有一条路，有人面前全是岔路。韩诚没时间去想突然做陪诊师能改变什么，但他知道现在还没到对别人说自己职业的时候，其实是对赵雅彤。他如今的工作确实很忙碌，有时忙到周末陪她吃不完一顿饭。

他这周接单密集，通常是上午下午各一单，中间空隙时间还接了替人取报告的跑腿活。刘波说如果决定长期做下去，得学会建立固定的客户群。开始他还挺纳闷，这种事哪有固定的客户，谁没事总上医院。刘波说："你傻呀，那些老年人定期检查拿药的，还有一些癌症患者固定时间需要化疗，不都是可以固定的吗？"可韩诚还是觉得不可能有人真的为了来医院做一次项目就花那么多钱雇人陪着。

渐渐地，韩诚融入圈内才发现，陪诊师这个在当下还不算突出的角色，却在一个隐秘的角落彰显着其重要性。

两个月后，韩诚接到了一个年轻的客户，帮对方挂了号才知道这是个怀孕三周的孕妇。他在挂号处替她排队时，脸不禁涨得通红，自己第一次陪人产检，居然是陪一个毫不相干的人。他不好问对方为什么没有丈夫和家人陪伴，这不是他该问的事。他甚至开始担心万一在进入妇科时遇到熟人怎么办。不过万一是熟人看到他陪的不是赵雅彤，他可以说陪老家来的亲戚搪塞；可要偏偏遇到的是赵雅彤本人呢？自己拿着一沓化验单，领着一个陌生女人出现在妇产科，即便对她坦白了自己的职业，她也不一定能从宽处理吧！

排到第二位时，他安慰自己怎么可能有那么巧的事，赵雅彤好好的也不可能出现在这儿，自己又没做亏心事，心虚什么。

他排队挂号期间没有遇上熟人，却接到了赵雅彤的电话，她吼道："你今天再不来见我，咱俩这辈子的大事就别想办了！"韩诚攥着电话皱着眉有些说不清的惶恐，转身是"生死攸关"的熙攘声。赵雅彤在电话那头郑重其事地说了句："下午三点，民政局，我等你！"她竟然拿到了户口簿，今天就要跟韩诚登记结婚。

仿佛一股热血冲上云霄，韩诚啥也没反应过来，就直冲门外，正巧和刘波撞了个满怀。刘波问他跌跌撞撞去哪儿，他说去结婚，话音未落人已冲了出去。

可是在去登记的路上，他才想起来什么都没带。空着手拿什么去登记？在折回去拿证件的路上，他忽然意识到一个至关重要的问题：赵雅彤突然决定登记，怕是个人行为，未必经过家里人同意的。如果今天结了，事后传到她父母那儿，无论怎么说，他们都会以为是他把赵雅彤骗去登记的，他越琢磨越感觉不对。这时赵雅彤的电话又催来："你怎么还没到？赶紧的，别磨蹭啊！"他反而放慢了节奏说："我正赶回去拿证件，不着急，这是大事，你确定想好了吗？"赵雅彤始终火急火燎的，仿佛是赶在绩效考核前把合同签了。韩诚再一思虑，这事不能这么干，于是说："要不今天算了吧，我这儿还有工作，你父母那儿……"赵雅彤听出韩诚的情绪并不高涨便丢下一句："你太爱你的自尊心了。"

赵雅彤说得也没错，韩诚的自尊心一向很强，如果没有得到对方父母的认可，他是不会委曲求全的。可赵雅彤为了他也在委屈自己，谁不想自己的婚姻得到父母的祝福？刘波劝他早点告诉对方父母他现在的职业："不丢人，挣得也多。"韩诚笑了笑："不是这么回事，他们是不会看得上的。"

等他冲动地冲出再冲回，还没有叫到女客户的号。

妇产科门诊像熙熙攘攘的集市，大多都是年轻的孕妇和陪护。他看不出女客户年纪有多大，她穿着时尚，一头玫瑰粉鬈发，一靠近就能闻到从她身上散发出的浓郁的香水味。他好不容易抢到一个座位，打算指引她坐下。谁知她一脸不屑，说："不用，人太多不干净。"其实她也看不出是一个孕妇。韩诚说："你毕竟怀着孕，还是不要长时间站立的好。这会儿好像人少了些，我们去那儿休息一下，前面还有二十几个号没叫呢。"

从诊室里出来后，女客户又当着他的面下了一个新的陪诊订单，对他说："你现在去帮我约人流手术，明天还是你陪。"从上午一见面韩诚就发现她非常爱支配人，也不拿正眼看人。刚刚进去问诊时，她不仅把外套和皮包一股脑塞给他，连简单的问话，她都不允许他附和一声。听到明天她下单约的还是他，而且是陪着做人流手术，他本能地不想答应。不过一想到明天大半天都有可能被她包了，收入也会翻番，还不用为几个客户来回跑，这倒是省了不少事，他便同意了。女客户让他叫好车送她到门口才算完成今天的订单，他有些不满，他只是陪人看病的，不是听人吆喝的。他本打算再说些什么，还没酝酿好，便见一个穿着鲜红大衣的身影飞冲过来，一巴掌扇到了女客户的脸上。

"姓邹的，不要脸，叫你为了贪图名利偷人稿子，活该遭报应！"

送女客户上车时，她依旧冷冰冰的，面色不再苍白倒有了些红晕。他问她明天的订单要不要先取消。她戴上墨镜不看任何人，冷冰冰地说："明天正常进行。"

没人敢断定这城市里有多少人真正需要陪诊师，陪诊师的出现往往能说明许多人生活的无奈。韩诚和刘波中午又到那家快餐店面对面坐着，各自点了自己的饭菜。

"还打算继续做下去吗？"刘波低头扒了几口饭。

"做，挺好的，也习惯了！"他回。

"女朋友知道了吗？"

韩诚摇头："还没说。再等等。"

"等钱赚够了？"刘波笑着说，"没有那一天的，赚多少也没够的时候。"

"至少要赚到足够我有固定落脚地的时候。"他嗍了一口筷子，感觉自己就像个蹲在工地上吃盒饭的民工。

五

刘波说，其实干这行最初的确有点被逼无奈的意思。他一开始跟韩诚现在的想法差不多，这活只要肯花时间，有足够的耐心，的确比一般职业收入高。但是这里边的辛酸几乎没人知道。他说："你记得上次跟我一起陪护化疗的大娘吧。别看现在挺好说话，一开始跟我横着呢。知道是她儿子花了钱请来的陪诊，对着我吆五喝六的。原先她儿子跟我还商量，假装我是他在医院的朋友，帮忙陪他妈做化疗。哪知道人大娘一瞅就知道我跟她儿子没关系，在医院给我闹得呀，差点没把我赶出去。可是能怎么办呢，人儿子在外地下的单，千叮咛万嘱咐一定要陪好他妈，再怎么着也得赔着笑脸做下去……"

韩诚也有话说："我前几天也接了一个远程的单子，是响水那边的。一个父亲想带孩子来看病，又不敢贸然从那么远的地儿跑到北京，就让我先给他打听着……"

"明天还是今天那个女的吗？你陪着做人流？"

"可不得陪着吗。应该也是个可怜人，要不然这种事，不到迫不得已也不至于花钱找人陪。"韩诚似乎有点慈心大发，整天周转在病人和医院之间，看谁都挺难。

赵雅彤给他打过数十个电话，他也没空接。偶尔趁上洗手间工夫接到，也只能匆匆忙忙说几句："放心吧，我挺好的，工作也挺顺利，就是忙了些。等这段时间过了，就稳定了。"

赵雅彤越发觉得他的行为举止让人琢磨不透。他在干什么？怎么忙到连周末也没有？为什么每次通话环境总是那么嘈杂，说不了几句就强行挂断电话？

"你现在在哪里？下班以后能见个面吗？你多久不来见我了……"

"再等等吧……"

经过几回线上联系，韩诚了解到响水那位父亲的孩子，是因为得了白血病从两岁到现在一直求医。孩子父亲说，周边地级市的医院都看过了，但好多医院都说只能吃药观察，不敢进行大幅度的治疗。然而孩子毕竟一天天活着，大人怎么舍得不管不问。"我得想办法给他看，不论看好看不好，我都得尽力给他看。麻烦你帮我多打听几家医院,我很快筹备好就带孩子上北京。"

韩诚还没有见过这位父亲,连视频也没有,这位父亲说自己平常连移动网络都舍不得开。因为最近要和韩诚联系给孩子找医院的事,他才破天荒包了十五块钱的流量。但也只是发发微信,他说如果打视频流量就耗费太快了。韩诚看不见他,每次联系却都能想象到对方干瘪的、无助的眼神和可怜巴巴的神态,大概只会在收到韩诚打听医院的消息时,眼睛里才会有一丝丝光芒。

韩诚不由得想起了自己的父母。他许久才和他们联系一次,如今从公司辞了职,落到陪人看病的境地,他就更少与他们联系了。但是做了陪诊师,他时常有意无意地会想起他们。当初真是傻,去年父母喊身体不舒服的时候,他赶不回去,怎么就想不到给他们在同城下单找人陪诊呢。

所以那些日子,韩诚没时间搭理赵雅彤,他除了每天正常接单陪诊,还要搜集各家专治小孩白血病医院的消息。

韩诚在医院走廊恍惚听到刘波的嚷嚷声,走近一看,果然是刘波。刘波急得在门前冲他跺脚:"你说说我这一大早赶来排队两个小时,各种准备都做好了。讲好今天陪那大叔来看消化科,结果,他一看挂的是专家号就不看了,还要撤我的单。你要挂普通号早说啊,现在临时变卦,人也跑了。我能怎么办？"

"退了吧，应该是可以退的吧！"

"退退退……不退我还能自己看？"

韩诚拍了拍刘波，叫他坐下先休息一会儿。他得赶回去，一会儿女客户做完人流手术就要出来了。刚巧他前脚赶到，女客户就被医生搀扶出来。他看到她全身瘫软，脸上失去了血色，仿佛是刚从血雨腥风的战场上被杀得片甲不留，惨败而归。她本可以住一晚医院休整一下的，然而她并没有这样打算。

"在靠角落里的椅子上歇歇吧。"韩诚看她实在有点挪不动步子，就建议道。她的电话惊动沉默的伤痛。女客户艰难地伸手，按下了接听键，无力地闭着眼听电话。周遭环境如此熙攘嘈杂，韩诚却可以听得见电话那头的怒斥声："你有完没完……"听筒里依旧没有停下来的意思，女客户早已筋疲力尽，听到了电话里的质问，突然喊道："孩子是你的！你连这一点都不相信，那就离婚！"女客户痛哭流涕扑进韩诚的怀里，此刻他身体僵硬，眼睛发直，四肢动弹不得。

还没从女客户的狂风暴雨中清醒过来，另一个声音又将他往深渊里推了一把："韩诚……是你……"

"叔叔阿姨你们听我解释……"

其实他也可以不解释，在医院他又能做出什么见不得人的事呢。他现在做的无非是想和他们女儿好好在一起而迫不得已做的事。

终于抽出一下午时间，赵雅彤和父母一起跟韩诚见了面。除了说明被公司开除到现在做成陪诊师的经过，其他韩诚似乎也说不出太多的理由。赵雅彤只是纳闷他去做陪诊师为什么要瞒着自己。他一时忘了要如何回答，尽管之前想过无数种应答方式，说到底还是难以启齿。他并不敢和赵雅彤的父母对视，但即便不看他们，他都明白他们连对自己假笑的礼貌都不会再有了。

"接下来怎么着，你们看着办吧。小韩，你还是先顾好自己比较好。"老夫妻起身走到门口时，赵雅彤的妈妈又气愤地转身拉走了女儿。

情人节这天阴雨连绵，韩诚还是约到了赵雅彤，在西餐厅。这次不是下午茶，是晚上的正餐。餐厅内熙攘起来，昏黄灯光把蓝色卡座晕染出陈旧又疲惫的颜色，白色玉盘并没有倒映出理想的画面，两边银色刀叉在节日里也没碰擦出爱的火花。韩诚不打算点情人节套餐，总感觉套餐是虚假的陈设。他把菜单合上转交给服务生，要了两份惠灵顿牛排，两杯渐变色鸡尾酒，一份甜品拼盘。赵雅彤低头笑，问他："今天怎么没准备花束？"他也笑："今天就不准备了，反正你一会儿也不好拿走。"

送走赵雅彤,他一路走回家——两室一厅的房子,位于市中心,上个月刚租的。他倒在沙发上不知道睡了多久,被一个梦惊到陡然坐起。

一条微信弹出:"陪诊费我已结。医院不麻烦找了,孩子已经走了……"

凌晨四点,雨声雷声轰鸣而至。

一只蜈蚣在爬

一

今年入冬似乎是比前几年稍晚了些。十一月初,气温在二十几度,早晨八九点日照很是充足。叶兰一向体寒怕冷,往往还没入冬就得将厚棉服套在身上。难得这些日子太阳好,她要赶紧享受大好的日光在阳台上待个够。快十点了,阳光透过玻璃窗照射得越发地热,她倚靠在阳台的瓷砖墙面上,或许是头皮被晒得有点痒,她眯着眼抬手挠了挠头上的纯棉海盗帽,一边挠,一边还挺享受这暖得发痒的滋味。晒了小半天,全身暖乎乎的,双手双脚全不冷了,她眯着眼想到了几年前去世的母亲,九十多岁,也是没事就爱坐在阳台上晒晒太阳,打打瞌睡,晒得时间长了,也把手伸到毛线帽里挠痒痒。但她打瞌睡不是真睡,稍微有点动静,就先睁开一只被阳光照射得不那么强烈的眼睛，再慢慢睁开另一只，瞧瞧是什么声惊扰了这份安稳。

叶兰此时跟母亲那会儿一样，分明觉着还差分把钟就要全部晒透了，手边的电话蓦地振了两下，打扰了她的瞌睡。是叶子打来的视频，她缓过神来，调整好姿势重新往瓷砖墙上靠了靠，点开接听按键，两张类似的脸型出现在视频的大小框里。

"嗯，你在晒太阳呢？"

"是的呢，晒了有一会儿了，差点睡着了！你在家呢？"

"嗯，在家，早上出去了一趟，回来也有一会儿了。"叶子举着手机边走边说，人在镜头里不免有些晃荡，不过她很快走到沙发边上坐下来，画面开始稳定。"那个……"屏幕里的叶子挠了挠眼角，然后接着说，"前几天我上医院检查了一下，上午才去拿了报告回来。"叶兰原本打算听她说完再接话，视频有些卡顿，听叶子那边的声音断断续续的，她赶忙打断了说："网卡了，我进房间。还听得到吗？等我一会儿，阳台网络信号不行……"叶兰还没走到房间视频就中断了，等她找到信号满格的位置坐下，叶子这回只打来了语音通话。通话时长有九分二十四秒，一直只听叶子在说，她简单地嗯嗯附和。

直到李元明拿钥匙开门的前一刻，叶兰才说出了她要说的关键："保乳！你听我的，刀能开，疗可化，乳必须要保住！"

李元明拿钥匙转开了门，手里塑料袋发出刺啦刺啦的摩擦声。叶兰从房间出来，正好把阳台上的光线遮住，似乎是给原本暗淡的客厅更添了一层阴暗。她问："你今天这么早出去干什么？晨练也不至于我六点半醒来家里就没人了吧？"李元明若无其事地往厨房走去，给没完没了喧嚣的塑料袋找了立身之地。

"忘了跟你说了，今天跟老吴他们几个约了早酒，吃完喝完顺便一块练了练，然后又去市场买菜。我走的时候你还睡得挺好，就没喊你。你吃了吧？我把粥和包子都给你放桌上了……"李元明说话的节奏跟他做事的节奏是差不多的，话说完了，手上的菜也收拾好了。见他将黑色塑料袋里的草鱼倒进水槽里，叶兰就知道中午又是红烧鱼，他除了对鱼情有独钟，其他荤菜都不太感兴趣。他要是真想给她炖鱼汤，就该买鲫鱼或者黑鱼。那条草鱼在干巴巴的水槽里直蹦跶，显然是在等着李元明系上围裙伺候它。叶兰往茶杯里倒了口热水，有点烫。转个身倚在橱台边吹着热气，故作淡定地说："叶子刚才打了电话来，说查出来了……"

李元明漫不经心地搭腔："有问题吗？"

叶兰喝了一口热水，感到冷却的肠胃重新热乎起来："没问题她就不会特地打电话给我了。"李元明反应很快，听出叶子肯定得了跟叶兰一样的病。也不知道就是因为心直口快,还是出于对这种病的见怪不怪,他替草鱼在水龙头下淋浴的同时冒出一句极为伤人的大实话:"没办法,你们家就这样的基因,难逃得过。"

叶兰顿时觉得头顶热腾腾的,帽子里好像捂出了汗,但她不能轻易发作,眼神死死盯着处理草鱼的李元明的侧脸。

"你这么看我干吗?"他一抬头被吓了一跳。叶兰丢下茶杯,说:"早酒喝完了,是不是还有晚舞啊?去吧,把饭烧好家里收拾完了就去吧!"确实,不管是早酒还是晚舞,叶兰从来都不会拦他。这好像是他们夫妻的相处之道,你玩我不拦你,前提是一日三餐,领叶兰去医院看病,李元明得负责到底。听到李元明没心没肺地说了这话,叶兰钻进洗手间,扯下帽子快意地挠起发了汗的头皮。她对着洗脸镜左右看了看,快大半年了,竟然一撮头发都没长出来。

她得病二十二年后,不到六十岁的叶子也得了这病,要说是遗传基因也并不是完全没道理,可是突然听到这消息,叶兰还是替自己的妹妹捏了把汗。虽说如今乳腺癌是医学上容易治愈的一种,可毕竟是癌症。一旦大意就不好对付,自己不就是个鲜活的例子?母亲也经历过这样的痛苦,但叶兰觉得她是比几个姐妹都幸运的一个。一刀切得利落干净,一点后顾之忧都没有。而叶子与她不同,让叶子经历手术化疗吃药、掉头发，估计就够她受的了，要是再切掉乳房，成为一个不完整的人，以她的精神状态必然是难以接受。

叶兰查出乳腺癌那年，刚满四十岁，儿子李晓明才上初三，她和李元明是下了岗的双职工。她不甘现状，三天两头跑回娘家，让娘家人帮忙出出主意。

娘家人说这事得让李元明出去找活干，他一个才四十几岁的壮年人怎么不能出去找找事做。这话压根不用旁人提醒，叶兰一早就跟李元明说过："咱俩双双下岗，你是家里的顶梁柱，得把一家人的担子挑起来。"李元明不以为意，踩扁了吸到尽头的香烟问她："那你说我能出去找什么事做？"

"打工，找个地儿替人看门也行啊，每个月多多少少能往家里进钱就行。"

李元明听了叶兰的建议恨不能像吐烟头似的，把撺她的话从嗓子眼里吐出来："打工？看门？那你怎么不去呢？我可干不了这丢人的活，反正单位发放的补偿金还够我混的，我不去！"说着他抽出一根三块钱一盒的烟别在耳朵后面，双手往口袋一插，优哉游哉地出门晃荡去了。叶兰也看惯了他吊儿郎当的模样，便没再往下说什么。她一直认为李元明是心气高拉不下脸出去打工，好歹下岗前也是做过单位经理的人。可下岗是大环境造成的，李元明天天哼着："下岗工人困，政府不过问。物价拼命往上涨，一家老少太难养。"下岗变失业，人到中年，要是想再找份稳定牢固的工作养家糊口，难上加难。尤其是夫妻双双下岗失业的，一家人的衣食住行都成问题，更别提孩子的教育了。

叶兰想，李元明拉不下面子，就只能她去找点活干了。

一天晚上八九点，李元明晃晃悠悠地跟几个同样下岗的哥们从一家浴城走出来，抬眼就看到了叶兰裹着大围巾站在浴城门口，大冬天抄着手，双脚原地踏步取暖。昏黄的路灯下，叶兰跟在刚来的一辆自行车后面，帮忙找空隙让人停下来，那人将一张破烂的五角纸币递给了她。叶兰背对着浴城门口，没有看到李元明，他从黑地里溜走了。那晚，他跟几个哥们夜宵吃到凌晨三四点，他趴在桌上敲着酒杯骂："他妈的这算什么鸟事，凭什么让我们下岗，凭什么要我这四十刚出头的人出去打工，我他妈才不去干这种拉杂事呢。我还有钱，我就出来喝喝酒，洗洗澡，我就不信这日子还过不下去了。"

叶兰总说李元明年轻的时候很潇洒，高挑的个头，冬天穿带毛领的皮夹克，帅气逼人，跟她回到娘家能热热闹闹地烧出一桌好菜，再说上几句俏皮话，说他是青年才俊都不为过。但就是这潇洒劲也不能当饭吃，想办法挣钱养家才是正事。那时叶子就嗤之以鼻地说："他真不是玩意，叫自己老婆出去替人看车养家，他天天弄瓶酒喝得快活。真能做得出来！"

相比较起来，当年的叶子是比她幸福的，至少家里家外不需要操心。她觉得叶子似乎生来比她命好，当她下岗一日三餐都岌岌可危的时候，叶子却被人称为程太太。

程太太住着装修前卫的房子，每到周末一家三口都要下馆子，穿的衬衫也是真丝的。就连小侄女同时见到她和叶子这两个姑姑，都只会向叶子要好吃的。程太太对此尤为不满："怎么每次只跟我要，不问你要？"叶兰也只能干巴巴笑着说："连孩子都看得出来你家里生活条件好！"程太太的日子一度过得富足潇洒，叶兰不好比，也不想比，或者说把李元明和妹夫放在一起也确实没法比。叶子把淘汰下来的衣服送给她，然而叶兰比叶子的细腰细胳膊大至少一码，拿来也穿不下。叶子拿着衣服比画着说："一年也没看着你买件新衣服，身上这件都穿多久了。你真不能这么惯着李元明，他心气再高也得面对现实，孩子正是上学花钱的时候，靠你一个人，哪天才是个头啊。"叶兰扒拉着袋子，企图找到一件适合自己尺码的衣服，左一件右一件比对，无可奈何冒出一句："随他吧。"

二

事实上程太太似乎并没有外人看起来那么舒心，日子过得富足，精神上难免要受点委屈。程先生升职为公司副总，终日在外灯红酒绿地应酬，十天有九天不着家，即使半夜回来，也是喝得五迷三道的。他这一夜觉睡的，要么从床上滚到地上，要么就睡一夜吐一夜。一觉醒来如果发现自己躺在地上，他便大发雷霆："你干什么吃的？怎么让我在地上睡一夜不闻不问。"叶子也很是委屈，就为了能将他这一百五十斤的人弄到床上，愣是折腾到凌晨五点，最终实在没办法，只能给他在地上裹上几层被子以防冻着。

至于程家小姐，也是被金钱惯了又惯的肉身。程小姐比李晓明低一届，在一所市重点中学，九十年代就买了最时髦的随身听，成天塞着耳机在校园里晃悠，弄得一些男孩子跟在她身后转悠。有一回她放学被正赶着应酬的程先生撞到，他半夜回家带着七分醉意又怒斥叶子管教不严。

谁过得好，谁过得糟，还真不好判断。

后来李元明确实也去打了一段时间的工，在一家电器店做推销员。不过两人收入加起来也只够日常开销的，何况这里面还有李元明每月克扣下来留给自己喝酒抽烟的碎银子。叶兰很清楚他对自己的私心，可他不说她就当作不知道，日子能过得下去就行，毕竟这两人一直就没有什么大富大贵的想法。儿子李晓明除了学习上闹腾了点，其他都还过得去。

生活往往是你不想折腾，它却反过来折腾你，暴风骤雨来得不仅猛烈，还压根没得商量。这会儿叶兰不记得事情发生在具体哪一天了，就能想起那段时间不知道是哪来的闲钱去医院体了个检，然后灾难就落到她头上，让她的生活翻天覆地了。乳腺癌！

叶兰拿到结果回家的路上正巧碰到自己的妹妹，叶子问她这是从哪来。她才发现自己走错了方向，竟从医院出来走到叶子家的方向了。她还没从检查结果中醒过神来，木讷地说："我就感觉乳房上有块硬硬的东西，估摸着稍微揉一揉就能消掉，怎么能是癌呢？"

怎么不能是癌呢，她母亲二十年前也是得了同样的病，可是母亲得病的时候已是六十多岁的老人了，叶兰这会儿才四十岁刚出头呢！她来不及想明白，娘家人就召集起来替她找医院，商量治疗方案。只是连她自己后来都觉得奇怪的是，当时令她恐慌的好像不是得了癌症，而是要切除一侧坏掉的乳房。娘家人劝慰说："没关系，比起非要个完整性，一次性切除是规避后顾之忧最稳妥的方案。"也对，母亲当初就是这么做的，后来不仅没复发，还活到了九十多岁。她一想没错，斩草除根是最有效的方法，其他的来不及想了！

等李元明彻底反应过来发生了什么，一切都已尘埃落定。他当时的心情不只叶兰看不懂，恐怕连他自己都是蒙蒙的。他唯一能表达的，就是治疗过程中他全力陪护。

术后，叶兰第一次脱下衣服和镜子赤裸相对时，她竟然吓得哭都哭不出来了。虽然自己想象过会是什么画面，但是真的看到左半边那么饱满的地方如今竟被一条蜈蚣霸占了去，实在有点不堪入目。别说自己了，谁会对一条蜈蚣感兴趣？不恶心得吐出来，就算是李元明对她最大的尊重。过后又一想，他凭什么恶心？一把年纪了，为了这个家她该吃的苦都替他吃了，不好好过日子他还想怎么样？

叶子说："你这么想先不论对错，他李元明挣不来多少钱，最起码要在家里陪你吧。这大晚上的，他又去哪儿了？"叶兰叹口气，她术后还没恢复元气，使出猫一般微弱的嗓音说："被他几个朋友喊去喝酒去了吧，让他出去透透气也好，总不能整天都绑着他在家。"叶子心疼她，一场手术做完大伤的何止是元气，还有这个年龄不可避免的思想负担。叶子忍不住咬着牙嘟囔："他喝酒能喝出什么好样来，净是无用的麻醉剂。"

四十多岁的男人，一没正儿八经的工作，二没稳定的收入，光靠做推销员每个月千儿八百的工资，除了跟一些喝五六块钱酒的朋友混一混，他还能干出什么大事？

人身上的机器迟早都有损坏的一天，谁能保证能全须全尾的一辈子？叶兰觉得不能因为一只坏掉的乳房就自卑地抬不起头来。刀挨了，疤留了，化疗得头发也没少掉，还要吃上五年的药，她坐在床上想，这是人生的一道大坎，怎么说也算是闯过去了吧！也就在她思考康复之后怎么补上这段时间的空缺时，李元明从外边回来了。他这一回来，叶兰第二道坎也跟着横过来了。

那天家里久违地热闹，李元明领着一堆酒肉朋友挤在十平方米的客厅里，那会儿他们家连张可以接待客人坐的沙发都没有。以前每回过节家庭聚会基本都在叶兰娘家姊妹那头，唯独一次在他们家聚会还是她过四十岁生日那回，来了十多个亲戚没地坐，只好从客厅到厨房，再到卧室，挨挨挤挤站了满屋子。现在李元明带了这堆人回来，叶兰撑起还抱恙中的身子朝房门外望去，即使想上前招呼也是心有余而力不足。李元明倒是显出难得体贴的一面，不但让卧床养病的她别动弹，还特地把弄好的饭菜端到房间里安排她吃好。李元明不知道是即兴发挥，还是想特地在外人跟前大展厨艺，总之那天这堆人个个直夸李元明厨艺高超，没一会儿满屋子的酒气呛得她更难受了。

也就是在李元明这次大摆宴席后，叶兰才醒悟过来，切掉乳房只不过是这场灾难的序曲，正题似乎是到这会儿才算开始。

乳房被切去没多久，化疗后头发也跟着离家出走，好在术后其他恢复一切还算顺利。第二年春天在娘家那头就传出了李元明出轨的消息。刚开始有人还打算瞒着叶兰，说："这捕风捉影的事，可不能在刚大病初愈的人跟前嚼舌根。"可有人却不屑地笑道："这就是叶兰自己说出来的，否则哪来这么确切的消息。"

自从这消息一传出,李元明在叶兰娘家的聚会上就没再出现过。也是,他怎么好意思出现呢,难不成来了就说是因为切掉的乳房让他们的夫妻生活丧失了味道?还是用官方口吻说出这是男人都会犯的错误?叶兰得有半年时间用泪水把切除乳房的后遗症淹了个遍。

娘家人问这人是谁呢?李元明社交圈就是酒桌上那些人,再说他哪有闲钱搞出这事。叶兰掏出给父亲送终时擦眼泪的手帕,抹了一把流不尽的泪水,说:"就是上次那帮来我们家吃饭的人里的,当时我躺在床上,他带了一桌子人回家。其中有一个女的吃了他做的三个大肉圆,还在我面前直夸李元明手艺不是一般的好!"

一个中年女人吃了人家三个大肉圆,还一脸诚恳地对卧病在床的叶兰赞扬情夫手艺好,这女人心态不是一般的泰然。李晓明晚上放学赶到外婆家吃饭,进门又看到叶兰哭得崩溃的模样,直愣愣地来了一句:"你别哭了,哭得这么伤心有什么用,我爸这会儿跟他的女朋友在人民广场跳交谊舞呢。我路过看到了。"舅舅姨妈都瞪着他问:"那你怎么不上去把你老子拽下来呢,他这么做对你们家有什么好处?"叶子不禁脱口而出又骂了一句:"真不是个东西!"李晓明低头没再言语。这孩子的心是真大,爹妈这半年闹成这样,他愣是一句话不多嘴。

李晓明中考失利，叶兰又回娘家求援，硬是将他塞进了一家中专院校。娘儿俩吃完饭回家，走到楼梯口发现李元明喝了个酩酊大醉瘫坐在家门口，看这架势是有人给送回来的，他不但全身的酒气，还有一股子女人的香粉味。家丑不可外扬，无论怎样还得把人弄进去。叶兰指挥李晓明把人拖了进去，边拖边听到他含含糊糊叫着别的女人名字。李晓明费了好大力气索性把他扔在客厅水泥地上，顺脚一踢，丢下句"一股臊味"，愤然回屋。

第二年的冬天，叶子想叫上叶兰去浴城洗个澡。叶兰说不去，自从做完乳腺手术后，她就再没进过澡堂洗澡。叶子打消了她不想暴露在众人异样眼光里的顾虑："我领你去的不是只能淋浴的澡堂子，是能单独泡澡的汤浴。"

李元明则被妹夫约出来喝酒。他见着桌上放着的五粮液，暗想今天来着了。他一手捻碎花生米，一手频频举杯。妹夫劝他，外头的事差不多得了，该回家好好过日子了。他嘴馋地抿了一口，醉醺醺地抹了一把泪：

"其实也不是我不愿意回家，可是就算我天天待在家里又能怎么样？一二十年了，这么鸡零狗碎的日子，事情一样接一样，一进家门全是糟心事。我实在面对不了，叶兰他们家人都觉得我没什么用，一大男人很多事也担当不起。说得是没错,我确实担当不起,那么早就没了经济来源,家里这么多年也没置办过一件像样的东西,叶兰还得了病。这一桩桩铺天盖地的难事,你们让我怎么办?只有喝酒,不进家门,我才能松口气……"

当叶兰又一次面对全身镜卸下防御破烂生活的金钟罩铁布衫,她难得平静地细细端详了这一侧的缺憾。

"你瞧瞧,这独角兽和张牙舞爪的蜈蚣,一个百般狰狞,一个垂头丧气。你说……"她也只能对着叶子才能说出不切实际的假想,"要是没切掉这一块肉,那些破事是不是就不会发生?李元明他有什么能耐,凭什么这么作死?难道就因为别的女人比我多块肉?"叶兰说着,摸着那一边空荡荡、凹凸不平的地界,流下悲怆的泪。

三

不过李元明出轨的戏码迟早都要落幕。这么一把年纪的人自己恐怕也不信在外面能碰到真爱。就因为丢失的一只乳房,难道真要丢掉半辈子的夫妻情分?这么简单的道理李元明不至于想不明白。叶子提着东西来看叶兰,李元明正在厨房里切菜下锅。他留叶子吃晚饭,叶子说:"姐夫做的饭肯定得吃,今天有肉圆吗?"李晓明上了中专主动提出了寄宿学校,周五才回来待两天。差不多快要吃完了,叶兰脸都没抬,习惯性地对李元明说了一句:"吃完了吗?吃完了该去锻炼跳舞就走吧,九点以后回来就行。"李晓明也深以为然地说:"十点以后到家也行,十点前我要忙学校的事,不想家里有动静。"叶子一脸诧异,叶兰处之泰然地拿出了经书,一页页翻看。很显然,他们已经找到了夫妻之间的相处之道。而李晓明总归是李元明的基因,一周七天除了周末回家吃个饭睡个觉,其他时间就像是从家庭里消失了。叶兰每回去学校看他,要么只在校门口见一面,要么只能把送来的东西放在传达室。如果问起他近况如何,只有一句不咸不淡的"挺好的"来应付。然而眼看着学业就要完成了,有一天,不是星期天的日子他落难似的跑回了家,开口就是,"给我拿点钱吧,我惹了点事……"

李晓明比毕业证先拿到手的是一张医院通知单。"某某,20岁,孕期六周。"李元明抬手就要扇他一嘴巴,李晓明却用视死如归的眼神盯死了他,意思是说,你有什么嘴脸可以教训我?李晓明叫他拿出钱给自己解决问题,李元明用原本打算扇儿子的手在空中一挥:"我哪来的钱,没有!你拉的屎自己去收拾。"李晓明干脆孤注一掷赌气说:"好,可以,大不了我去坐牢!"叶兰坐在角落里听了一阵,淌了一些眼泪,起身回房间闭门冥想。虽然为青春埋了单,李晓明却死性不改,谈一个崩一个,一直到快三十岁也没有打算安定下来。叶兰问他:"这是想干吗呀?找个人踏踏实实过日子不行吗?"他说:"什么是踏实过日子?难道就像你俩只剩下躯壳在一块?"

叶子劝叶兰干脆甭管了,就像不管李元明一样,有事凑一块,没事各忙各的,日子不也照样过来了。这可真不一样,李元明折腾来折腾去也就这么着了,除了这点夫妻关系也没别的了。李晓明那是自己生的儿子,她得问,得管。说严重了,李晓明要是有个好歹,叶兰情愿拿另一只乳房来换他的安然无恙。万幸,这些都已经是过去二十年的糟心事了。

叶兰一面翻阅令身心放松下来的经书,一面等日子一步步尽量走向完善而正确的方向。直到两年前,三岁的孙子一溜烟从门外闯进了她的病房,捂着嘴笑着说:"你看看奶奶,都变成秃子了。"叶兰长呼一口气,这命运的玩笑还没跟她开完。癌细胞又在她身体里游走了。这头一秃又过了两年,癌细胞像那些年接二连三的灾难一样,顽固地在她身体里弯曲转移。她拿着病理报告去找专家诊断,专家竟然讶异地望着她:"你居然还在?这么多年了,我都拿你二十多年前的病例做案例了……"叶兰笑了笑,点头说:"是的,都这么多年过去了,我还在。"

春天,叶子手术结束,保住了女人的完整性,而从身体到精神都经历了一场极大的退化。叶子问,她要不要也去信点什么，比如像叶兰似的买几本经书读一读。或是请尊佛回来拜一拜。叶兰看了她虚弱的状态，又见寸步不离她的妹夫，知道叶子的病没她严重，化疗半年结束，一年后就长出了属于自己的头发。她的命运也不会跟她一样曲折不堪。叶兰说："信什么都不如信自己。"

信自己，就是拿拼了命的信念对自己施救。

李元明对叶兰的病，就如叶兰对他的早酒晚舞早已习以为常。折腾了半辈子，他们都没有心力再去挂碍那些身外之物。不论是早酒还是晚舞，叶兰从很多年前就看成是一种和她三天两头挂水化疗一样的日常。

每回李元明把烧好的饭送到医院给她，临走时，叶兰都不忘说一句："今天饭菜挺好的，去忙你的吧。"

（发表于《当代》2023 年第 6 期）

婚礼局

一

我从家里出发的时候还是早上八九点,抵达南京站已经快傍晚了,可以看见夕阳照在波光粼粼的玄武湖上。我正绕上"十八道弯"快步走出出站口,赵可儿早就站在不远处跳起来向我招手。她都要做新娘子的人了,穿衣服居然还是邋里邋遢的,一套宽松牛仔套装和一双平底运动鞋,一只手揣在口袋里,就这么蹦跶过来了。

"就你自己来接站了?你们家那位怎么不一起来?"

她嘿嘿一乐说:"我就没让他来,晚上他说宴请你们吃大餐。"我明白她说的"你们"是指我和徐沫优。一个月前赵可儿在群里吆喝,让我和徐沫优来给她做伴娘。

起初我并不打算答应她这事,后来一想,毕竟跟她是住了四年大学宿舍的室友,其间即使是芝麻大的小事,也互相帮了不少忙。人家能在人生大事上想到你,也算是念及同学间的旧情,所以再远也得赶来。她接过我手里的包,我以为要准备出发去酒店。哪知道她说让我再等一会儿,然后就看到徐沫优和刘墨轩也出站了。徐沫优倒一身轻松,后面拖行李的累得够呛。他俩一起来也正常,我一点也没觉着讶异。

我问赵可儿:"你给我们买的是同一时间段的票?"她有些尴尬地说:"我也是为了方便,反正都得接,就干脆一块儿了。你不介意吧?"我无所谓地耸了耸肩。

他俩大踏步向我们走来,徐沫优上来就给我们一个热情似火的拥抱,搂着赵可儿问这问那。我和赵可儿是大学四年的舍友不假,徐沫优也是我们大学四年的同班同学。我跟刘墨轩对视的一瞬间,恍惚觉得这人变得有些陌生,更意外的是,我竟然觉得这是好事。

赵可儿这人哪都挺好,大咧咧的性格,跟谁都能做朋友。不过关系比一般朋友更近的,四年里也就只有我和徐沫优。但她就是很不注意细节,也许是过了这么多年,有些糟心事她早忘了吧。也对,当年糟心的人不是她,她只是有一段时间陷入左右为难的境地而已。好在这事赶在毕业前告终了。

赵可儿开着陪嫁的宝马载着我们入住酒店,在前台办理入住,徐沫优和刘墨轩对看了一眼。赵可儿说这是她老公订的酒店，好多外地来的亲戚朋友都住这儿。我接话说这挺好，全国连锁的。送我们进房间时，她又想起来通知我和徐沫优："明晚你俩就不住这儿了，跟我一块住万豪，后天早上我就从那儿出嫁。"徐沫优即刻反应过来，眼睛都发亮了说："我懂，婚礼前夜，新娘子肯定要跟我们说悄悄话啦！万豪哎，你们家可以啊！"接着她又可怜巴巴对刘墨轩噘嘴撒着娇，"明晚你一个人独守空房咯，可怜的……"

我说不好这会儿是什么感觉，要说有多舒服多开心，肯定也并没有。眼前这三个人，一个是即将新婚燕尔的新娘子，一对是腻腻歪歪的小情侣。我，像个路过打酱油的。

关上房间门，我才发觉世界还是清静的好。放下包，有点想不明白自己是干吗来了，我索性抓起一瓶怡宝，把倒扣的玻璃杯放正，将纯净的水灌进去。推开窗，外面净是一些破破烂烂的居民房，烟火气和垃圾味混合在一起，复杂又耐人寻味。既来之，则安之吧。

晚饭时分，赵可儿在群里发了晚上就餐的酒店定位，还说他们这会儿又去高铁站接人，让我们自行前往。我正准备输入地址打网约车，徐沫优敲响了我的门。

"可儿不来接，我们怎么走？"她似乎有点没头脑地问我。真有意思，他们好歹是两个人，跑我这儿来问怎么走？

"我叫的车到了，一起吧。"刘墨轩一向话不多，现在还是这样。我以为这俩还要在后座打情骂俏一会儿，然而刘墨轩直接拉开了副驾驶的门自己坐了进去，我和徐沫优自然轮到后座。事实上酒店离我们住的酒店也就不到三公里的距离，途经一家网红书店时，徐沫优惊喜地对着叫了起来："哇，还是那家店哎，居然还在这儿。你记得吗？以前我们经常来的。"这话她问的不是刘墨轩，而是我。

"嗯，对。那四年是没少来，可儿是他们家的黑卡会员，以前周末老拉我们一块来。"我淡然地说。

"可不是嘛，她还忽悠我办了卡。但是那卡光用来喝咖啡约会了，书倒是没买上几本。你们说赵可儿和她老公是真有感情才结婚的吗？总感觉他们没认识多久就要结婚了，你们不觉得这里面有蹊跷吗？"刘墨轩说她这话讲得太突兀了，回头提醒她千万别当人家面这么问。

听她这么一说，我还真有点纳闷。赵可儿是个大大咧咧、简简单单的女孩，认识这么多年也没听她说过喜欢谁，一天到晚只知道嘻嘻哈哈，逛街吃饭到处玩。大学四年她就快活乐呵地过了四年。虽然我和徐沫优都是她要好的闺蜜，但她就是绝口不提爱情这事。直到去年夏天，她才小范围公布了自己恋爱了这事。再后来，就是一个月前的领证官宣。在这一点上，不只徐沫优吃惊，我也感到这一波操作下来不像赵可儿的做派。

我说："不管怎么着，她肯定是想清楚了才做决定的。"

"那你呢？你这几年怎么样了？"她话题转得可够快的。

我只能讪讪地说："挺好的呀，上班下班，吃饭睡觉，一切正常。"也确实是这样，波澜不惊的生活多好。不过一开口，我就猜到她想问的不止这些。

"你怎么还没谈男朋友……"

"到地了，下车吧。"刘墨轩一路虽然什么都没说，但能在关键时刻掐掉不必要的话题。

二

虽然赵可儿过了明天就是别人家的小妇人了，可我们还是第一次见到她即将新婚的丈夫。晚饭说是男方的安排，实则是赵可儿父母在张罗。这应该还算不上是正式的出嫁宴，只能说是对从外地来参加婚礼亲戚朋友的欢迎宴。一共有两桌，他们的父母和亲戚一桌，我们这桌就是双方的同学朋友。以新郎新娘为分界点，各自的朋友顺着边坐了下来。同时见到这对新婚夫妇，我才明白为什么赵可儿会选择这样一个人结婚了——他们是同一类型的人。

我和徐沫优莫名其妙地把刘墨轩夹在了中间，要是不太注意细节这也不算是大问题。只是不巧，我和她都不约而同地注意到了。不过亏得她灵敏，赶紧跟刘墨轩换了位置。这是我们都太过敏感，还是对过去耿耿于怀的原因？事实上压根没人关心这位置怎么坐，这么在意细节，让我觉得自己心里还有鬼。这叫什么事，吃个饭而已。

回住处的路上和来时一样，刘墨轩主动坐到了副驾驶的位置。我本不想多回忆曾经的事，奈何徐沫优又把过去的事拿出来当戏文演绎。

"你记得吗？当年上学那会，我们经常在宿舍熄灯后偷摸出来吃消夜，吃得太晚就想办法不回去。学校后街那条夜市总是在夜深人静的时候开始热闹，有一回啊，我看到你在路边一手啤酒，一手撸串。我还跟可儿说，你看那人吃的样子多瘪，一看就不像好人。那次楚岩你是不是也在？"我笑笑不作声，刘墨轩头倚靠窗边，似乎也没有打算接她话的意思。

"后来啊，我们才知道人家不仅不瘪，还是文学社的社长，幸亏及时让我知道你的真实面目，要不然我可不会正眼瞧你。"徐沫优说得兴致勃勃。

"是啊，要不是当年你为了蹭饭跟在后面混进我们社团，你也不至于后来倒着追我啊！"刘墨轩不得不搭腔。

"嘿，你这话说的。哪儿是我追你呀，是你非要把饭卡借我，才有了后面的事情。"

我当然不清楚他们谁说的是正版，反正都是些陈年旧事，怎么说都可以。不过刘墨轩一手啤酒一手撸串那次我确实在。可我并不觉得他当时的样子很痞。他那天好像跟今天的装扮差不多,上身是小格子方领衬衫,戴一副无框眼镜,个子不高,看上去有点清瘦。其实徐沫优跟赵可儿都不知道,我早在她们之前就认识了刘墨轩——文学社成立没多久我就加入了。赵可儿和徐沫优后来还是因为我才跟了进来。

车开到草场门桥上时,徐沫优突然捂起肚子闹着要去厕所,估计是刚才海鲜吃多了。刘墨轩侧过身,回头责怪她:"当时就提醒你海鲜少吃,哪次吃海鲜不闹肚子?这会儿上哪儿找厕所,要不你再忍会儿,快到酒店了。"但是徐沫优这会儿已经疼得面目狰狞,精致的五官恨不得挤到一块去。

"不行不行,我真的忍不了了,就要蹿出来了……啊……啊!赶紧帮我找厕所解决问题啊你!"徐沫优急得又跺脚又拍刘墨轩的椅背。还是快车司机有经验,师傅一听说徐沫优就要蹿了,赶紧急转方向,稳住她说:"小姐你都这样了,就别这么大动作了。回头真蹿了,我这麻烦您还得赔偿。您再稍忍会儿,我这就带您去附近一家肯德基,先解决问题再说。"刘墨轩赶紧替她对师傅道谢。大约两个拐弯的距离,徐沫优包也不拿,冲着肯德基蹿去。司机师傅一拉手刹,将车停在路边说下去抽根烟换口气。

刘墨轩对着窗外肯德基的方向絮叨:"真是的,怎么说都不听,逮着就乱吃一通。"

我也不知道自己怎么就鬼使神差地接过话:"她还真是一点都没变。以前就是这样,什么海鲜蛤蜊都爱吃,一吃就找厕所……"

我们都像在自言自语念叨,各自说完又突然安静下来。这间隙我接了个电话,挂了电话之后空了几秒,他忽然头也不回地冒出一句:"你这些年怎么样?"

我愣了半秒,很快反应道:"我挺好的呀,之前不是徐沫优问过我了吗!"

他问:"你现在还写诗吗?"

"诗集放书架上不知道都落多少层灰了,哪儿还写诗呢。"

"也是,写诗是有点矫情。沫优最开始不懂什么是诗,到现在都愿意没事挤出几句发朋友圈。"

我说:"这多好,至少她还能有这份闲情逸致。"

我感觉到他想转过头看我,徐沫优和司机拉开车门回来了。

"解决完问题,可算舒服了。"徐沫优重重地呼出一口气,"你俩聊什么呢?"

"没什么,说你现在诗写得不错。"

我将车窗升上去的时候,外边飘起蒙蒙细雨。

第二天,赵可儿说明天得忙上一整天,今天就不给我们安排事儿了。当然她说的不安排,也包括她不能来招待我们,让我们自便一天。我其实什么想法也没有，就觉得能在房间待一天也不错。我要是没猜错，徐沫优今天会拉上刘墨轩回一趟学校，故地重游一番。就在我窝在床上还懒得动时，门又被敲响了，这回倒不是徐沫优，而是刘墨轩。

因为疫情，校园是不能随意进出了。徐沫优的回忆杀完不成了，他们决定去新街口逛一逛，顺便解决一下午饭，想喊我一起去。我说："我这会儿不太想出门，你们去就行。要是来不及，晚上就在赵可儿那里会合，反正今晚我们住一起的。"

听我说完，他嘴角翘起，诡异地笑道："那是你们俩伴娘要陪新娘子一起住，我要是也去住大概只能睡沙发了。"说着我们俩头一次对视着笑起来。可能是从没见过我和刘墨轩面对面笑得这么自在，徐沫优出现时不禁诧异地问："你们在聊什么？"

我关上门，本来还想踏实在房间窝着，这么一来反而有些待不住了。收拾包的时候，还没想好要去哪儿。

我以为外边的雨一直没停，出门时顺便拿上了房间里的雨伞。走了没多远才意识到只有排水管还在滴水，湿漉漉的路面很快被探出头的太阳晒干了。我沿街走了一段，便将伞收了起来当作拐杖用。这还只是刚过完中秋，一场夜雨过后南京满城的梧桐叶就散了一路，枯黄的极少，多数的还是绿叶。这一路，我确实没想好要去哪儿，只想走到哪儿算哪儿。毕竟曾经在这座城市生活四年，我确信无论走到哪儿都能找到回来的路。于是就这样不急不慢走了一段时间，我发现徐沫优没能来故地重游，我自己却停在了大学的门口。这……算是老天故意安排的剧情吗，还是我本就不该出酒店的大门？如今的校园是不允许外人进出的，高高的门楼还杵在这儿，门里的桂花和猫都盛放了天性。只是加了一道隔绝外界的围栏，像是将我这个故人拒之门外。哪怕徐沫优和刘墨轩来了也是这结果。

我想，既然来都来了，就不着急离开，就在周边转了转。绕过校园半圈，我如愿找到学校后街。果然还是这样，白天没有了晚上的烟火气，人烟稀少的街道，风只要稍稍一吹就变得莫名落寞。我停住脚，朝街最远处望去，假设刘墨轩在这时也突然出现了会怎样？我拎着伞一步一步走着，那家烧饼店竟然还在这儿！难道我寻了半天就为了找到它？

"我要一个烧饼，咸口的。"炉子这会儿应该还没烧热，这才刚到下午，最早也得傍晚买烧饼的人才会三三两两围成一圈。我说我可以等，老板说不用等多久，现在是用电的，很快。即使是很快的等待，天说变就变了脸，从细雨蒙蒙开始下，一会工夫就变成豆大的雨滴往下砸。我撑起伞，老板说："咸口的三块。"

我正四下摸索口袋找零钱付款，一只摊开掌心的手从伞的侧边伸了出来，我像是被定格在了另一个平行时空里。他说：

"别找了，我这有。你怎么又买了咸口的，每回吃了都会噎着。"

雨是停了吗？天也黑了，夜市霓虹灯一闪一闪，烧饼炉瞬间蹿出热气腾腾的烟雾，冲得人脸颊直发烫。

"楚岩，别愣在那儿呀，一会社团活动开始了……"是刘墨轩，我惊喜一转身，不想肩上的雨伞直接戳中旁边的人。

"啊……对不起，对不起！"

天灰蒙蒙的，雨还在下着。

赵可儿婚前最后一夜，我和徐沫优如约来到她的闺房。她侧卧在贵妃椅上打了个哈欠，说："明早五点半化妆师就到这儿，咱们最迟五点就得起来。"徐沫优摁亮手机哎哟一声："才九点不到，你都困了？还早呢，再聊会儿。咱们就坐到床上去聊好了，聊困了就睡。"两米的大床必然足够容纳我们三个纤瘦的身体，赵可儿本就是主角夹在我和徐沫优中间，偏偏她还特意强调一句："我躺你们中间。"我可能多想了一些什么，便顺着说下去："怎么，你还怕我们俩在这儿打起来？"只觉我说完这句话后，空气陡然凝固了，幸好赵可儿机灵，忙说："不至于，明天抢捧花的时候你俩都有机会的。"

"不过你倒是挺幸运的……"我说。

"这话怎么说呢？"赵可儿和徐沫优同时看向我。

"我记得你上学那会儿一个男朋友也没谈过，别人有意搭讪你也不理。每天就知道这儿玩那儿吃，一到周末就背上换下来的脏衣服往家跑。那时候我就觉得，大学四年没人比你过得更纯洁了。结果你瞧，毕业后顺利工作，找到男朋友就成了老公，简简单单顺顺利利，你这人生多好！"

"这么说好像是这么回事，赵可儿，你行啊！我说你怎么能憋四年不谈恋爱呢，是不是私底下早就有安排了，你这老公不会是娃娃亲吧？"徐沫优听完我的分析打趣道。

"还真不是，我之前跟你们说过的，我们就是家里安排相亲认识的，特庸俗的那种。我家里本来就是循规蹈矩的家庭，我爸妈也没有特地约束过我大学不能谈恋爱，但在当时我就想通了一点。那时候的恋爱谈到最后，最终也只可能是两种结果，要么分手，要么在一起。"赵可儿看我跟徐沫优听得带劲，继续说，"这听上去像两句废话，实则无论是哪种结果，最后都有人会因此被舍弃或受到伤害。比如分手，那所付出的一切只能是对四年青春的一段回忆。如果在一起，总会有一个要放弃原本规划好的人生。而且经历了那么长时间的感情多多少少也会消磨得不再浓烈，万一再来个为了互相成全不分手的异地恋，以后又能有多少时间可以无限消耗。所以想想不如用那段时间填充自己，开心了顺意了，之后的一切也许就没那么复杂了。"她举起双臂伸了个懒腰舒展了一下身体。

"没错，回头想来，我之所以后来在大学里过得不如最开始时顺心，大概也就是没能管住自己的心。要是当初没有在社团招新上遇见刘墨轩，也没一冲动就加入进去的话，或许我也能像你一样没心没肺过四年。"徐沫优竟对赵可儿的理论大加赞赏。

赵可儿和她即将步入婚姻的丈夫，满打满算不过认识十个月，两个人的年龄也正巧相差十个月。二十六七岁，是适婚的年纪。

不过这时候徐沫优问了一个不太适宜的问题："你是真喜欢这个人才决定嫁的吗？不是单纯因为各方面都合适？"虽然知道现在问这种问题有些不合适，但我内心也挺想知道，家世、年龄、工作各方面都吻合的婚姻到底有没有爱情。经历过坎坷的人，怎么相信这世上会有恰逢其时的爱情和伴侣呢？

赵可儿没能给我们一个确切的答案，她只反问了一个特别庸俗的问题："那你俩说究竟什么才算是正儿八经的爱情？"

三

一时间我们各自压着红彤彤的床单沉默了。我看到赵可儿和徐沫优，一个咬着指甲发呆，一个靠着喜庆枕头映红了脸蛋。没过片刻咬指甲的徐沫优冒出一句："你喜欢过刘墨轩吧？"

霎时，我们三人在床上聊天的场景像被定格了。我心里落下的石头反而又弹了起来。

我笑了:"那何止是喜欢,是深爱。"我想说比她更爱。我感觉到赵可儿在被子里紧抓着我的手腕。徐沫优仰起头靠在喜气洋洋的床头上,放松地笑出来:"我一点也没猜错。"

"当初我压根对文学不感兴趣,只不过是在社团招新上看到了刘墨轩,那是我第一次见到他,白衬衣黑裤子,清清爽爽的。为了招新,他站上高台把宣传广告卷成话筒朗诵着徐志摩的《再别康桥》。他干净得像被蓝天洗过一样。在后街夜市,我是第二次见他。你们都去跟他打招呼,我站在一边假装不认识他。哪知道他说,你是……楚岩吧?我今天在社团招新资料上看到了你,欢迎加入。再后来……"我坦诚相待。

"再后来,刘墨轩每天的早餐是你买的,社团人是你招齐的。你那时也不会写诗,还趁我们不注意办了会员卡,在书店囤了好多诗集……可你们在社团交集越多你就越回避他。其实我挺想不明白的,你要是能早一步迈出去,可能也就没我什么事了。"徐沫优都能明白,我却不能明白她如今怎么能说得这么坦然。可真要是回到当初我还能先迈出那一步吗?

赵可儿夹我们中间什么也没说,当然我并没有因为被徐沫优抓到"把柄"感到羞愧。我也只当作开玩笑来说:"对啊,要是当年我先迈出一步,说不定还真没你的事了。可架不住我一点动作都没有,更架不住你把我偷放到他抽屉的早餐拿给了他，还把我招齐的人都拉拢得好极了。可惜你就是诗没我写得好，这点刘墨轩是看出来了。"

徐沫优哈哈笑出声来："确实，就是这一点我没能超过你，不过好在工作之后他也没工夫写了。好吧，都说到这份上了，我就再告诉你一件事吧。"她爽快地转向我，"你丢饭卡那次，那时我跟你说是把我的不用的借你了，其实是刘墨轩让我把他的饭卡给你了，他还以这种名义蹭了我一学期的饭卡。他知道你家庭比我们都困难，说你挺不容易的，想帮帮你。"

"所以你要谢谢我的成全，是吗？"如今再说这些话，我竟一点负担也没有了。毕竟当初刘墨轩把饭卡交给徐沫优的场景，我是亲眼所见的。他对她说："让她安心吃饭，就当作我什么都不知道，这样就不会给我和她太大压力。"

那时候我就清楚刘墨轩明白我们之间的差距，他和我都不会让不可能的事发生。至于他们后来在一起，一切都是情理之中的事情。我不承认自己永远都是灰姑娘，但我也永远不可能跟王子在一起。

第二天凌晨四点多钟，赵可儿像过年早起急着穿新衣的孩子，亢奋地把我们叫醒。她忘了问昨晚我们聊到几点才睡着，而是在激动过后，突然有些沮丧地告诉我们："我昨夜竟然梦见新郎跑了……"

讨喜弹吉他

一

刘勇近几年来，开着一辆越野房车穿梭在乡村与城市之间。房车里还住着妻子叶兰和儿子讨喜，他们昨夜十一点多钟才抵达桂林。一家人睡到后半夜时，讨喜从一声呼噜声中猛然坐起，吵着闹着要下车，嘴里一直嘟囔着车里太热，睡不着。

现在是五月初夏，桂林是座山水城市，温度其实还算不上太高，无奈刘勇和妻子怎么哄也哄不住儿子，讨喜说什么也要半夜摸黑下车寻凉快。夫妻俩只好尽力睁了睁眼，顺从儿子的意思下车找出帐篷和被褥，在附近河边草丛中安营扎寨，将讨喜安抚好睡下。第二天一早，天刚蒙蒙亮，阵阵微风从身后的山间吹来，清爽的空气如同被净化过灌进人的鼻腔。两三只鸟儿好似飞过尼泊尔，从山的那边赶来停在枝丫上与青山绿水交相呼应啼叫。

叶兰从车上搬下桌椅、炉灶、食材及碗筷,准备开火做饭。刘勇也从车里拿出一套必备工具,准备"晨练"。

"讨喜还没醒?"刘勇问。叶兰打算打点河水洗一下碗筷,嗯了一声,说:"昨晚没睡好,这会儿睡得正香呢,一会做好饭叫他。"

早餐是昨晚吃剩下的米饭和今天早上新鲜出炉的焖香回锅肉。看刘勇还在摆弄手上那些家什,叶兰唠叨一句:"快点吃饭哟,我饭都盛好了。吃好再弄不行吗?"他架好手机,拿出吉他放在一旁,妻子一声声的催促,让刘勇有些不好意思。他赶忙乖巧地坐到桌边,捧起碗筷夹上一块热乎乎的回锅肉塞进嘴里。

"嗯,这肉不错!"那块肉肆意在他嘴里翻滚,他的眼神却飘进了帐篷里,"儿子怎么还没醒,要不要喊他吃饭?"话音刚落,讨喜打着哈欠从帐篷里钻了出来。

"昨晚睡得好不?"叶兰问。

"嗯嗯……"他睡眼惺忪,晃晃悠悠走到桌边坐下,正要端起碗来开吃,被叶兰制止道:"先去车上洗漱一下再吃。"讨喜也没法,只得听从母亲的话去做。

刘勇吃得津津有味,吧唧着嘴认为没必要这么较真,儿子饿了就先让他吃,吃完再洗也无妨。叶兰总会在这时候摆出态度来强调，一定要让他做事讲规矩。

刘勇吃罢，开始调试视频，这是他每天必做的工作。

讨喜靠着河边有滋有味地吃早饭，叶兰摸摸儿子的头饶有兴致地问他："今天的饭好吃吧？好山好水好风景，哪有人能像我们这么享受贴近大自然的生活。"她一边收拾起自己和丈夫的碗筷，一边美滋滋地哼唱："唱山歌喂……这边唱来那边和，那边和……"讨喜吃完，很有规矩地把自己的碗筷送到母亲手边，然后从车上拽下一块抹布，把桌子擦了擦。

父亲说："就坐那儿吧，这背景多好，山高水长的。我准备开播啦！"看着手机屏幕前的父亲对着他比画了一个 OK 的手势，讨喜抱着吉他，微笑起来："直播间的朋友们，大家好呀！我是会弹吉他的讨喜！"他弹奏了第一首曲子——《外面的世界》。叶兰像是在家里干活似的，一点不避讳地在镜头面前穿梭忙碌，时不时还转个身对着直播间的粉丝挥手打招呼："谢谢大家来捧场哦，你们记得点点关注，多多支持我们家讨喜呀！"

讨喜弹吉他的直播是从去年开播的，最开始想出直播这个主意的是刘勇。叶兰最初对着他一脸嫌弃说道："你能不能不要作怪？做直播，你懂个啥？"刘勇却幽默地狡辩："我现在是不太懂，但是我肯定比你懂吧。直播是现在最潮流的，我们也搞一个直播。走到哪儿播到哪儿多好玩啊。"

"我就说你是作怪吧？人家直播间都是小鲜肉大美女唱歌跳舞，或者谈人生谈理想，你一个糟老头跑到屏幕前能干吗？指望谁来看你？"叶兰觉得刘勇的想法不可理喻。可没想到刘勇眼珠一转，说出了一个更异想天开的想法："谁跟你说我们直播间没小鲜肉了，我们家现成的帅哥，不直播可惜咯！"叶兰忽然打了个愣，车转弯的刹那间，她认真思考了刘勇的提议。

三年前，刘勇和叶兰从黑夜里坐起，燥热暖气从黑压压的纱窗钻进来，叶兰摸出身边的蒲扇肆意挥舞。刘勇一口灌下半茶缸水，顺畅地哼唧一声，说："儿子也算是毕业了，我之前跟你商量的计划，看来是时候实施了！"叶兰侧了个身，摇蒲扇速度缓下来，她还是觉得有些不妥，总觉得这决定有些鲁莽。他们已经年过半百，因为一时兴起而冲动，总有些后顾之忧的。可刘勇说："你不能总想那么多，你想得越多就越是害怕。"他又劝慰道，"其实，我们一家以后会怎么样？你和我，还有讨喜，我们的未来已经很明朗了。我能看到的，你肯定也能看到。你也不想让孩子一辈子关在家里吧。所以啊，趁现在我们两个人都还有精力有时间，这些年一切也储备好了。就别等了吧。这……也算不枉我们和讨喜共度余生了。"所以，夫妻俩下了半辈子的决心，变卖了经营十多年的杂货铺，从二手市场买到了这辆说不清倒了几手的越野房车，一家人在晨光熹微的早晨，向着未知出发了。

大约一年前，刘勇开始了直播，对于屏幕那头也是未知的，他也不清楚开直播对他们今后的生活究竟会有多大意义。他就是学着别人的样子，到一处就播一段，偶尔对着镜头简单介绍几句，今天走到哪儿，吃了什么，看到了哪些风景，然后憨憨笑几声便下播。他甚至不太清楚直播间有没有人来看，或是一场直播来了多少人。只看到一个一个奇奇怪怪的名字，在屏幕一闪而过。叶兰最初反对让讨喜出现在镜头中。她说："你自己玩玩就好，别想一出是一出，叫儿子也出洋相。"刘勇对妻子的反感不作声，但他也有自己的想法。

有一天，刘勇把手机架在那里，镜头原本对准南京东郊风景区的一处景观，他便去车里忙别的事了，犹如任大自然自由直播。可是没过多久，他和妻子听到车外传来了吉他声。这也并不奇怪，讨喜从十多岁开始就学会了弹吉他，教他的老师还说，讨喜对于吉他颇有天赋，凡是他喜欢的曲子，即使看不懂琴谱，讨喜只需要听上几遍，就能上手弹出。然后刘勇下车看了看坐在石凳上抱着吉他的讨喜，又不经意看了一眼手机上的屏幕。

"真的假的？这么多人在评论？"他惊讶地叫来了叶兰。

"叶兰，你快……快快来看，出大事咯……"他们怎么也没料到，讨喜不知道从什么时候起进了直播间的镜头里，开始弹吉他。镜头前的儿子，穿一件明亮的水蓝色T恤衫，顶着乌黑乌黑的头发，怀里抱着吉他，一首接一首弹着这几年他们差不多听到耳朵起了茧的曲子。评论区唰唰地留言和点赞。刘勇不断从上往下刷，却根本赶不上评论区的速度。

"这是多少人？看看……看左上角。"叶兰一时激动，竟也看懂了直播屏幕的界面。

"呀，一千多人了呢！我就说讨喜可以的嘛！"刘勇说，"我最大的希望就是让讨喜多接触外面的世界，直播说不定就能使他人尽其用，实现自己存在的价值。"

从那之后，叶兰虽然每每叹气，但也不再反对讨喜在屏幕前"出洋相"，每天直播就成了刘勇父子的打卡日常。讨喜像每天有了固定职业一样，背上吉他坐到直播间，在这属于他的一方小天地开始演出。

直播间粉丝如流水，走的人总比来的人多。也会有些人留言："怎么这个主播只会弹几首固定的曲子，也不停下来面对镜头多说几句话？"甚至有些人反复留言："这怕是个傻子吧！"每回看到这种评论，刘勇总要想方设法支开叶兰，免得让她看到生气。同时也有些欣慰，幸好讨喜没有认识很多字，只要告诉他，直播间里有人为他点赞，有人夸他吉他弹得好。讨喜就会露出开心的笑容。

有一段时间，他们来到北戴河，这是一个四面临海的城市，夏天去最好，消费也不高。他们已经习惯了每到一处先找到农贸市场，或者平价超市储备好日用百货和食材，他们很少在周边下馆子，大概觉得走到哪里，哪里便是居所。北戴河的老虎滩仲夏时节旅客甚多，但并不妨碍他们在海边支起住所。叶兰说直播可以，但不要在傍晚人多的时候，毕竟她很在意旁人对儿子的看法。刘勇却说她古怪，直播当然人越多越好，现实中关注的人多了，网络中人气自然就旺了。叶兰认为他一点也不理解自己的意思，网络归网络，直播看的人再多，但只要网一断就了无踪影。但是现实中人看多了，难免会指指戳戳，她受不了太被关注。

二

夫妻俩真就为这事闹了矛盾。那天趁叶兰去采购食物，刘勇傍晚四五点就开始带着讨喜在海边直播。讨喜起初还是弹那几首拿手的曲目，直播间里人听多了就走的走散的散，倒是周边围了一些人，先是五六个，一会儿是十几个。讨喜弹罢一曲，赢得了稀疏的掌声。围观他的人越多，讨喜就弹得越起劲，他一边弹一边前后晃动着身子，周围人自然也跟着起哄，拍手的拍手，指点的指点。刘勇不是没有察觉人们看讨喜的眼神各不相同，但见场面这么热烈，他索性拿出直播间二维码现场求关注。讨喜拨动琴弦的手越发用力，身体上蹿下跳不间歇发出异常抖动。随着气氛烘托到高潮，人群里突然跑来一个五六岁大的孩子，手里攥着一串贝壳跑到讨喜面前晃悠。讨喜忽然仰头朝天上一声狂吼，似一阵狂风卷浪，他把吉他拍在沙滩上，不仅一把抢过那孩子手上的贝壳，还拼命拉着孩子的胳膊，好似拽着一个肉嘟嘟的玩具不放手。刘勇大惊失色，赶紧拉住讨喜叫他放手。小孩子被吓得惨叫连天，家长使劲将孩子往回拉。可是讨喜本有天生的蛮劲，一群人越是拉扯，他的劲越是强。无奈之下，刘勇猛地一口咬住讨喜的手，感觉到疼痛，讨喜后知后觉地才将这孩子放开。刘勇还来不及向对方家长解释，讨喜的左脸便迎上了孩子父亲重重一拳。他对着刘勇父子一通骂，抱起哭泣的孩子愤愤离去。而讨喜眼神一横，从喉结喷出令人不明所以的腔调，燃了火的脚步向着惊涛骇浪狂奔而去……

场面顿时失控，围观的人越来越多，各种杂声也越来越乱。刘勇急冲冲拨开人群追儿子。人们只看到海水涨潮的不远处，黑衣服的父亲好不容易追上了蓝衣服的儿子，儿子在父亲怀里拼命挣扎，没有人知道父子俩在靠近海岸线的地方说了什么，只看到儿子是被父亲用两只手臂绑回来的。

待将讨喜拖上安全地带，刘勇的黑衣裳已湿成了咸咸的黑布，肩膀上还沾着泡烂的绿海草。旁人议论了什么，刘勇带不上耳朵去听，将讨喜连拖带抱塞进了车里，扯了大浴巾像裹婴儿似的把儿子包起来。这时，叶兰把几大包东西一扔，带着莫名的火气拉开车门冲了进来。

"我说出事了吧？让你不听我的话，自己看看，就是你想瞎折腾，全是你想一出是一出带着他瞎闹。明明知道人一多他就会控制不了自己，你就光顾着图热闹，他不懂事，你也不懂事？"她一边数落个不停，一边手上忙不停地帮讨喜换衣服。

待一家三口收拾完这烂摊子，夫妻俩对着车窗外一打量，还有三五个看客，围着他们家的房车指指点点。叶兰抹了一把眼角的泪水，愤恨地扯下挡光的厚窗帘，说不出话来。刘勇也有些无奈，一摸头顶稀疏的毛发，巴掌滑落拍到大腿，不自主哀叹一声，他有内疚。可一听叶兰发怒，内心的那点愧疚瞬间荡然无存了。

"你就顾自己开心，从来都不听我的。我怎么说都不听，自己儿子的病情你不晓得吗？你太自私了！闲着没事就弄直播，非要把小孩也搭上去，你真是觉得他的命不值钱，随你玩，随你摆布。天天就想着直播，直播到最后你得到什么了，真是太自私……"她喷出发白的唾沫，流着比海水还咸的眼泪，"你真豁得出去，今天要是从海里拉不回来，我倒要看看，你拿什么交代……"

刘勇本来不想说话，心想今天就是我的错，任凭你说，说痛快了也就算了。然而，叶兰哭着说着情难自控，到最后说急了，一把揪起夹着手机的支架，猛地往外一扔狠狠地说："叫你播，叫你玩，哪天把命玩没了就好了！"刘勇慌忙下车去捡，一个不经意反倒把没站稳的叶兰带了个趔趄。叶兰也是气急了，借题发挥指着他骂："你为了个破直播差点把儿子淹死，现在还来推我，你想干什么？"刘勇也不再控制情绪，拾回手机支架，啪一下关上门，扯起嗓门吼道："你吵够了没？说了这么多，我到现在回你一句没？！我都已经晓得今天的事是我疏忽了，我错就错在没听你话趁人多时候带讨喜直播，那我不也是为他好吗？你不是没看到，讨喜喜欢弹吉他直播，他知道有人会来看他，他心里高兴……"夫妻俩一顿咆哮后，谁也不搭理谁，靠着车窗各自哀怨。

夜深了，叶兰和儿子都睡着了，刘勇才偷摸逃出房车，在不远处昏黄路灯下打开了手机，屏幕点亮那一刻，他被直播后的私信数量惊呆了，界面下方提醒的红色数字竟然破了四位数，看来网上网下的人都看到了讨喜今天的状况。

刘勇心想叶兰说得没错，确实不该意气用事带着讨喜在那么多人面前表现。如果安心以往的直播，至少能保证一切正常，也没有人会看出讨喜有什么异样。要是没有下午这一出，现在就不会收到这些私信。刘勇没有勇气点开那一条条私信，他经常看到有关网络暴力的新闻,他怕被叶兰看到,怕她会联想到让讨喜直播有一天也可能会招来的不堪的言语。但是如今该怎么办呢?

刘勇在那片已经睡着的海滩踱步到后半夜。刘勇觉得不能让讨喜放弃直播的念头,毕竟直播弹吉他现在对他来说,已经成为精神支柱。于是,在天快要亮的时分,刘勇呼出长长一口气,调整好情绪,再次按下了拍摄键。大约在月亮就要消失的时候,网络上出现了一段父亲讲述智障儿子故事的视频。

三

刘勇并不擅长表达,他先是努力将嘴角向上扬了扬,然后咽了口唾沫,对着屏幕打招呼:"大家好,我是讨喜……我是讨喜的爸爸。对,我是讨喜的爸爸。"刚说完这句介绍他的眼眶就红了,"谢谢……谢谢大家喜欢我家讨喜弹吉他,他从小就喜欢吉他,老师说他很有天赋,所以他只会弹吉他……"谈到儿子他从容了些,"在这里,我要跟昨天下午来直播间的朋友说一声对不起,因为我的疏忽,让讨喜发生了一些不太好的状况,见笑了!但是拜托你们能不能……能不能不要因为这次的突发状况就不喜欢他了,我们家讨喜很喜欢给你们弹吉他，你们一来给他点赞，他就能开心好久。今天下午真的是很抱歉，是我的错，我的问题，我没有照顾好孩子。讨喜生下来就得了病，我们带着他在老家的儿童医院看病看到十几岁，一直到被医院撵出来，他们说孩子都这么大了，已经不是儿童了，而且确诊有智力障碍了，就不要再白费劲了。"镜头里的刘勇苦涩地抹把脸，"我和他妈妈却一直认为孩子不该是这样，他长得高高大大的，能走能跑，笑起来一脸甜。多好的孩子，怎么会得这种病呢！我们不服气，也不放弃，当然也不愿认命。没关系，真的没关系，我们要把他当正常小孩带。刚上学那会儿，普通学校不肯收他，我们就送他到培智学校，反正也是上学。只要看到孩子去上学我们就很开心，真的开心。他妈妈很不容易，自从生了讨喜就没过上什么好日子。讨喜去上学时已经十三四岁了，他妈妈为了锻炼讨喜的自理能力，乘公交车一站一站教他认站牌，识路标，一句句叮嘱他哪站上哪站下，从家到学校有几站路……教了半年吧，孩子终于是清楚了。可是每回讨喜上车下车，他乘一路，他妈妈就骑电动车跟一路……我教孩子直播，是想让他接触外面的人和事，我不想让我们家讨喜只困在自己的世界里。不管怎么样，他也有生命和思想，没有人知道生命的终点会到哪里，活着就是图个过程，我只想我的孩子开心快乐就好……"

刘勇认为自己是笑着录完这一段的，毕竟类似的话，他这些年不知道说过多少遍。他和叶兰也始终认为他们的状态就像他说的那样，"没关系，真的没关系"，讨喜有讨喜的命，而讨喜的命必然也是他们的命。

今年是他们自驾旅行的第三年，讨喜还是放不下怀里的吉他，叶兰也放下了对讨喜直播的成见。刘勇那回发布的视频虽没引起太多人关注，却得到了时常来直播间看讨喜的十几位粉丝的理解。一年后，讨喜弹吉他的直播账号粉丝日渐增长。

离开桂林的路上，讨喜偶然将迷茫的眼神投向窗外，青翠匆匆倒退，车速逐渐慢下来。陡然间，他将双手和面目全部贴在车窗玻璃上，他看到了绿荫中穿一袭红裙的背影。可是眼前的美景瞬间消失了，他拍着玻璃窗，嘴里喊着些什么，表情很着急。叶兰从房间里慌忙蹿出来，赶紧搂住讨喜安慰。她知道，讨喜平常的情绪已经很稳定，没有特别的事发生，他不会突然这么失控的，她哄婴儿般安抚着他。

"怎么了？不着急，慢慢地，告诉妈妈怎么了？什么让你这么激动？"叶兰尽管把讨喜搂在怀里，他的眼神一直都在盯着车后方。她轻轻拍着他的后背问："你是看到什么了吗？是不是有什么地方你想下车看看？我们不着急，你慢慢说。"讨喜先是激动地大口喘息，然后在她不断安抚下，渐渐平静。等他缓了好一会儿，车子大约往前开了好几公里的时候，才听到他嘴里打了结似的说出："长头发，红裙子，女孩，好看……"

叶兰听着讨喜说出的只言片语，对着窗外愣了好半天，总算回过神来，缓缓开口笑道："真的吗？你看到了长头发红裙子的女孩，你觉得她很好看，是吗？真好！我们家讨喜懂的事越来越多，知道的美好也越来越多……真好！"

刘勇开着车穿过一处又一处山水丛林向前行进，叶兰哼着甜甜的歌谣拍着依偎在怀中的讨喜。

此刻，窗外正是令人欢喜的黄昏。

（发表于《广州文艺》2023年第6期）

谁的目的地

一

傍晚邹川刚将父母送进高铁站,就猝不及防地接到了邹小琪班主任的电话。他来不及从送站人群中逃出,因而只听见电话那头和身边都是乱哄哄的。他一再道歉,给老师添麻烦了。但具体给老师添了什么麻烦,他目前也不能确定,只是有预感。邹小琪最近的反常,加上今天老师突如其来的电话,一定不是什么好事。父母临走前,跟他说了一件有关终生的大事,他们这次回去打算跟几个同龄亲戚为百年之后"选房"——选墓地。邹川这人不信宗教,不敬神灵,只顺其自然过日子。虽然也说不上这事哪里不对味,但父母提了,他便也不反对。临进站前,他一想这事还是觉得哪儿有点硌硬,多问了一句:"您二老确定没别的事吧?现在买是不是太早了?"

父母一笑而过，满脸轻松地回答："我俩这不是好好地在这儿吗，能有什么事？也就是家里几个亲戚想到今年是闰二月，说是去看看。也可能就是去看看，买不买还没定呢！"说着老两口打着哈哈就走了。有闰二月的年份提前买墓地的说法，有点令人匪夷所思。邹川还没把这事理明白，老师的电话就来了。

对于邹小琪的教育，朱同霞一直保持盲目且不可理喻的自信。她总说："我们家孩子从小到大没让我们烦神，大人说什么她听什么。从幼儿园善歌善舞，五六岁的年纪乐器就会两三种。上了学每科分数都是满分。除非某一次临近考试出了老虎打盹儿的差错，那名次也绝对不能够低于年级第三。所以，她能犯什么错？否则她这么多年的奖状，岂不都白拿了吗？"邹川不说话，背过身摇摇头朝屋里走去。

朱同霞说的话也不是完全不对，从小到大邹小琪确实很听话，只要她妈说的话，她听什么便是什么。也不只是邹小琪这样，邹川对朱同霞也向来唯命是从。而这么多年和谐生活，差不多就是在近一年内出现了偏航，准确地说，是从邹小琪上中学开始。朱同霞却说这应该是从邹川爸妈来到他们家开始。

邹川爸妈入住他们家，最初也并非主动。他们在老家有自己的居所，一年前朱同霞临时调到外地工作，担心他们父女俩一日三餐没着落，她主动打电话向他们示好，请他们过来帮忙照顾。当然这样的说法朱同霞是不予承认的："什么叫我主动邀请,还示好?他们是乐呵呵来照顾自己的儿子和孙女的,我当媳妇的有必要这么低声下气求他们来吗?"

这么多年邹川早已习惯了她的强势以及有时不可理喻的蛮横。他一如往常叹气说:"谁请他们来的不重要,不过两个老人这段时间费心费力帮我们照顾家和孩子,你总不能不承认吧?"朱同霞想接着辩解,看到邹川生闷气的样子又不得不忍了回去。他们一直是这样,有矛盾,但架吵不起来。

邹小琪进入中学以后,出状况的频率越来越高。小到上课睡觉,大到拖交作业。老师先是找学生本人谈话,劝她应该在初一阶段打好基础。她也像对朱同霞的态度似的,老师好言相劝,她也好语认同。再者上课睡觉、拖交作业在学生日常学习中也算小问题,何况邹小琪也并非差生。然而时间一长,她不知怎么的又把老师的好言相劝抛之脑后了。从一开始第二天补第一天作业,到第二周才补上一周的作业;从课上小心谨慎趴着睡,到明目张胆仰头大睡,这一学期,她的胆量真是一天比一天大。原本对她充满期望的老师终于忍不了,把她叫到办公室吼了起来:"邹小琪你想干什么?就这么几个月你是越发目中无人了,各科老师都向我反映你的学习态度。你跟我好好说说,你到底想干吗?一个女生怎么这么不知道要面子呢?"她低头不正面回应,只说了一句,"我要面子的呀!要不然这个期末考也不会总分考到前三。"说到前三,邹小琪才把头骄傲地抬起来。考试成绩是硬核数据，老师也只好暂且把一肚子怨气忍了下去，憋住气用食指敲打她："现在的分数只代表你过去的底子好，不要以为你小学阶段拿过数学英语竞赛奖项，就一直自我感觉良好，靠吃老本过日子，初中学业没你想的那么容易，再不回去端正态度，有你哭的时候。"邹小琪前一步走出老师办公室，后一步就来了个一笑了之，心想，反正朱同霞不在家，她想咋耍就咋耍。这是出生十几年来，她头一回过上舒服自在的日子，至于邹川，他只管听她回来报喜的消息，分数名次摆在那里，他始终认为闺女还是从前那个本分学习的好孩子，爷爷奶奶对她更是好吃好喝伺候着。

朱同霞虽说是外派工作，但并不可能老不回来。最开始一个月回来一趟，后来半个月回来一趟，最近听说了邹小琪的反常，干脆每周五下午往家赶，周日晚上再赶回去。

不过朱同霞和邹川最早得到的还不是学校老师的消息，而是钢琴老师的电话，说邹小琪已经两个周末不去上课了，理由是肚子疼，或是家里有事去不了。朱同霞一到家不问三七二十一，抓住邹川一顿训斥："她人呢？周末为什么不去上课？你在家是干什么的？她两个周末不去上课了，你在家为什么不知道？"见朱同霞拽住邹川一顿猛如虎的斥骂，邹母不干了，赶紧从厨房冲出来替儿子挡："这事我知道，孩子上次是肚子疼，所以没去上课。疼得在床上直打滚，你让她怎么去。"朱同霞一脸不屑:"好好的,怎么会肚子疼,别扯了!"没承想被邹母反将一军,责备她:"她也是十五六岁的女孩了,你这当妈的怎么连孩子每个月那几天肚子疼都不知道,你可真行。"朱同霞一时被邹母撑得也无话可说,却又不得不追上去问:"那还有一回呢,也肚子疼?"邹父原本不爱搭理她,实在看不下去她咄咄逼人的样子,就应付了一句:"那是我肚子疼行了吧?"朱同霞特别不爽地瞟了邹川一眼,邹川一如既往地闷葫芦不吱声。

晚上邹川借着洗碗的间隙问母亲:"我爸说他肚子疼,不是真的吧?他哪儿不舒服一定得告诉我。"邹母扑哧一笑,说:"你爸那是懒得搭理她。"

朱同霞不在家时,邹父邹母和邹川当作闲聊天,聊起准备回老家考察墓地的事。邹川只听他俩说,不发表意见,可能也是觉得这事他们只是说说而已,毕竟没发生什么特殊的大事,也没必要马上行动。可是邹父却说,这也是早晚的事儿,如果现在完成,自己还能看见将来在哪儿落地,也不给孩子们添麻烦。如果非要等到哪天神志不清,再着急麻慌去张罗,就太仓促了。邹父望了望不再有雄心壮志的儿子,拍着他的手说:"这事你就别操心了,人到最后的目的地,还不都是墓地吗?"邹川觉得父亲虽然没读过书,但说起道理来比他这所谓名牌大学毕业的都到位。

二

这事没过多久,两个老人找了个借口就回去了,原因自然是跟朱同霞每周回来有关。

孩子还是怕凶的,自从朱同霞每周定期回来管理,邹小琪的学习态度立竿见影地改观。这中间她当然也没少跟邹川抱怨:"我妈这是何必呢,我又不是几岁毛孩,又不是明天就考大学,她有必要这么楚河汉界地来回折腾吗?我是个人,不是她控制的对象。她连自己都没顾好,一天到晚想着怎么折磨人,你应该知道,她这是病态,得治!"临近春节时,朱同霞因为表现突出,原本半年的借调时长又被延长了一年。朱同霞向来是喜欢被人认可的,她是态度凶猛些,对事对人一丝不苟。不过这一旦忙起来,也不可能每周往家赶,好在邹小琪的状况是令她满意的,初二上学期又拿了三好学生回来。朱同霞又催邹川打电话给老家的父母,让他们再来帮忙照顾一段时间。邹川坐在沙发上好一阵不作声,挠了挠头说:"我觉得这电话你打会更好。"

邹小琪在学校有一个关系挺好的同学张慧雯,初二两人想尽办法坐成了同桌。邹小琪最早是不太爱搭理张慧雯的,就像她也不爱搭理原来的同桌。她从第一次踏进这间教室，就明确自己不能和这些人同流合污。毕竟她当初是凭真成绩考上这所学校的，而他们近乎都是凭学区房或人际关系进来的。邹小琪一开始以为张慧雯也是这样的，过了一学期发现张慧雯的成绩和她不相上下，甚至作文水平要比她高出一筹。张慧雯说写作文就是说话，话说好了，作文也就写好了。但是邹小琪每回一写作文就感到头疼，最近发生的事情也让她词穷，偏偏这时候是月考，朱同霞这周回来就是为了赶上她成绩出来。

五月，夏天刚诞生的时候，她们路过篮球场认识了邱泽——受全年级瞩目的篮球明星。邱泽跳起来帅气地扣篮，邹小琪的心猛然动了一下。

这次接到学校老师来电，必然是邹小琪在学校出现了纰漏。这纰漏竟让老师在电话中都有些难以启齿，老师说："邹小琪是不是近期有什么心事，或是家里人没太注意她？按理说，她不该是这样随随便便的孩子。"邹川从人群中逃出来，也没听出她具体犯了什么错。可是老师最后特地补充了一句："我们见面谈吧，最好让她妈妈也一起来。"邹川坐在车里思量许久，正想拿起手机，朱同霞的电话就打来了。铃声一响，邹川不自觉一哆嗦。这问题严重了，还没等他去通气，老师已把电话打给了朱同霞。

从学校回来的路上，夫妻俩谁也没说话。一个是不敢说，一个是硬撑着等车停下来再爆发。幸亏晚上邹小琪有补习课，要不然邹川都担心今晚会不会发生一桩不可挽回的事。他们默不作声地上电梯，邹川开门进家，来不及开灯，便听到身后一声猛烈巨响，一回头发现朱同霞摸到修门的铁锤，哗啦就把门口整面两米高的穿衣镜砸碎了。他要开口劝她，但嘴都不用张，朱同霞如同全身着了火一样扑向他。朱同霞如此疯狂的情绪至少持续了半小时。朱同霞在他身上来回撕扯，嘴里骂个不停。邹川能想到，她今天势必不能放过自己。他不止一次想逃脱朱同霞这般不理智甚至病态的情绪。她也不止一次这样，十多年过去了，朱同霞始终无法控制自己内心的冲动。而这一切的发生，也只是因为老师说出了那两个刺人的字眼——早恋！

　　折腾完邹川，她蓬头垢面坐在地上喘气，没过多久，拧着眉头朝邹小琪房间望去，仿佛她知道这房间里一定窝藏了什么赃物。而这会儿，邹川也已经拉不动她了，也只好垂头丧气任凭她在房间里翻腾。到最后，又看着她冲进厨房，举起一把沾着菜叶的剪刀将一件蓝色签名球衣，胡剪乱扯。这是她由内而外散发的愤恨。尽管她已将愤怒和毒辣发挥得淋漓尽致，但直到目前为止，她或邹川都还没有说过一句完整的话。一直等邹川跌跌撞撞爬起来，开了灯，刚巧邹父给他打来了电话。朱同霞才又像只发了狂的猛虎冲了上来，恶狠狠地揪住邹川衣领破口骂道："你们一家子废物，管个孩子都管不好。你你不管，老的老的不问，该来的时候不来，不该走的时候撒腿就跑。都安了什么心，这一家子废物……"可是她没料到，邹川即便再怎么能容忍她，也不会忍让她对着电话里的父母大放厥词。就这么，趁朱同霞一个不小心，邹川一把推开了她，顾不上穿鞋，迅速逃离了此刻废墟一般的家。

三

邹父在电话里分明已经听清了朱同霞声声发狂的嘶吼，邹川边走边解释："没事，她今天碰上了点事，不是冲我，更不是冲你们。"邹父不由得心疼起儿子，说："她总是这样不由人分说，碰到事就把气往你身上撒。你哟，怎么说也是个大男人，就不能把她降服吗？怪不得这么多年你妈老说，你这日子过得真是作孽哦！"邹川自然也有自己的无奈，一拍脑袋想想，算了，谁家没有本难念的经呀。朱同霞……以前也不是这么蛮不讲理。

其实邹父这回打电话来，是为征得邹川同意，他们看中了一个风水位置不错的墓地，他和邹母都很满意。假如邹川也觉得没问题，他俩这两天就打算把事办了。邹川听完，心头突然一颤，也不知是被晚上的风吹干了喉舌，还是体会到了人到中年的无奈，他恍惚间竟说不出话来。走到亮灯处，他才结结巴巴问了一句："买墓要多少钱，我来出……"然而没等电话那边的父亲回答，等到的却是朱同霞跟在后面的应对："你有多少钱？你们家是蛀虫吗，都只会啃骨头啊？"

邹小琪已经一周没有去学校上课了，朱同霞也没有继续回去工作的打算。此时，她们的关系好比是"囚犯"和"牢头"，当然在这之前邹小琪早已经历过邹川经历的撕扯。青春期叛逆也让她头一次有了对朱同霞口无遮拦的讽刺："看看你这蛮横霸道的样子，好像全天下都要被你统治。连爷爷奶奶也被你嫌弃，你凭什么对每个人都要指手画脚，我谈恋爱怎么了？犯罪了吗？你哪只眼睛看到我做了见不得人的事了？你知不知道，你不在家的这段时间，是我和我爸过得最轻松最舒心的日子。"就在邹小琪就要冒出"你滚吧"时，朱同霞终于如暴雷发作般不知从哪儿掏出一把水果刀，挥舞着朝邹小琪刺去。此刻母女两人眼里都冒着火，万幸这一幕发生在邹川下班开门前一分钟，要不是还有一份朝九晚五的职业，邹川恐怕也会落得如此下场。他每天下班回来洗菜做饭，却总像是踩地雷似的，走一步看一步试探母女俩一天在家发生的事。邹川每天临出门前，也会小心提醒邹小琪，千万别再和朱同霞发生冲突。他说："你是了解你妈妈的，她不论说了什么，或是做了什么，你要顺着点她，要不然后果不堪设想。"日子过得小心翼翼,哪怕出房门上个厕所也尽可能不发出动静。不过老两口买墓地,邹川打算出钱这事还是没绕得过她。

"你爹妈是疯了吗?买墓地,他们知不知道现在墓地要花多少钱?人活得好好的,闲着没事提前烧钱,这是脑子进水了,还是觉得日子过得太好了非得整出幺蛾子才高兴?

"叫你出钱,他们的钱呢?我们当年买房,他们出钱了吗?没有吧!现在凭什么出钱给他买墓地,想得真美!"

买墓地这事,似乎一开始也并不是邹川父母个人的想法。而是在老家那儿刚兴起的"新家风",上了年纪的人都在传,今年闰二月是买墓地的好时候。但这种说法在朱同霞眼里就是偏执的行为。事实上,她的个性也存在着同样的偏执。朱同霞长年在单位担任处理投诉的工作,凶猛的行为处事习性实则早就成了侵入她身体里不可逆转的"病毒"。

那晚通完电话一回到家,朱同霞就翻箱倒柜翻出家里的三张存折,怒斥道:"你记住,你爹妈想从我这儿套出一分钱都不可能。从头至尾,他们从来没帮我办过一件像样的事。我凭什么出钱给他们买那没用的玩意。他们诅咒自己早点入土没问题,敢动我的钱,想都别想!"朱同霞总是这样自说自话,即使邹川就在她身边,她也像是在对空气说话。当然,她说话的时候,邹川也把她当空气。邹小琪说他净化得好,这不是一般人可以修炼出来的,对付她妈这样自大妄为的人就该这样。

邹川抻起身体哀叹着朝厨房走去。

邹父邹母早就领教过朱同霞这"不是玩意"的东西。他们这回是真相中了一块"宝地",反正迟早都得买。刚好在清明前,墓园搞促销,十二万的价格,打完折只卖九万一。老夫妻俩对视一眼,决定就这了。

一周后,他们给邹川打电话,拨通后先问:"你这会儿没在家吧,说话方便吗?"

"方便!爸,您说。"

"事儿都办妥了,你甭操心了。"

邹川向父亲打听价格,邹父也只是说赶上清明节搞促销,没花多少钱。

四

邹小琪回到学校,才发现张慧雯早已调换了座位,不想与她有任何瓜葛。等到下课时,还是有人给邹小琪透了风:"你那事,是她报告老师的。"邹小琪站在原地傻了一会儿,不分上下课时间,从厕所一把就将裤子还没提好的张慧雯,连拉带拽到了角落。

"什么意思?我哪儿得罪你了,你非得这么对我?"

张慧雯也一改从前对她友善亲密的态度，咬牙切齿地说："你在学校谈恋爱本来就是不良行为，你作为一个每学期年级排前几的三好学生，在学校不是勾就是偷，我不挽救你一把，不觉得可惜吗？"邹小琪听得满脸涨红，大概听出张慧雯说的"偷"是指什么。看来她是知道了什么。这回换张慧雯揪住了她的胳膊，拼了命把邹小琪往老师办公室拽。一边拽一边在校园里大声怒斥着邹小琪不检点行为："邹小琪不但勾引男生谈恋爱，还偷同桌试卷，改成自己名字。你真当别人看不出字迹呢？邹小琪是个贼，偷卷贼，我抓到了偷卷贼。走，跟我去找老师。"邹小琪当然不能承认这一点，她哪里偷了？她只不过看见了张慧雯比她多做了一道附加题。她只不过是忙着等邱泽下课，来不及做那道附加题，又不是不会做。邹小琪万万不能承认偷了卷子，顶多算换，除了字迹和最后一道附加题不同，其他都一模一样。她狠下心把张慧雯猛咬一口，再一把推倒她，自己撒腿就跑。但纸哪有包得住火的。等张慧雯把她的所有"案底"统统往老师面前一交，邹小琪本就岌岌可危的"好学生"人设彻底崩塌了。

她总习惯站在比别人都要高的地方看待别人，这一点倒很像朱同霞。可她哪里会想到有人群的地方，就有道高一尺，魔高一丈，就人外有人。

张慧雯没有跟邹小琪提起，早在她看上邱泽之前，他们已经是相处多年的邻居。有一天，张慧雯情绪失落找到邱泽问："你和邹小琪是不是关系特别好？她每天下课都急匆匆去找你。"

邱泽却听得一脸蒙："邹小琪？每天来找我？"说到这儿，他才想起，好像是有个女孩经常下课去看他。但是他每次都是匆匆忙忙礼貌性地打声招呼或笑一下，别的他似乎应该是对这个人没什么具体印象。张慧雯也纳闷："那怎么很多人都在传你和她……哎呀，我就说不可能。可她怎么能坑了我，也坑你呢？"

邱泽问："这话怎么说？"

"就是那天，考完试我着急去洗手间，把试卷放桌上，她还在急急忙忙写，然后回来时从教室窗外看见她把我和她的试卷做了调换，还改了名字。我正要冲上去制止，老师就收卷了。老师还骂了我一句，怎么还没交卷就跑出去上厕所了。还有……她说她在跟你交往……"张慧雯支支吾吾地说。

邱泽听完愤愤然说："这是人渣啊！我压根就没注意过这个人，她这是从哪儿编出的瞎话，一个女生怎么能无耻成这样？不可思议。以后我见着她，真得离她远点。偷你试卷，你怎么能不报告老师呢？"

张慧雯说："算了吧，好歹是同学，之前关系也不错……"

邱泽不认同她的想法，坚持说："这是原则性问题，你不能总看在旧交情上纵容她。应该让她知道问题的严重性，下周我和你一起去找老师把所有问题说清楚。她自导自演的戏码，我们可不配合她演。"

作业拖拉、上课睡觉、自大妄为认为课堂上内容不在话下，加上早恋、偷同学试卷，记大过、给予处分……老师把这些乱七八糟的信息一股脑转给朱同霞，这简直就是一场"世界大战"的导火索。邹川得到消息时，家里血腥味正浓，朱同霞将邹小琪折磨到近乎没命。朱同霞说这不能怪她，要怪只能怪邹小琪所做的一切都太丑恶了，她生不出这样丑恶的孩子。她说："你真的可以别活了，连自尊都可以被人踩在脚底下的人，还有什么不能面对的。去偷去抢，去勾引男人！你起来——起来，去照照自己，还像个人吗？连同我都被别人踩脚底下践踏尊严，你这样无耻到没有退路的人，还有脸活着吗？"她死拖着邹小琪往镜前看。

"我当然有脸活着，我为什么没脸活着！我今天还就实话告诉你，我就是想这么放荡自在地活着，我就是要拿实际行动反抗你。怎么了？你问问爸爸，难道他不想吗！"说着邹小琪对着镜子里的朱同霞放声大笑，这种笑声令朱同霞和邹川听得毛骨悚然。邹川打算上手拉住邹小琪叫她别往下说了，可她偏不，继续说道："你知道吗，你有病，你已经疯了，两年前的检查结果你看了吗？你知道自己得病了吗？我爸一直忍着让着你，就是因为你有病！还说让我别活了，你自己难道活着不累吗？"邹川听女儿这么一说瞬间泄了气，只是大声叫她们都别再说了。

朱同霞看似安静了下来，在邹小琪阴森的笑声中又一次猝不及防地将她的头摁进了水池里，瞬间放开水龙头拼了命对着她冲。朱同霞只感到全身上下有火在烧，这火已经烧到邹小琪身上了，她肯定不清楚自己在做什么，在说什么，她被烧糊涂了。她必须要帮她把身上的邪火浇灭。浇她，冲她，将邹小琪所做的事，所说的话全部冲掉，她要将邹小琪冲到一个她认为干净的地界。她没病，两年前检查结果是好的，医生亲口告诉她，所有焦躁不安、易怒暴躁只是处于更年期暂时的症状。

而邹川两年前得到医院的详细诊断是，朱同霞患上了双向抑郁症。

不过，今天这一幕是他从未预料到，也是没能力阻止了的。邹小琪闷在水里憋足了气，也没能抗衡得了朱同霞发病期地狱式的癫狂。

五

邹父邹母再次来到邹川家里时，仿佛进了一间黑白颠倒的屋子，家里的窗帘从那一天以后就没再拉开过。邹川还像往常一样沉默地坐在沙发上，只听父母低声哭诉。

"命运就是这样，人走的走，散的散。父母、夫妻、子女，谁都说不好。"

"谁到最后都只有一个目的地，就像你爸……去年就查出了胃癌，迟早的事……"

不知道秋天是否都是用来怀念的季节，金灿灿的枝叶，一下子就枯萎了。他想起邹小琪从小在阳台上朗读过《秋天的怀念》，朱同霞在一旁迎着阳光晾晒衣服。

接近隆冬，他最后一次去医院看望朱同霞，告诉她，将邹小琪送回老家时，才看到父母买的墓地，原来这是老两口用卖老房子的钱的一半换来的，他们瞒着他卖掉了那间平房。怪不得在这儿的时候，父亲老喊肚子不好，其实是胃疼。赶到市医院也才了解到，父亲隔三岔五来这儿化疗了好一段时间。他攀爬了很久很高的地方，才找到这块风水宝地，在一座小小的山峰上，墓碑也被修砌得很漂亮，四周风景很美，有阳光也有微风。特别是落日余晖的时候，在这里不会让长眠不起的人感到孤单。他拉着朱同霞的手说："放心吧，小琪心里是明白你的，她不会真的记恨你，她在老家会过得很好……"

蜗

一

"最近每晚只有在拉上窗帘的那刻,才能身心顺畅地深呼吸一次。"舒洁发来微信跟我说。她从单间出租屋搬进了一居室的出租房。小区很干净,绿化也很好,从落地窗向外望去能看到紫峰大厦和电视塔。她说,最重要的是终于不用再和别人共用一个卫生间了,总算是能干干净净、踏踏实实上厕所了。

然而空间越是独立,人却越爱躲进更小的角落。大概是需要安全感,至少我的理解是这样的。她如今住的卧室事实上也并没有比从前的大很多,将一米三的床靠墙放,才能留出点活动的空间。卧室里落地的浅灰色窗帘是原住户留下来的,她原本没有拉窗帘的习惯,就在搬来后的第一个晚上,她站在像镜框的飘窗前,隐约看见玻璃上投影出一幕陌生又灼热的画面，她便不由得舒展开双臂将两侧浅灰色窗帘拉了起来。听见上方轨道利索清脆的闭合声，她头次觉得拉窗帘是件愉悦的事。

她从西藏云游回来，就很少出这间房子，或者说很少出这间卧室。我给她回复微信，问她乔迁新居为何不请我过去坐坐。她说这天儿太热，每天只靠美团外卖过活，有时只点一杯奶茶就算一顿饭了。我就说，我不介意只喝一杯奶茶，只要是多冰的就可以。

她回："算了吧，四十多度的天气，不想让你没事多跑一趟，当然我自己也不想冒着热气腾腾的危险为接待客人而劳心。"

"那总得有人跟你说说话吧？"

于是，我们开了视频。这会儿她正横坐在一米三的床上，背景是一整面白花花的墙，但身后垫了一个能够完全包裹住后背的靠垫，我还发现她的腿不再是蜷曲的，伸得笔直。即使是横坐着，腿竟然刚好伸展出去。虽然是刚搬进新居，我却总觉着她哪里不对，我说不上来是什么感觉。

"也没有什么不太开心的，就是有点……你要是让我说，我好像一时也说不上来。"她捋了捋挡住眉眼的头发。

"那我来说好了！"我自告奋勇，"邹自齐差点去世了，你知道吗？"

"邹自齐去世了？"她的眼球几乎要从屏幕里穿出来，看样子她并不知道这件事，"什么时候的事？"

"没死！是差点！应该就是上周的事，我也是昨天才知道。我以为你早得到消息了呢！"她真是个听话只听关键字的人。

"哦，那就是说现在又活过来了？

"怎么听着你有些失望的感觉。"

"不存在，"她笑道，"人活着就挺好。"

"你就不想问问这到底是怎么回事？"

她说："你既然都告诉我有这事了，还用我追根究底吗？"

是，话都说到这份上了，我必然要把来龙去脉都说给她。其实也不过就是两句话的事——邹自齐下雨天维修家电，因为没有拉闸断电，不慎触电，幸好抢救及时才捡回一条命。我刚说完，她便又是一副漠不关心的表情。我说："他的事也不会多复杂，捡回一条命就够他活好下半辈子了。"

我的确看不出舒洁脸上有什么耐人寻味的微表情，她总是这样事不关己高高挂起的样子。

真不是我乐意去八卦这些陈年旧事，我只是一直不太清楚，邹自齐对于她来说到底有没有过意义。没料到，她竟直言不讳地说："能有什么意义？这么多年相安无事，就是他对我最大的意义！"

印象里的邹自齐是一个比较憨厚老实、循规蹈矩的人。虽然我比舒洁晚认识他十年，但我一直觉得他其实挺不错的，不光是因为他人聪明、学习好，主要是一眼看上去就很舒服。而舒洁不假思索地嘲笑我，是被他一副装斯文的眼镜骗了。大概在大学毕业前，邹自齐对待舒洁始终是非常友善的。邹自齐每当聊起舒洁，脸上似乎一直都是挂着笑，这和此刻舒洁的疏远有着极大的反差。他对她不算是爱人，至少也是亲人。而她对他是什么时候反目成仇的？

我们第二次聊到这件事，我已出现在她的新居里。正如她所说，一居室的房子虽不大，可是一个人住着足够宽敞。她站在窗台，撑开双臂打算去拉上浅灰色的窗帘。

"这才是下午，窗帘拉得有点早了吧？"

"不早，就是这会儿才要拉上，要不外面热气直喷进来，拉上了好歹能遮挡一下。"她说。

门铃响了，奶茶到了。"你还真点了奶茶？"她点了点头，取完很快又钻回卧室。她邀我去床上像她一样靠墙坐着，外边四十多度的高温，我们吹着空调，喝着冰奶茶果然舒服。我提起邹自齐，她没作声，似乎真的是事不关己。

我告诉她，邹自齐死里逃生，应该会珍惜生活，弥补有遗憾的事了。

舒洁说："我就说他还是那么自私，自以为是。遗憾得不到的事，反过来说，得到过了他也未必懂得珍惜。何必呢？"

看看她简单的一居室和这张一米三的小床，我摸了摸床垫挺硬，我记得她从前睡觉就不太安稳，半夜睡着了也爱东翻西滚，过去在家一米八的大床才够她折腾，如今这竟然也够了。

"怎么不够，床怎么睡都是睡，反正到目前为止还没有半夜滚下床的历史。再说，本来觉也少——我说的是夜里，白天该睡的一点也不差。"她倒挺怡然自得。

我之所以这么好奇她和邹自齐之间发生了什么，为什么老死不相往来了，是因为他们从小学到大学都考进了同一所学校读同一个专业，如果这都是巧合，又同时考上了博士……只是后来，邹自齐博士顺利毕业，她是出了什么状况，就不得而知了。这很难让人相信他俩之间没发生过什么爱之深切恨之入骨的事。

"你这么庸俗吗？"我还没多说什么，就吃了她的瘪。她说："我和邹自齐，就他这种人，还什么爱之深切……有的也都是孽缘，你懂吗？"

我很难断定他们到底是怎么样一种关系。只知道，毕业后这俩人一如既往地步调一致考上了博士，我们都以为他俩迟早是一家人。我承认作为一个普通家庭、上学成绩也很普通的女孩，曾经一度很欣赏邹自齐这样优秀的男孩。可我一向有自知之明,早知道人家不可能看得上我这样普普通通的女生。

"那现在是恨之入骨总没错吧?"我这该死的好奇心。

"没错,我恨死他了,简直恨他八辈祖宗都不够!"

"这么多年过去了,还能这么咬牙切齿?就因为你们不和,我们班同学每年聚会都聚不齐。问你们俩,你俩谁都不肯说,所以到底怎么了呀?"

"我说你行不行?弄了半天来我这儿就为这个?"她怒气冲冲地下了床,吓得我以为是要开门赶我走。没料到,她只是趿着拖鞋在地板上转了一圈,然后靠在椅子上,伸出食指敲了敲突然焦躁的空气,说:"这事我只说一遍,你听完就给我咽肚子里,然后从马桶冲下去……"

二

从小到大舒洁和邹自齐虽算不上是青梅竹马,但也有十多年的交情,两家关系一直很好。她有个妹妹,从会走路开始就爱跟着邹自齐屁股后面跑。多年来一口一个"哥哥"地对着邹自齐,比叫她这个姐姐还亲。邹自齐也会哄小孩子,找妹妹的次数比找她的还要多。妹妹喜欢玩过家家,他就用零用钱给她买来很多道具。不仅如此,为妹妹玩得开心,他不惜扮演各种女性角色。甚至对妹妹说,她要是喜欢叫他姐姐也可以。"当时不觉得有太大的问题,后来再想想,你说这种人得有多变态?"她一脸嫌弃地望着我。邹自齐的确关注女装,喜欢找女生研究化妆品的用途,我好像确实有点印象。

"后来妹妹越长越大,十几岁情窦初开,跟邹自齐联系也越来越密切。他俩以为我不知道,实则我只不过睁一只眼闭一只眼罢了,我以为小孩子过家家,闹一闹就过去了!哪知道这个邹自齐,他咒自己就行了,还祸害别人,他居然利用了我妹,搞了我一道……简直丧了良心。"

"邹自齐利用你妹来搞你?"这不是天方夜谭吗?她妹妹我见过一次,是大三那年暑假,舒洁带着她跟我们一块野营。晚上要住在帐篷里,那孩子可能因为天黑害怕,一到睡觉就吓得哇哇直哭。舒洁才把她哄睡着,没过十分钟妹妹就爬着从帐篷里钻出来,可怜巴巴地抹眼泪。舒洁抱她在火堆旁埋怨:"小祖宗,快睡吧!好歹让你姐姐玩会儿啊!"这时邹自齐倒娴熟地将孩子一把抱过来,裹在自己的怀里,有模有样地哄着。舒洁瞥了一眼,妹妹居然在邹自齐怀里一秒入睡,吐槽这俩肯定背着她"狼狈为奸"才有了这么好的关系。没想到后来竟一语成谶了。

可说他是贼?人贩子?还是偷稿的贼?面对那么正直善良的人,我怎么想都和这些词挂不上钩。尽管她慷慨激昂描述得那么生动，我还是实在不能理解舒洁是为什么对邹自齐有这么大成见。不，以目前状况来看，应该是仇恨，恨得只要提起这个名字就想撕碎的那种。

我刚想说这里面是不是有什么误会。舒洁立即摆手否认："这事从头到尾就是邹自齐蓄谋已久的，自打他接近我妹妹就不怀好意。我曾经那么信任他，真心实意把他当朋友，他都对我做了什么？我可以负责任地说，他邹自齐要是真的有本事有能力，就不至于搞这些鸡鸣狗盗的把戏。你要知道，人要是想作起来，没有什么事是他做不出来的。"

我不作声，只想听后面的事情。

"后来，哼！你知道他做的事情有多恶心，多离谱吗？哎呀……我真不想提。说出来，我到现在都感到反胃。"舒洁不由得捏紧了奶茶，塑料杯被传到手中的愤怒挤压变了形。杯子里仅剩两口就能吸完的奶茶，在被挤压的有限空间里直晃荡。

"偷稿贼！人贩子！从变态到败类！就是我对邹自齐这个人的评价！"我突然有些庆幸，在说出这样的词之前，我帮她把奶茶杯扔进了垃圾桶，要不然这会儿奶茶杯指定是被她捏爆了。那样弄得满地满手的水流残渣，局面更惨烈。

三年前，邹自齐和她同时面临博士毕业论文答辩。准备论文答辩期间，她总会将自己的毕业论文拿给邹自齐看一看，改一改。她是想着与其一个人苦思冥想好几个月，不如找来另一个人共同讨论，说不定能多些启发，多点灵感。但是万万没想到，就在她拿着已经修改了好几遍的稿找邹自齐探究时，他却第一稿都没完成。更可笑的是，他还装作一副胜券在握的样子去问舒洁的进度。就在论文答辩的前一个月，邹自齐跟周围的人断了联系，像人间蒸发了似的没了踪迹。与此同时，她妹妹不仅反锁了房门，房间里的小台灯能亮到下半夜。直到毕业论文答辩结束的那天，她才晓得妹妹长久反锁房门是因为什么。

"邹自齐这个混蛋为了偷走我的论文，居然教唆我妹妹从QQ到微信，再从大号换到小号，想方设法偷传了我好几稿不同进度的论文给他。他利用小女孩喜欢他的心理，所以不惜一切用荒唐、龌龊的借口来诱惑我妹妹算计我。更可笑的……我妹妹竟然会用一套荒谬至极的理论来劝说我。她说，'你可以明年再考，不行就不考。即使考不上也没有多大关系，反正爸爸都替你找好地方上班了。而他不同，一没背景，二没人脉，除了读书没有其他出路。万一毕不了业你让他怎么办？再说他只是借鉴你的论文部分内容拓展思路罢了。你根本不知道，他那段时间因为写不出一句话，绝望得要命。他说他真的没有一丁点办法，现在在这里他只有我了。我怎么能不帮他，难道要我看着他往下沉吗？'"

三

"你听听这话多荒唐可笑,'借鉴''部分内容''绝望得要命'?难道他偷了我费尽心血的论文就不会要了我的命吗?他个混账东西,脸不红心不跳地偷了我四分之三内容,还抢在我之前答辩,反倒让所有人以为是我抄袭了他的。多可恶,一个快三十岁的成年人竟然用花言巧语套路十多岁的孩子帮他去偷。这就是他给我妹灌输的脏水!我能说什么?我要去举报他,去告他,我妹就像被下了蛊似的发疯要挟我。这个世界疯了呀,明明是偷东西的人,反而理直气壮,他顺利毕业,光明正大。好!我认你邹自齐厉害,算你狠。博士毕不了业,这么多年的书白读也算我倒霉。可你丧良心到利用我妹来威胁我,你是把读这么多年的书都当屎吃了吗?我妹妹年纪小不懂事,为所谓的情爱癫狂,我能理解。可他邹自齐不能把事都做绝了呀?当初偷了稿还不够痛快,居然无耻到把小孩子拐到他老家去,难道是想毁尸灭迹?要不是我们全家人连夜赶过去把人接回来,这后果你能想象得到吗?"听她不带喘气地把这么一连串事说完,我真是要吓掉下巴。若不是怕她连我一起骂了,我真想多问一句,你说的邹自齐,确定是我认识的那个谦谦君子邹自齐吗？而此刻我也只能望着刚喷完火的她，长舒一口气。

傍晚袭来一丝短暂的微风，将浅灰色窗帘吹开了一条缝，盛夏夕阳化成一道明晃晃的闪电蹿了进来。我说："我有点后悔把邹自齐触电的事告诉你了。"

"那你是怪我不该那样说他了？"她显然没明白我的意思。

我低下了头，无奈地摇了摇："你理解错了，我不是那个意思。只是邹自齐原有的形象一下子被颠覆了，恍惚觉得……"

"不能接受？"她说，"他的面目本来也不是他展现的那样。只能赞他演技高超，很不幸我却是那个最先识破他的人。所以我能接受不能接受的都挨过来了。"

我知道，我不能再继续说下去。我要是告诉她，邹自齐在抢救之后，这会可能还没苏醒过来。她内心会是喜悦，还是会认为可怜之人必有可恨之处，这种人就应该罪有应得？我有点不敢往下想。

我真没想到在这还不到一个小时，她就把一个曾经朝夕相处的伙伴在我面前撕得粉碎。

"他为什么要那么做？偷稿也不应该偷到你头上啊？我不信他就这么笨。"

我知道邹自齐后来确实顺利毕业，然后进了一家五百强外企，不到两年就走上了管理岗位。每次舒洁不在的聚会里，他就是我们一桌同学中的佼佼者。后来又听说他尽管事业一帆风顺，但婚姻一直不尽如人意，不断有人给他介绍，但他就是见谁都没意思。最近一次聚会，有人还开玩笑问他是不是还惦记青梅竹马的舒洁。他也只是打哈哈说："哪有的事，人家都不搭理我了。"最近的消息就是他触电的消息了。所有人都以为他们不碰面是为了避免旧情难忘，今天我才知道舒洁不见他，是对他们的恩怨最大的尊重。

又过了一段时间，八月下旬，蒸笼般的城市或许也有了一些顿悟，嚣张的气焰逐渐退去。偶然刷到舒洁的动态，才知道她竟真一整个夏天没出过那间房子。自从学生时期与她相识，我便知道她不是一个有柔情的人。如今想来，可能是跟她的经历有关。我想着她一整个夏天不离开卧室的样子，就想到了蜗牛的生存之道。

那天在她的窝里，她除了破天荒地痛痛快快控诉了一场邹自齐的罪行，还说到了自己现在的生活。她没有接受家里人安排的太安稳的工作，她说就是因为过了二十多年按部就班的日子，才会落到任人宰割的地步，这样的人生实在是没意思。既然怎么过都是为了吃饭睡觉过日子，那不如趁早过得自在一些。她后来租过很多房子，却很少有人能踏进她的领地。我算是幸运的一个，至少代表她对我还抱有最基本的信任和宽容。

她还说起她的一日三餐很简单，冬天吃口热的，夏天吃口冰的，毕竟填饱肚子不是最终目的，自在才是。她丢掉前半生学的英语，开启下半生的网络文学创作，每天码码字，和键盘声对话，不多不少的收入让日子过得正如人意。

我说："你想过火吗？据说网文写好了，很容易火的。"

她摇头，很天真地问："为什么要火呢？不过就是混口饭吃而已。"

"不想火，你干吗非得干这个？你只要走出去，适合你的体面工作不要太多……"

"可是我只想蜗！"她说。我想她说的应该就是蜗牛的蜗。她选择写网文不过是不想跟人多打交道，落个清净。

直到有一天，我看到"社恐"一词，恍惚有些明白她要"蜗"的意思。

也就是这个夏天最后的时刻，邹自齐像一个浸泡在湖底的幽灵，从社交平台上冒了出来。用舒洁那天的话来说，他确实真的又活过来了。只不过点开动态图片认真端详，再想起舒洁对他的重新定义，我竟然也不再认识眼前的这个人。这是谁呢？再瞄一眼配文，只有简单的两个字"新生"。

绕了一圈我才弄清楚怎么回事，邹自齐趁着触电住院的机遇，完成了自己深藏多年的心愿——变成想象中的自己——女人，就像他当年希望舒洁的妹妹叫他姐姐。

不要觉得荒诞，或许有的人生来就为荒诞。我一直在想，要是舒洁知道了会怎么想。也许在她那儿邹自齐做出任何不切实际的事情都不稀奇。可是后来呢……

一个隆冬的夜里，踩着高跟鞋、披头散发的邹自齐醉在灯火和车流交汇的街头。仿佛是受到了自己名字的诅咒，她倒在了酒精和血泊的冰河之中。

第二年夏天舒洁走到窗前时，天色已晚，热浪尚未退去。她展开双臂，唰一声拉开了窗帘，就像是一只受了伤的雄鹰，伤口刚结痂，就迫不及待展翅高飞。

老藤椅

一

自从去年秋天老舅半夜从床上翻了下去,我妈就不再同意外婆和他继续同住。老舅瘫坐在靠窗的藤椅上不说话,外婆气鼓鼓地不理会我妈,这事从去年唠叨到了现在。

一眨眼,老舅三伏天套着大背心和大裤衩,瘫坐在藤椅上不说话,被上方的玻璃窗射进来的日光晒得直迷瞪。

外婆佝偻着身子把一盘切好的西瓜端上茶几。我们一家三口、大舅和特特,一家子人真是难得这么聚一回,虽然人也不是特别齐——大舅妈可有一阵不露面了。

我妈先开口直奔主题:"妈,您别忙了,小成这事必须解决了。"外婆照样不理会,伸手朝我和特特指着说:"菁菁、特特,你俩吃瓜。知道你们俩最怕热,外婆特意提前冰镇了,快拿了吃。"老舅大约是被晒迷糊了，一脑门一脑门地出汗，外婆熟练地把轮椅展开，推到藤椅面前，从口袋里掏出一块手帕摊在掌心在老舅脑门上擦了几把，念叨说："瞧你热得，屋里开着空调，你这还一头汗。起来，你回屋睡吧。"眼看着外婆双臂架着老舅一只胳膊站了起来，我和特特立刻放下手里的瓜去帮忙，让老舅从藤椅上转个身坐上了轮椅。实话说，扶老舅的时候，我都替外婆捏了把汗。心想，幸亏老舅个头不高体形瘦小，要不然这么多年外婆自己怎么弄得动他。外婆从房间出来时，老舅平躺在床上，微微张开嘴睡着，没一会儿又蹭掉了盖在身上的毛巾被。他是真怕热，年轻时是这样，如今还是。外婆撩了撩坠到眉间的头发，"咣当"一下将自己扔进了老舅的藤椅里，说："今天有空都来干吗呀？大热天的，也不怕累着。"

我妈正打算挺直腰板回话，被我爸及时摁了下来，替她说道："没什么大事，天热我们几个都不放心，回来看看你们。"没等外婆抬头回应，我妈还是没忍住，直冲桥头说："妈，您刚才扶小成坐轮椅都费力，我早说这么下去不是办法。您就听我们的吧。"

"是听你们的，还是听你一个人的"？外婆早就知道我妈主意大，"你说的方法行不通，我跟小成过得挺好，你们都别瞎操心！"外婆说完腾一下站了起来，轻晃着两条皱着波纹的胳膊走回了房间。

我妈气急败坏，只好冲大舅嚷嚷："大成，你怎么不吱声啊？来之前是不是说好的，跟我一块劝妈，你怎么来了一句话没有？"大舅看谁也不好得罪，沮丧地嘟囔一句："老太太倔着呢，你没听她刚刚回你行不通吗。这事，这事回头再说吧，我还有点事，先走……"

我和特特，还有我爸三人面面相觑，谁也不好多说一句。的确，关于外婆和老舅的问题不是一天两天能解决了的，我妈提出的办法，不仅在外婆那儿行不通，它压根说不通。毕竟，就算是她说破大天，外婆都不可能同意把老舅送进养老院。除非……没错！外婆说，除非有一天等她闭眼了，见不着了，到那时老舅的生死她也就管不了了！外婆一直都以这样的"威胁"作为撒手锏对付我妈。我妈一开始气急败坏地跟外婆正面较量，后来真气急了，就会放一句狠话："谁到最后都有闭眼的时候，真到那时您说还有人管吗？"

我和特特走在半道上，讨论同样的问题。

"你说老叔都那样了，怎么还能活这么久呢？"我赶紧让特特打住："你当外婆面千万不能说出这种话，信不信老太太发起威能活剥了你？"特特极度不屑地"喊"一声，来了句："还真是狗养狗惯，猫养猫宠。"我听出了特特语气里的不满，问他："你妈怎么没来？"他显然不打算接我的话，又扔下一句:"车到了,我走了。"

老舅脑血栓瘫痪那年,才三十六岁。他不晓得自己是高血压,这病是会遗传的——外婆外公都有,当然他们也没想到会最先遗传给小儿子。那天半夜,老舅喝了大酒,回家半道上摔了个跟头就成现在这样了。

老舅妈我是见过的,印象却不是特别深刻,因为她总是住在娘家不回来,只有逢年过节才能见上一面。记忆中,老舅妈挺漂亮,高挑的身材,每年春节她都会穿一套色彩明艳的呢子裙,踏着一双皮革高筒靴。外婆以前总说,老舅这辈子别的没什么好显摆的,只有这漂亮媳妇值得挂在嘴上。大舅和我妈把老舅从医院接回来后,就商量着以后该怎么办。我妈红着脸骂"该死的"老舅妈,说这一切都是她造的孽,要不是她瞒着所有人把肚里六个月的孩子打掉,老舅也不会出这样的事。当初老舅妈不想生孩子也不是一天两天的事,这就是她长住娘家的原因。可是后来不知怎么的,老舅妈的肚子突然有了动静。全家人欢欣鼓舞,老舅恨不得能把老舅妈供起来。然而谁都没注意,老舅妈自从知道有了孩子就一直闷闷不乐。终于,好像也是在这样一个三伏天的下午,她毅然决然地把老舅的后半生打掉了。

二

特特是我表弟。按理说，他在我们这辈应排行老二。只不过老舅没孩子，他便得了逞成为外公外婆最小的孙子。特特不算是一个很听话的孩子，比如他从小就不爱听人管他叫"孩子"。他爸妈不叫，外公外婆也不叫，但他们管谁都叫宝宝，就像外婆也一直管老舅叫宝宝。特特去年中考失利，无奈上了中专院校，对此他一笑了之，反正对他而言只要是上学有个地方去就可以了。大舅大舅妈从前是做钢铁生意发的家，不过从十年前他们买了跃层房子以后，日子一天不如一天。大舅妈提到生意，就不给大舅好脸色看，说他跟人谈生意总是谈得蔫了吧唧的，拿不出一点主导的气势。后来他们又转型做了美容美发，这回不论是家庭还是生意的主导权都顺理成章地落到了大舅妈手里。我妈说这也挺好，大舅压根也不是会做生意的人。自从大舅妈一心扑到美容美发生意上，特特的生活学习也开始了"独立自主"的放养模式。

大舅一度回归家庭，有志于担起后勤保障，奈何他一不会做饭，二不会打扫，衣服塞进洗衣机里就开始琢磨下一步该怎么办。大舅妈说请个阿姨回来，好歹忙一天回到家能有口热饭吃。大舅偏不,说才挣几个钱就瞎败什么家,想吃热饭还不容易,不就把米下锅,插电煮熟了嘛。可是他插电前老是忘了放水这一环节,你说这饭怎么吃?他又想一招——"再不济都回我妈那里吃去,反正她肯定天天都要烧饭,我们去了还能帮帮忙,热闹点。"我妈听了这话哼哼一笑:"你去还能帮忙?老太太到时候得伺候俩儿子吃饭,一个坐着的,一个躺着的。"

大舅妈年复一年日复一日地拼命,愣是从一间小作坊做成了一家家沙龙店,眼瞅着连锁店开到了别的城市,这几年是越来越难见到她这女企业家了。那天在外婆那儿,我本想开个玩笑,不承想一不小心秃噜出一句:"大舅妈该不会像老舅妈当年似的人间蒸发了吧?"这话一冒,大舅和特特齐刷刷瞪着我看,吓得我赶紧闭嘴,这玩笑好像说得是有点过。我妈见他父子俩冲我瞪得眼珠子都要出来了,立刻回撑道:"你俩干吗,这是要吃人啊?菁菁就打个比方罢了。她那么长时间不见人,搞得好像不是这家人一样。"

老舅瘫痪的第二年,外公也因病离世了。从此外婆便独自带着老舅生活在老房子里,一转眼老舅都四十多了,外婆也成了后背佝偻的古稀老人。老舅每天活动范围就是床、轮椅、玻璃窗下的藤椅。这藤椅可有年头了,外公是篾匠,这藤椅是他和外婆结婚时贵重的家什,当年他花了五块一毛九分钱买的青藤条和竹子，用了一周的时间自己编的一对，这么些年过去了，另一只已被坐塌了。这一只几经修补，仍然牢固，只是破了一个洞。外婆每次坐在这藤椅上都不舒心地叨叨："这老头编东西手还是挺巧，可当初买房他怎么就想到买到二楼了呢？要是买在一楼多好，带个院子，至少我这会儿就能推着小成去外边透透气。"我妈也毫不客气地说："在一楼您也不能推，他那么沉，回头推出门你俩都摔一跤，那还不彻底乱了套了。"外婆拿食指冲她："你可真是不盼着我俩好。"

这回来外婆家吃饭，我妈早就和大舅商量好了，两人下定决心要一个鼻孔出气。饭菜还没上桌，我妈就憋不住火打算往厨房里冲，大舅一把拽住了她，使了眼色叫她少安毋躁。他把我妈拉到一边压低声说："既然想要把事办成，你老是这么横冲直撞可不行，说什么也要先把饭吃了，然后再……"我蹲在藤椅旁和老舅说着话，瞟了一眼窃窃私语的他们，看他们的劲头，就知道这姐弟俩今天保准是憋了个大招。

老舅瘫痪这么多年不但丧失了自理能力，连话也说不利索了，但是他心里什么都清楚。

我问老舅："看见我们回来吃饭，你高兴不？"他嘴角缓慢地咧开来冲我笑。我说："那你老实告诉我，我们没来的时候，外婆是不是偷偷给你吃好吃的了？我可瞧见你这回又比上次长胖了，跟我说说都吃什么了？"他又咧了咧嘴对我笑，唇齿张了又张，结结巴巴说出："没没没……没有，都……都都……留留……留给……给你们……"我扑哧一乐，又问："那你最想我们谁来啊？"他低了低头，望着我说："你你……你妈！"老舅这话回得我有些纳闷，我以为他肯定会说是我，怎么结巴了半天竟是我妈。我没问为什么，因为问了，我猜他也说不上来。就这会儿，我妈竟然破天荒地端着碗筷，坐到老舅面前。我下意识伸手去接她手里的碗，打算喂老舅吃饭。我妈却说她来喂，并嫌弃我小孩子家做事没轻没重的。我必然不能表现出任何夸张的表情，要不然真怕这顿饭又要吃不安生了。其实我妈真要认真做起事来，心还是很细的。就只是给老舅喂顿饭而已，她不仅给他戴好围布，还把饭、菜、汤全部分开来喂，吃几口饭再给两口汤喝。这是连外婆都很难做到的，外婆只能保证老舅一日三餐不被饿着。大舅扒拉几口饭，也冲老舅乐了乐，像计划好了似的说："一会儿啊，吃了饭先歇会，然后我给小成洗洗澡。妈平时只能拿热毛巾给他擦擦，这哪有洗澡舒服啊。今天我刚好没事，一会儿我来弄。"外婆端着碗，继续吃自己的饭，对于我妈和大舅的举动，显得毫无波澜，倒是老舅今天比以往都开心。

下午趁着家里人多，老舅有我们几个看护，外婆难得踏实躺上床睡了个午觉。大舅今天格外卖力的样子，背着老舅进了浴室。厚玻璃门内热水哗哗地往下灌，不一会儿沐浴液的气味从缝中渗透出来。十几分钟过去,我妈拿着毛巾被在门外问道:"大成,好了没?时间长了,别把他闷着。"大舅混合着淋浴冲刷的声音喊道:"没事,好着呢!快好了。"我看出我妈在转身刹那脸上不经意流露出的犹豫,我问:"你们今天真就只是来给老舅喂饭洗澡?"她回过神当然听出我这话的意思,冲我翻了白眼呵斥道:"你小孩子家少掺和大人的事。"接着又摆出一副好心的样子说,"我们还不是替你外婆着想。"

浴室门一打开,大舅只给老舅穿了一件三角裤头,两个人好似从火炉里逃出来一样,门一开终于吸上了口新鲜空气。我妈赶紧把轮椅推上前将老舅安顿好,我正要跟进房间帮忙,又一次被我妈喝令制止道:"你一小姑娘跟进来瞎捣什么乱!"

别说,望着我妈给老舅擦身子,穿衣服,吹头发,我居然开始有一丝羡慕上一辈的姊妹情了。到底是亲姐弟,这种情感恐怕除了血缘以外便很难再寻到了吧。大舅像刚打完一场"世界大战"般瘫坐在那把藤椅上,一口气给自己灌下半缸茶叶水,又招手对着我叫:"菁菁,赶紧再给我倒一杯凉白开,渴死我了。哎呀妈呀,你外婆平常可太不容易了,这服侍小成真不是一般人能做的事。"等我倒完水回来时,他还在念念有词:"不能这么干,得听你妈的……"

我问大舅:"今天特特去哪儿了?前天我联系他,还说今天一块儿回来吃饭的。"

大舅说:"哪个知道他干吗去了,我也有两天没见着他人影了,估计跟同学跑哪儿玩去了。"

我说:"你们也不问问,他这成天见不到人,不急啊?"大舅无奈一乐:"急也没用,孩子大了哪由得了大人。"我想安慰几句,才发现大舅这心远比我想象的还要大。他处之坦然,大手一挥说:"没事,他跟我保证了,出不了大事,顶多跟同学通宵打打游戏;缺钱了就找他妈要,失联不了。"

特特这个年纪得到的自由是一般人家的孩子享受不到的。时间自由,空间自由,金钱自由。我无法确定大舅大舅妈对他的教育,是否真的适宜他们00后,但可以确定的是,大舅这般乐观且自如的心态难得。时隔一个月后,再见到特特他竟自作主张把头发染成了墨绿色。我张着嘴巴半天不知该说什么。他说:"你这反应至于吗?"我故意问:"你这头是在你们家店里做的?"他不屑地说:"我们家店那点手艺,我可瞧不上……"说着他照照镜子自我评价道,"也还好吧,我就染了个墨绿色的,不细瞧也看不出什么特别吧。"

我也真是服了,这么出挑的颜色还不特别?这孩子怎么想的?不过也是,他们家产业本来就是这行里的翘楚,他弄成这样也没人能说得了什么。还算这孩子有点心,对着镜子左看右看,突然说:"哎哟我去……怎么把这茬给忘了。你说要是回去吃饭,奶奶看到肯定要呲我一顿,她老人家可最不喜欢花里胡哨的玩意了。"我冷笑道："别说你了，恐怕一时半会连你爸我妈也回不去了。"

那天我跟大舅天还没聊完，就听到房间传出啜泣声。我和大舅悄没声走到房门缝边刚看几眼，却被身后外婆突如其来的一声呵斥吓了一跳。

"干什么呢，躲开！"外婆来势汹汹推开房门，二话没说就把我妈轰了出去。我妈很不服气地冲外婆嚷嚷道："您这是干吗呀？我刚给他衣服穿好，头发吹好，您怎么翻脸不认人呢？"外婆搂着老舅的头安抚着，红着脸狂撑我妈："我就料到你俩今天来又洗澡又喂饭的，没憋好屁。幸好我躺床上想想不对劲，怎么着，真打算趁我睡过去给我把人弄走啊？"我妈被外婆骂得直跺脚，指着自己的鼻子说："合着我俩做了这么多在您眼里都是驴肝肺。我还没把他怎么样呢，您就跟防贼似的。"

说实话，要是没看到我妈和大舅之前做的，全凭老舅躲在外婆怀里啜泣的可怜样，大概连我也会以为我妈必定对他实施了什么冷暴力。我妈气愤不已，只得揪着大舅下水，命令道："你倒是跟老太太说呀，这主意不都是你出的吗！你能不能说句话。"可是大舅每到关键时刻，只顾着干张嘴，一句也说不了。老舅埋头哭得鼻涕一个劲往外流，俨然是被别人欺负了回家告状的孩子。姐弟俩大眼瞪小眼干站着，外婆一气之下对这俩人下了逐客令:"都赶紧给我走,以后没事别来,我这儿不欢迎你们这些个白眼狼。"说完老太太腾出一只手来,砰一下关上了房门。

三

又过了一个多月,我妈始终觉得这事不能罢休,她打电话给大舅叫他一起回去。大舅找了个冠冕堂皇的理由推辞,我妈说:"你少找这种不靠谱的理由,你还'出差视察店面',这些年你什么时候去过外地视察?"我劝我妈:"这事外婆想得肯定比你们清楚,她怎么能舍得送老舅去那种地方。"我妈死活不承认外婆对"那种地方"的说法。"那种地方,什么地方啊?是地狱啊?我还告诉你了,就你外婆认为的那种地方,多少人想进还进不去。就你老舅这样的状况就算能进,不但是花钱的事,还得托人托关系,我还得进去给人家说尽好话,你外婆她知道什么,我这么费劲还不是为她好!"

我妈不知道,这世上有一种可恶就叫作"为她好"。

仲夏的日光明晃晃落在老藤椅上,老舅垂头坐着不说话,他微微眯着眼好像整个世界就能这样静下去。外婆喜欢做烩饭,将一些饭菜混合在一个锅里做成五颜六色的样子。大舅不去，我妈却大踏步地去了外婆家。

　　我妈正要进电梯，恰好碰上了从楼上下来的徐阿姨。她一见我妈忍不住溢出笑容招呼着："阿兰回来啦？好巧的嘞，我刚从你妈妈家里出来。"我妈还挺纳闷，这个徐阿姨什么时候和外婆走得这么近了？出于礼貌，她也付出热情的假笑："是啊是啊，我刚回来，欢迎常来玩啊。"徐阿姨一摆手理所当然地应道："那是肯定的嘞，我每次拆了快递收起纸盒就想着给你妈妈送过来的呀，这个你放心的咯。"我妈一听这话就觉得哪儿不对劲，她等不及头脑反应，喜形于色的脸突然冷了下来。徐阿姨瞧着也不对劲，眼神恍惚也不自知地表现出惊恐的状态，自顾自拍打了嘴唇，边走边低声嘟囔着："要死了要死了，说错话了！李阿婆交代我不要往外说的呀……"

　　等我妈上楼推开门，就看到了不想看到的景象。外婆看上去又胆怯又不能输了气势，怒斥我妈不该不打招呼就擅自闯来。我妈觉得又气又可笑："难不成我回我妈家还要提前打招呼才能来？您自己看看这地儿，我再不来家里都要变成废品收购站了。合着您每回让我们回来提前通知，打扫得干干净净，都是为了给我们制造生活美满的假象呢？您当是预约我们回来看戏呢！"

　　外婆此刻才有点像做了亏心事的样子，不再硬着头皮撑我妈。见外婆难得不说话，我妈一撩刘海乘胜追击，坐上藤椅质问外婆："来，您好好跟我说说，家里收这么多废纸盒干吗？还让邻居往家送，您打算干什么？"

外婆只好实话实说，收了卖钱，贴补生活费。这更令我妈感到匪夷所思。在我妈的概念里，外婆不应该是缺钱的，更不可能为生活费发愁。往最坏里说，即便这么多年用光了外公留下来的积蓄，她自己还有一份退休金——她可是从机关单位里体体面面退的休，怎么能沦落到靠收纸盒来贴补家用的地步！我妈想不通，她甚至怀疑外婆是拿退休金给老舅高价请了医生回来治疗。

"我可告诉您，您别再犯傻，别还不死心想着给小成治病，把自个的养老金搭进去。您这么大年纪以后全靠这点钱活呢，我早就说过，早该把他送到养老院，大家才能都安生！"我妈越说越理直气壮，越说越觉得自己句句在理，但是她也说到忘了形。她忘了外婆最听不得的就是"养老院"这三个字。

外婆狠下心一拍桌子，就差连骂带打将她快年过半百的女儿扫地出门了，她咬着牙撑在我妈后面骂："你个毒心的，怎么能这么狠？他可是你亲弟弟，居然能下得了这么狠的心把你亲弟弟推到那种地方，他就是瘫痪也没瘫到你家里去。他妈我还喘气呢，要你在这儿多事，你做的是人事吗？给我出去，别来了！"烈日当空，我妈暴走在近四十度的高温下，脸上说不清是汗水还是泪水，总之今天是大伤元气。心里酸楚的滋味一下子涌上心头，她说："我不管了，我不想管啦！"她抹一把眼泪甩在地上。

第二天,我妈给大舅打了不下十个电话,电话终于接通了,她在这头疯了似的发号施令:"我不管你在天南海北,天上地下。下周一,你必须给我老老实实出现。你知道家里被糟蹋成什么样了吗?"

后来我见到特特时,才知道大舅说是去外地不是搪塞我妈的谎话。特特的墨绿色头发配了一件宽松版的水蓝色大T恤,看着牌子应该不便宜。他比画的价格还是超出了我的认知。

"多少?八千!没开玩笑吧你,就这么件T恤衫你花了这么些钱?"他狂妄地指着前面的标志说:"姐姐,看清楚这是巴黎世家,这价格已经算是平民价了。"我撇嘴竖起大拇指对他佩服道:"有钱人,扒皮世家!"他说反正是他妈花的钱,要是不花反而让他妈心中有愧,何况这是他妈付给他的首笔抚养费——大舅之前到外地是跟大舅妈谈离婚去了。

特特面对父母离婚这事出乎预料地坦然,在他观念里这好像是早晚要发生的事。也对,三观不合,分工不明,阴阳颠倒,长期分居……光这些就够让一个家庭不稳定了。特特释怀地说,这样也挺好,本身相处不舒服的两个人,谈不上久处不厌,长期分居又日渐生疏。两个人吃一顿饭也说不了几句话,不如彻底放下对方,怎么活不是活,趁早叫停不是什么坏事。我不惊讶于大舅大舅妈莫名其妙破裂的婚姻,我惊愕的是这么一个不着调的小孩子，突然变得如此沉着冷静。

四

如果说知女莫如母，那我妈对外婆的个性亦是了如指掌的。她知道假如外婆真的是以收纸盒卖钱，就肯定不可能只依靠别人送上门的那点货。果然周一下午她前脚刚走到楼下门洞，后脚就看见外婆拎着一个口袋出了门。我猜她原本只想跟在后面一探究竟，搞清楚老太太究竟怎么去收废品纸箱的，好让她逮个正着，以此借口胁迫外婆同意把老舅送进养老院。

只不过也不晓得她那天脑回路怎么那么新奇，一个电话直接将合伙人召回，上个电梯的工夫她和大舅就预谋好趁老太太出门，把老舅先送走。

午后两三点钟，老舅睡意正浓，外婆大概也只有趁着这点时间出去跑一趟。我妈一进家门，也不敢放肆发出动静，看着老舅侧身向里，她先轻手轻脚打开衣柜拿出两套换洗衣服，又去厨房找出了老舅吃饭用的餐具。她本打算等她把东西准备好了再叫醒老舅，不想扯塑料袋的动静就把老舅弄醒了。老舅抬了抬胳膊，意思是他想翻身。他一看见是我妈在床前，艰难地张嘴叫到："阿阿……阿兰。"我妈挤出一丝尴尬的笑点了点头，说："我看见妈出门了，你知道她干什么去了吗？"老舅迷糊着低头，然后看到了我妈替他收好的行李。她摸了摸老舅的头说："小成，你别怪我。你记着我那天跟你说的话吗？咱妈老了，我们也得替她考虑是不是？"老舅仍旧低着头不说话。她将老舅扶上轮椅，把装衣物的塑料袋挂在轮椅手把上，从后面俯下身对老舅说："你别怕，那边我都安排好了，会有人好好照顾你的，别怕啊，小成。"老舅坐在轮椅上面无表情，一动不动。我妈看了看时间又连忙打通了大舅的电话，急不可耐地训道："你人呢？怎么还没到啊？赶紧呀，老太太马上就回来了。"临出门前，我妈停顿了一下，又一回俯下身子靠在老舅的耳边说："小成你别害怕，我们不是不要你了，以后有时间我接你回来看看……"

我妈推着老舅顺利下楼，见大舅还没到，她实在等不及了，干脆叫了网约车。她看着手机上司机赶来的路程，又不断左右张望，既想等来大舅跟她一起去，又恐怕外婆先一步赶回来。她心神不定地念叨："快了快了，车还有几百米到。"这话像是说给老舅的，更像是说给她自己的。她伸长脖子就望到了尾号 887 的网约车开过来，她急慌慌招手示意，眼神不禁往旁边一瞟，外婆沿着路边已经比网约车先到一步。

老太太加快脚步跑到老舅身边，趁我妈没反应过来，撂下刚收来的满口袋的纸箱一把夺过轮椅。我妈说外婆几乎是用一口吃掉她的凶狠的眼神瞪着她，当众质问她："你这个恶丫头，趁我不在家想干什么啊？你要把人给我偷哪儿去？你个毒丫头怎么能对弟弟下得去手，他碍着你了吗？你非得把他拖地狱里！"

我妈被外婆骂得手足无措。她抹了一把脑门子上的汗，对外婆摆手道："我不跟您多说了，反正怎么说都是我的错。不过我已经把人带出来了，这事今天我还就必须给办成。您把人给我，快！松手，把人给我，快点松开……"

"你个丫头片子，你给我撒开，听见没！有我在一天，你休想把我儿子送进地狱！你快撒开，撒手啊……"

老舅禁锢在轮椅里，被外婆和我妈推搡得摇摇晃晃，兀自大颗大颗掉眼泪。她们的吵声嚷声越大，老舅的哭声越大，近乎要传遍整个小区了。等到大舅赶到时，老舅的轮椅已翻了车，我妈坐在地上疯狂呼叫着外婆——就在大舅下车的前一刻，外婆在失去理智的拉扯中晕了过去，她被抬上救护车接氧气时仍没有清醒过来……

五

大约一周后，八月的热浪像一把烧不尽的烈火，将外婆受伤的心重新燃了起来。她住在医院里谁也不见,每天只叫我和特特轮番去给她送点饭菜。我还没把外卖盒打开,她都先问上一句:"你老舅在家吧,他吃了吧?"我叫她放心,"我是喂好了老舅才来的,特特在家陪着他呢!"见她眼里还有些疑惑,我跟特特开了视频,确认了老舅吃饱睡着了,她才放下心自己吃饭。吃完饭,她特地叫我坐下说有重要的事交代,还说如今也只能交代给我了。

她把一件外套从里面翻了过来,又从口袋里掏出一枚小刀片,把缝在里边的口袋割破,手掏进去摸了又摸,摸出一张皱巴巴的存折。接着,她哆嗦着老手捻着翻页看了又看,直到确认完全无误才重新合上交给我。我用眼神示意是否可以打开看一眼,她点头说:"看吧,存了那么久就这么多钱。"外婆口中的"就这么多钱",对她来说也许是全部积蓄。

"这些是留给老舅的?"

她肯定地点头,拉住我几乎是用恳求的语气说:"我就怕有这么一天,我躺床上动不了顾不上你老舅了,这才尽量把所有的钱留下来给他,这是没有办法的办法。或许只要有一些钱,就能找一个好一点的人安排他接下来的日子。你妈和你大舅都不是可以照顾人的,你是好孩子,你以后得帮帮你老舅。我不是不懂你妈要把他送养老院的意图,可我总想着我还在,要是把他送进去就相当于送他到了人生最后一站。我还活着，总不能看他走我前头。"外婆擦了擦眼泪说，"你们都不晓得，自从他生了病越来越像个没长大的小孩。每天一睁眼就冲我乐，我一乐，他就哑巴着嘴叫妈妈。我想日子这样也就够了！"外婆说着似乎也冲我乐了起来。

老舅每天都在盼着外婆回家。后来有一天，他从床头拽到我妈那天收拾好的塑料袋。眼巴巴地望着我半天，张了半天嘴才问出，我妈来了没。我一时间没明白他想表达的意思。而他无神的眼眸却向房门外的藤椅直直地望去，再次吐出几个字："把那……椅子，也……也带到养……老院。"

我回身看见老藤椅上落满黄昏的尘埃，只留下半夏的余温……

向南！向南！

一

每到七月中旬直至国庆前期，储绣都会觉得这是一年里最难熬的几个月。太阳太辣了，日复一日的高温让南京像熔炉。如果把柏油路比作是烧焦的铁板，那走在路上的行人或像她一样骑着电动车的，就是被炭烤着的昆虫，必须跳着脚赶路。哪怕是阴天，也是闷热难耐，一场雨要憋上好多天才肯短暂露出些许从容的神情。

储绣二十多岁就来这座城市扎根了，用她自己的话说，这么些年她什么地方没去过，什么样的事没干过，从鼓楼到秦淮，从六合到溧水，再从江宁到浦口，最远马鞍山也跑过。那时候是麻烦，没地铁，全靠公交一趟趟地转。不像现在骑辆电动车，往地铁站一丢，票一刷想跑哪边跑哪边，关键是雨淋不着,太阳晒不到,多好呢。"没得办法哎,那时候年轻无所谓,一天跑三四个不同的地方也不觉着累。现在不行了,就算坐地铁跑那么远也吃不消,太绕了,有时候绕得我头都发昏。所以呢,我就把几家的事全部放在同一个区里面做,这样骑个车也省钱省事。不烦哎,你说是不是?"你看到底是在南京待了十几二十年了,储绣连说话口音都不自觉地变了。即使每年有机会回安徽老家,她这腔调一时半会也改不回去,就算过个一周十天好不容易说得像点样了,又到了该走的时候了。

"改什么呀,入乡随俗。生活嘛,哪有不往前走的。如今走到哪儿,哪儿才是你该说的话。"

李佳之所以能和储绣成为室友,无非也是效仿了她的老路。李佳说:"我真不是读书的那块料。我也想读啊,可是一坐进课堂我就像蹲了电似的,浑身不自在。不过这么一来也好,也让我家里人得偿所愿了。本来家里也不富裕,我妹和我不同,她能读,给她一本小说比给她一桌饭要强。这样也挺好,让我妹一人踏踏实实读,我父母说让我出来闯闯,总比整天窝在家里好。我也乐意,这么大人了,再不出来可能都要憋出蛆了。"

搬到随家仓五〇二时,李佳已经在美团上注册了骑手资格。今天收拾利索了,明天就等着上岗了。储绣说:"给你搞份地图吧,以防你送外卖找不到地方。"李佳突兀地笑出声:

"大姐，现在哪还有地图卖，都用导航导着走。"储绣纳闷地问："导航怎么能导电动车？不是只能导汽车吗！我的个妈呀，真是跟不上节奏了。我一直以为导航只能导汽车呢，其他也能导？看来把你带过来合租是对的，年轻人以后多带带我。"

随家仓五〇二，是一个建于二十世纪九十年代的老破旧小区，没有明显的大门，只有一条通往几栋五层小楼的巷子。几栋小矮楼安安静静蹲在日新月异的高楼身后，像极了储绣、李佳这样不甘世俗的打工人。但因为是立足市区，即便是这么又老又旧，仅仅是一套两室一厅的房子房租也不便宜。

储绣早在七八年前就住进来了，那会儿也是被两个做家政的同行阿姨拉进来合租，房租才两千，加上水电费，三人每人分摊六百多块。那时她们几个都还能承受。这两年可不行了，房租一年年往上涨不说，过去合租的两个阿姨上了年纪也有了告老还乡的打算。她们走了，储绣可不走。走什么呢？往哪儿走？回老家又能有什么奔头？还不到四十，不走了。做家政服务这行，本不是储绣当年从安徽大山里冲出来的初心，好好一姑娘谁乐意一出来就落得给人家做"使唤丫头"，可就在当时，凭她的学历和社会经验，算来算去也就做这行得心应手，收入也算可观。

在南京待久了，储绣便意识到在这儿打工的，安徽人占比很重。江苏人也有，不过他们往往待上一段时间就回去了。

何况跟她这地道的外地人比,人家本省人来来回回都是在自己地盘上。然而这些年,储绣也把这地儿都摸透了,骑电动车钻小巷抄近道,她可是行家。她皮肤也变白了,丸子头也盘上去了,口音变得更是没得说。这时候,她分明觉得自己比本地人还要地道。至于家政这行,她本来就是打算作为过渡,想着先把日子过上路,到时重新寻觅一个像样的工作,开始体面的生计。但是生活压根不是谁计划得了的,她当初一脸稚嫩,哪里会想到做家政这行一做就这么多年。如今她倒是也乐呵,说:"幸亏我出来得晚,要是放十几二十年前,干这行的都是全日制的,哪有星期天,放这个假那个假,一年干到头,过年才能出来。我赶的时候还挺好,是钟点工刚时兴的时候,时间就宽裕多了嘛。一家干几个小时,一天下来高兴干几家就干几家,工资也比全日制灵活!"

二

李佳的出发点当然也是闯,她性格挺外向,留一头干净利落的短发。这似乎并不是她出发之前的造型,而是决定出发后的改变。储绣看她第一眼感觉有点怪怪的,又说不清哪里怪。也没有人说女孩子全是留长头发,可是她这头……

李佳到底还是个女孩子，突然被储绣一盯，有点不好意思了。她上手摸了一把自己的寸头说："刚剪的，出门在外怕麻烦，主打一个省事。"这话没毛病，头发剪短了，不仅利索省事，看着还挺不好欺负。跟李佳共处一段时间后，储绣越发喜欢这个小妮子，说她像自己的闺女有点不切实际；像妹妹呢，又跟她站在一块不是同一代人。

　　李佳跑外卖接单不图多，更不图快。用时髦的话说，这孩子挺佛系。她自己也说，这事靠追赶，却又不能当真了追。她每天的目标很简单，首先得完成基本的十单，其次再多跑两到三单，晚上最迟九点回家。储绣说："九点其实也有点晚了，七八点回来更安全。"李佳说："我以为我已经够偷懒的了，要是真像你说的七八点就收摊，估计平台都饶不了我。不过我们这行早上起来得晚，也还好。那些男骑手哪个不干到夜里十一二点，第二天早上七八点又上路了。"

　　储绣吸了一口粥裹在嘴里嘟囔："那还能睡几个小时？真是不要命了。"其实储绣也知道，对于一些人而言，钱有时还的确比命值钱。她劝李佳："你年纪轻轻的可别犯傻，就算挣钱也不至于真把身体搭上。那句话怎么说来着，有的青山在不怕没柴烧。"李佳含着粥汤说："是留得青山在不怕没柴烧。"她放下碗筷接电话的空隙，对储绣说，"放心吧姐，我保准每天在你下班前回家先把粥煮上。"

储绣做钟点工的几家,都在方圆几公里内。这是她跑了多少路,吃了多少苦头才总结出来的经验——别跑远。一天从早上出门到晚上回去,统共加起来就那么十个小时。要是从城东跑到河西,从鼓楼跑到奥体,光路上来回就要花两三个小时,再赶上中午时分,她还吃不吃饭了?这两三小时足够她再接上一家了。

储绣没多少文化,但不影响她智商高。她当然清楚要想点合情合理的方法,拯救不能荒废的时间。事实上,这压根也不需要储绣多费脑筋,无非就是让时间和资源整合。就在一年以前,她先后辞去了江宁和浦口的三家家政工作,然后借助一间类似小作坊的家政中介,把目标放在了河西龙江地段。龙江地段好,骑电动车在草场门大桥上放眼望去,左右都是成片的小区住宅楼,还有中小学和市民广场。到傍晚,这广场上全是带着娃下楼遛弯的人。这放在家政市场,能不是一片好地吗?

储绣倒也不着急,她连着两回拎着路边摊买的几个苹果来到作坊中介,跟这里面的介绍人商量:"我也不急,您帮我看着,先在这片找一家做着,上午下午都行,烧饭打扫都没问题。只要在这附近,我就方便一点。"介绍人当然明白储绣的意图,先找一家站住脚,然后再慢慢趸摸更多的机会。

龙江这地方,人多,家庭也多,并且居住人员的素质还挺高，前有高校教授，后有机关干部，中间那片碧萝园几栋楼里还住着文人和艺术家。想来这儿做家政的，谁不是打听好钟点费才一头扎进来的。储绣，一看就是家政界的"老江湖"了。至于这家像作坊一样的家政中介，得亏是早开了十多年，才攒下了不少固定客户和人脉。要是换作如今，年轻人在网上轻轻一点，一键下单随时随地就把阿姨请回去了，哪还有这作坊的事。

  储绣这人脑子确实够用，找到龙江这里不起眼的中介也是靠平时跟同行搭话打听来的，关键她注意到的不只是这间如同"作坊"的中介，还有开中介的是一个腿部有残疾的女性，早在○几年时就开了这间中介的重要情报。头一回去她那儿，储绣也只是碰巧在路边见着有卖苹果的摊位，她想头一回去别弄得像求着人办事的"饿死鬼"似的，至少目前手头上还有两份稳定的工可做。龙江这片的钟点费是比其他地方略高一些，但不至于非得强求不可，只当跑一趟碰碰运气。

  储绣第一眼就看到有个头大脖子粗的女人趴在靠窗边的桌子上，就知道这应该就是那位腿部有残疾的女人。还没进门，她便断定这女人八成是上身胖、下身瘦的体形。残疾人嘛，肯定看上去多少是与常人不同的。进了门跟她打招呼，储绣印证了她的猜想，这人上半身还是比较丰满的，下半身，主要是指腿和脚，又短又细又小。一间屋子里除了摆出了几张供来人稍作休息的椅子，剩下的空间近乎被轮椅和拐杖占领。等对方递上名片，储绣才知晓这中介公司的经理叫唐红。

储秀把苹果放下，接过名片说："唐经理这名字里都透着喜庆。"唐红也笑了，扶了扶滑到鼻梁的眼镜说："你是来找阿姨的？"这话听得储绣心头甜丝丝的。别说，出门在外储绣还是挺注意个人形象的，尤其是这两年，托上一家女主人的福，淘汰下不少体面的衣服给她。要是不特意说，一眼还真看不出她是来做阿姨的，还是来找阿姨的。

储绣第二次再来时，唐红得空仔细打量了她一番，发现竟然认得她："你之前是不是在浦口一家老人家里做过？"

储绣很快想到浦口周老太太家。那不是东家辞了她，也不是她非要走，而是原本好好的老两口突然走了一个，另一个自然就不能独住。这么一来，她当然也就干不了了。

"你怎么知道的？"储绣问。

"那老两口之前跟我也挺熟，老太太托人帮她找阿姨做饭打扫，就托到我这儿了。我倒替她找了两个阿姨，不是人家嫌她家太远，就是老两口没看上人家。之后她还托我接着帮忙寻着，一直都没有合适的。后来是因为什么事我去了一趟浦口，就想着顺道去她家里看看。刚好碰到你扔垃圾出门，我一开始以为你是他家的女儿呢。那老太太提着嗓子告诉我：不用找了，他们找了一个挺好的，就是刚刚看到的那个。所以，我一看你就有了点儿印象,还是这么干净利落。"

储绣还没来得及继续寒暄,唐红便翻看着她的客户登记簿,问她想找什么样的钟点工做。她笑意盈盈地回答:"先找一家上午打扫卫生,或者带烧中饭的吧,照顾老人家也行。"唐红点点头,跟着她的话登了记。储绣灵光一闪,补充说:"最好是能管一顿中饭,这样……"唐红没再抬头看她,笑笑又点了点头,好像什么都懂。最后说,"证件都带着的吧,我登个记。"

大约也就一周,储绣成功跨进了一对老教授的家门,也给自己的中饭找到了保障。老教授两口不注重饭菜味道如何,他们口味清淡,任何一道菜里都只许滴两滴酱油,撒几粒盐,味精更是上不得台面的。老人只让储绣烧两盘素菜加一碗汤水,若一周吃一次荤菜,那也是从超市买回来的一盒午餐肉切成几片薄片,放进一个小菜碟里。这种吃法,吃上一周还算新鲜养生,可要吃上一阵,储绣这干体力活的,觉得有些味同嚼蜡了。但她也不敢提,怎么敢提呢?自己又不是不知道自己是谁。好歹做了那么多年的阿姨,她晓得阿姨的最高境界是闭嘴。

站在老教授的书房擦落地窗时,她发现这地方是真的好啊!每天擦擦窗就能把大半个南京城看了。她手攥着抹布,整个身子往前倾,一点动静也不发出,这么定神站了一会儿。白发苍苍的女教授踢踏地走到书房,乐呵呵地笑说:"小储,你现在不怕高了?刚开始那会儿,你还不敢朝这儿站。"储绣回过神,转身笑着:"天天来就不怕了,这么大个落地窗不擦干净多浪费啊。"

三

高校公寓是很高,这可是三十多层的高层。只有高级身份的人才住得上这么高的房子。储绣想,这么一来,好像她也高级了。

很快唐红又帮她介绍了第二家,下午时段的,在高校公寓后面的萃雅居。这家工作时长在钟点工里算较长的,要五个小时,从下午两点到晚上七点,不过不包晚饭。女主人交代,先来简单收拾一下卫生,然后去接孩子放学,接着回来把家里打扫干净,再做一顿晚饭。要是遇上大人加班回不来的特殊情况,她还得照顾孩子吃完晚饭才能走。这家女主人特别强调了,照顾好孩子是重点,其他少做一些没什么。这一点也不复杂,算起来一套完整的家庭钟点服务也就如此了。正因为这样一套程序做下来,五个小时确实是满打满算。再一问这家孩子,才知道女主人是做财务的。

李佳送外卖送得不比储绣钟点工做得顺利。一点不夸张地说，简直就是出师不利。她不是超时，就是把别人的外卖给撒了。撒少了还好，撒多了，难免被投诉警告。李佳也说不清自己是怎么了，只是感觉每一次接单就心慌慌的。一抢到订单，整个身体就像上了发条似的，根本控制不住地运转，越转越快，越转越紧。戴上头盔骑上车就开始百米冲刺，恨不得从商家到顾客那儿只要一脚油门的工夫就能完成。结果必然是越忙越慌，越慌越乱。李佳每天回家第一个动作，就是坐在餐桌上双手抱头，头发被蹂躏得让她成了岑了毛的怨妇，句句都是"我要完蛋了，我要炸了"。

　　储绣下班带回了两个肉包子，锅里却没有煮好的热粥。她干巴巴地咬了一口，另一个递给抱头沮丧的李佳。

　　"吃一口吧，多大点儿事，没那么严重。刚开始时，不是做得挺好的吗？这两天是怎么了？你是不是路上想别的事了？"其实储绣上周就看出来她不太对劲，连着两天晚上电饭煲里光放了水和米，电源都忘了插。李佳也不是不能说，只是答应了妹妹，这事除了她姐俩谁也不能告诉，出了这档子事只有她这个姐姐能帮她。

　　储绣是个爱热闹的人。这个"热闹"并不是她愿意凑热闹，而是习惯与身边常碰面的人为善。她的善不过是不经意间的一个温暖微笑，一个暖心动作。萃雅居门口保安老刘大概就是被储绣某种不经意的善良吸引了。老刘也是外地人，具体是哪里人储绣没问，也觉得没那个必要问。遇上小区保安，谁进门不得互相点个头打声招呼。只是不知道从哪次开始，储绣每回进小区，老刘总要从保安亭出来，站在进门处，抬手摁下开门遥控器，笑着对储绣招呼道："来了。"储绣也用同样礼貌的微笑回应："来了。"

老刘一看就是本分人，储绣一直相信面相是骗不了人的。这样彼此客气，互相友善，一年多了两人其实也说不上几句话。直到有一天，傍晚时分，储绣在接孩子放学的路上，突然乌云压顶，瞬间暴雨如注，一点没准备的她和孩子生生淋成了落汤鸡。幸亏学校离家很近，储绣推着车奋力奔跑。快要跑到小区门口时，朦朦胧胧看见老刘举着一把大雨伞站在门外张望。老刘一眼看着了储绣跟孩子淋着雨回来，踩出了牡丹花大的水花大步接上了她们。他在雨里夹着烟嗓说："我看见你没带伞就去了，这暴雨说下就下了，都淋着了吧！你来打伞，车我来推，赶紧送你们上楼。"

事后储绣想，老刘这么做可能就是对住户和熟人的照顾，合情合理。不过怎么说人家也是帮了她，做人总要知道感恩。至少要当面对人家表示感谢。

四

今后的日子就这么一来一去，储绣和老刘日渐熟络，不再只是点头之交的浅薄交情。老刘这人说话就像那张黑黝黝的脸一样实在，储绣不让他从保安亭出来，他便透过窗口跟储绣相对而视，一副老实相，胡须却每天刮得干净——这是储绣注意到的一点，大概也是她对老刘印象极好的另一个原因。

老刘说："你真不容易，每天风里来雨里去地接孩子。"说着还情不自禁地冲储绣竖起大拇指，"不简单，不简单。"被老刘猛烈一夸，储绣不自觉地红着脸低下了头："哪有你说的那么夸张，出来打工挣口饭吃，替人把事做好是分内的事。"老刘这番夸赞实在不算是故意讨好或夸张，储绣每天接回的孩子与别的孩子不同，别的阿姨一只手领着孩子就能回来，储绣每天都得双手推着轮椅把这孩子接回来。这也是没办法的事，储绣可怜这孩子是小儿麻痹症，腿脚不利索。

"家家都有本难念的经。"老刘若有所思地点了点头。

下班回家，储绣感觉今天有点奇怪，都已经快九点了，李佳还没到家，按常理来说，她应该比储绣提前到家。

难道是多接了几单？储绣心想，李佳最近好像有心事，可这丫头也不能这么拼啊。她正去厨房淘米煮粥，放在餐桌上的手机骤然响了，她琢磨这个点谁来的电话，八成做广告的，骚扰电话太多，响几声懒得搭理也就算了。何况水龙头开着，米在淘着。"不听不听，王八念经。"储绣自顾自打趣。米刚倒下锅，电话又在餐桌上跳起来，储绣一拍锅盖，转了个身，不耐烦地往两侧裤腿上蹭了几下手，还是去接起了电话。

不接不要紧，一接她就像一阵风似的，抓起钥匙就冲了出去。电话是江东派出所打来的，李佳出事了。这丫头这会儿像跟人打架犯了错的学生，杵在派出所的墙角根，脸上和嘴角红一块紫一块的。

"撞了？怎么撞的？"

"她送外卖时横冲直撞，把人家骑自行车的孩子撞翻了，还问怎么撞的？你们这些赶时间的都不要命了。"负责的警察头都不抬地回储绣，"这事你们全责啊，一会儿跟人家长谈赔偿吧。哎，我可提醒你，待会儿好好跟人家赔礼道歉，争取获得对方谅解。"

"警察同志，您看看我们这也撞得不轻啊，怎么就算我们全责呢？"储绣心疼李佳，心里也不太服气。李佳一把抓住她，支支吾吾说："我逆行。"

"你最近是怎么了？总感觉你心不在焉的。"回到家，储绣帮她处理伤口。

李佳没疼哭，倒是接到妹妹打来的电话，忍不住淌下了眼泪。电话那头的妹妹痛哭嘶吼着："姐，我要没命了，我快疼死了！你来救我……"

差不多是在一周前，李佳在送外卖途中接到了妹妹的电话，那天她哭得没有这么绝望，但能听出哭声中充满了恐惧。

"你说话呀，别哭。到底怎么了？出什么事了？是不是爸妈病了？严重吗？别哭，快说啊！"李佳一听她光哭不说话就知道家里肯定是出了什么大事，她最害怕的也就是父母身体出了问题。然而偏偏千想万想也没有料到，这场哭居然是妹妹自己出了事——未满十八岁的她怀孕了！李佳一听脑子里嗡的一声，张着嘴半天不知应对。她来不及问原因，只问："做手术需要多少钱？"她被晴天霹雳灼烧的脸，此刻仿佛不再是自己的，出奇地僵硬、呆滞、无知觉。

这怎么可能呢？别瞎闹了！那可是我妹妹，从小到大学习成绩数一数二的妹妹，她才高二，明年就考大学了。那么听话聪明的孩子，怎么能犯这样的错呢？混蛋！哪个混蛋骗了她？不能说，谁都不能说。我妹不是那种随便的孩子，她一定有她的苦衷。这话跟谁都不能说。我是她姐，我得帮她，只能我帮她。赶快赶快，加速，多跑几单，赚了钱我就回去陪她。不怕不怕，很快我就回去……

只不过，妹妹最终还是没能等到李佳赶回去陪她。李佳虽然自己也没经历过多少事，但她有预感。妹妹原本充满希望的生命，很有可能随着这一声声绝望的嘶吼断送了。她应该赶回去，可是赶回去也对妹妹以后的人生无济于事了。

五

来年春天还没开始暖和，储绣意料之中收到房东一年一度涨房租的信息。这就意味着，她们的租户要重新整合，说白了就是再找一个合租的分摊房租。李佳纳闷，这不就两间房吗？再来一个合租的，怎么住啊？储绣一拍大腿说："这还不容易，我那间房里本来就是上下铺，回头有人进来收拾收拾。看她愿意单住还是合住，要是她愿意跟我合住一间房就少让人家分摊一些。要是她想单独住一间，就委屈你，咱俩住一块。房租自然也就让她多承担些了。"李佳听了储绣的想法，笑着说："我不委屈。"

第二天储绣便开始在阿姨圈里，揣摸适合合租的人选。问了好几个，人家都婉言谢绝。大家只要有自己固定的位置，没人乐意当候鸟迁徙。这年头打工人最怕涨房租，要不是懒得挪窝，她何尝不想换个便宜点儿的租。

晚上从萃雅居下班经过保安亭，储绣问："门口怎么堆了这么多包袱被褥？"

老刘一摸后脑勺，憨笑道："嗨，都是我的。房子退了，跟人换了班，晚上暂时在这儿凑合几天。"老刘确实也能凑合，这一年只租到了附近小区里的一间临时搭建的简易房，房租当然也便宜，只是想方便时只能跑出去找公厕。不过简易房终归是违建，迟早会拆，这不就给老刘杀了一个措手不及，连催带轰把他给赶出来了。

储绣听老刘说了一嘴，正要开口说些什么，又及时刹住车迂回一下说："你等我打个电话。"她转了个身往前挪了几步，给李佳的电话拨通了。开口肯定先是通报了有可能找到室友的好消息，其次是……这室友是个男的。储绣说出来，自己也有点难以启齿。

"男的？跟我们合租，这……合适吗？怕是不太方便吧！"储绣当然想到李佳会有顾虑。

储绣也知道跟男的合租难免会让人有些不舒服，但是一想到房租，她还得劝说李佳："这不是为了解决燃眉之急嘛，还有不到十天就该交房租了。"又接着宽慰她，"你放心，老刘这人我心里有数，是个老实人，不敢乱来的。或者先叫他来过渡一下，要是实在不行，我们再换别人合租。"就这么着，储绣说服了李佳，同时成全了老刘。

三人坐在餐桌上，储绣特意下了速冻水饺。她招呼着老刘:"你吃啊,别那么客气。以后都住一起了,没那么多客气讲。"

老刘憨憨一笑,夹起一筷子饺子冲储绣和李佳致意:"给你们添麻烦了,添麻烦了。不过你们放心,我已经跟同事换了班,明天开始就去上晚班,早上早上……才回……啊嚏啊嚏……"话没说完,老刘就夹着筷子捂住鼻子,快步跑进了洗手间,不想进去打得更厉害了。

"他这是怎么了?"

"不知道啊!"

老刘这喷嚏一连打了得有十多个,她俩碗里的饺子都不香了。直到老刘侧身从洗手间里钻出来,鼻头微红着抱歉道:"实在不好意思,我有过敏性鼻炎,一闻到特别香的东西就控制不住。"她们这才想到,定是洗脸台上的香粉面霜刺激了老刘的鼻子。

"回头我们把那些都收进自己屋。"

"千万别千万别,没事没事。我习惯习惯就好了。别麻烦。"

从那儿之后,储绣、李佳和老刘就成了只打照面的室友。老刘晚上夜班不回来住,早上六点下班,七点到家,一开门必先捂着鼻子连打几个喷嚏,储绣她们就知道老刘回来了。这时她们正在准备去上班,彼此打声招呼就算见过面了。晚上八九点储绣和李佳回到家,老刘也在收拾东西打算出门。

李佳说:"这老刘来了还挺好,每回都帮着把米下锅煮成熟饭,我们回到家就能吃现成的了。"她还打趣了一声储绣,"姐,你眼光不错哦,领回一个居家好男人。"

"嘿,你这丫头,什么时候变得这么调皮了。瞎说什么呢你!"

李佳这话是说者无心,可听者却早已有了意。储绣和老刘之间微妙的关系,储绣心中早就有数。老刘对自己有意,她不是看不出来。这并不是从老刘搬进来才有的,而是从萃雅居就开始了,毕竟有谁会每天等着她上班,又等着她下班。听上去似乎有点天方夜谭,都这把年纪了还信年轻人那套,岂不是很可笑。但是她不知道为什么就信老刘是个安分守己的人,除了说几句实话,做几件实事,别的花里胡哨的东西他也做不出来。

老刘曾经在下班的路上跟她说过,自己是离了婚才决定出来打工的,因为他认为自己不是个废人,至少还能挣一笔钱养活自己和家里人。储绣也特别直白地问他:"你离了婚,孩子跟着你吗?"老刘说:"对,在老家,先跟着爷爷奶奶。"所以他说的要养活家里人,多半是指孩子。而储绣自己呢,眼看过四十了,却从未涉及过婚姻。熟悉她的人总认为她是个命苦的人,从小被父母遗弃,养父母把她养到十八岁,觉得对得起她了,就对她说不奢望她的报答,只求她今后能自食其力。这些话她也对老刘坦诚相见。老刘叹口气,不由得拉着她的手说:"咱们都是苦命人哪!"两人一对视,老刘才立刻吓得缩回了手。储绣看出他脸都吓红了,便接话说:"我没觉得自己命多苦,过成这样已经挺好了。"

这天,储绣休息,李佳来不及吃早饭就赶着出门送外卖。老刘下夜班回来,顺道带了豆浆和煎饼。储绣洗漱完毕,跟老刘相对而坐,像极了结婚多年的夫妻在一起吃早饭。老刘想了很久,差不多是从搬进来就在想今天这一幕和他要对储绣说的话。煎饼快要嚼到最后一块了,塑料杯里的豆浆也快见了底。储绣起身正要去厨房收拾,老刘似乎从愣神中突然惊醒,一把就将储绣的手拽住。他没有任何开场白,也不会说令人动情的话,直直盯着储绣说:"储绣,咱们结婚吧!"

储绣一点都不惊讶,她知道老刘会这么说,也只会这么说。他们又重新坐了下来,仿佛又回到刚刚吃早饭的模样,这是两个在生的缝隙里相互取暖的人。储绣双手扣在了一起,甚觉脸颊热热的,她想答应,却又在幸福的眩晕中听老刘说:"不过,我有孩子,是个残疾人……"储绣的脸不红了,倒像是被冰块冻住了。

那天以后,老刘休了假,简单打包了行李。出门前,李佳问他还回来吗。他龇牙一乐说:"回来的。这不我还有好多衣服在这儿呢嘛。回去看看就来。"

储绣坐在房里不作声,听见门关上的声音,瞬间感到一颗心落地了。

几天后,她在公交站台那儿,看见老刘肩上扛着一口袋行李,手里牵着一个看不见路的孩子。她的腿不听使唤地走上前,她走到了老刘跟前,牵起了那孩子的另一只手。

后　记

　　创作短篇小说，是我近几年生活中相对比较重要的一件事。大概是从五年前下定决心开始踏上创作小说的旅途，两年前出版第一本小说集，再到近几年逐渐在各大文学刊物发表作品，这漫长而短暂的时间，让我的写作状况也越来越理想。

　　写小说就是我想成为作家的本意。小说的创作是作者对生命、生活以及生存观察与思考的过程。作为一名小说写作者，我希望自己写出的故事是一场探索和求真的经历。《浮生绮梦是清欢》是一部具有温暖人性和反映恒温社会的作品，不是很冷，当然也不滚烫。我希望我笔下的文字能始终保持相对适宜的温度，让人感受到文字的熨帖。

　　这些小说中的女性形象，存在一种互相观照和内在连接，但每个人物又是独立的。男性形象出场也算温和。如果说现实生活是古朴雅致的古董铺，那小说就是流光溢彩的琉璃厂。假设生活是场演不完的戏剧，小说就是呈现各种剧目的舞台，作者就是戏剧人物命运的摆渡人。

创作这部小说集，历时将近两年的时间，其间回忆过很多事，见过很多人，听说过很多片段，更多的是在长夜里有过很多纷纷扰扰的思绪。在小说中，许多腾空而起的人物和情景，让我有跨出本来生活的穿越感，好像文学构建出的场景和事件在另一个平行世界里理所当然地存在着。

创作文学作品，如同重新去搭建一个新的世界。每部作品都有或多或少的遗憾和不足，那是我还没有领悟到的生活的多维与深度，我在未来仍会继续探索和剖析。

最后，感谢作家出版社又一次出版我的小说，感谢编辑老师的用心。感谢石一枫老师为本书作序，感谢施战军老师、付秀莹老师特别推荐。感谢读者朋友们又一次在小说里与我面对面。

王忆

2023 年 10 月 22 日于南京

图书在版编目（CIP）数据

浮生绮梦是清欢 / 王忆 著. -- 北京：作家出版社，2024.3

ISBN 978-7-5212-2676-8

Ⅰ.①浮… Ⅱ.①王… Ⅲ.①短篇小说 - 小说集 - 中国 - 当代 Ⅳ.① I247.7

中国国家版本馆 CIP 数据核字（2024）第 010214 号

浮生绮梦是清欢

作　　者：王　忆
责任编辑：朱莲莲
封面题字：王宜早
封面设计：王梦珂
出版发行：作家出版社有限公司
社　　址：北京农展馆南里 10 号　　邮　编：100125
电话传真：86-10-65067186（发行中心及邮购部）
　　　　　86-10-65004079（总编室）
E-mail:zuojia＠zuojia.net.cn
http://www.zuojiachubanshe.com
印　　刷：北京盛通印刷股份有限公司
成品尺寸：145×210
字　　数：208 千
印　　张：11.5
版　　次：2024 年 3 月第 1 版
印　　次：2024 年 3 月第 1 次印刷
ISBN 978-7-5212-2676-8
定　　价：52.00 元

作家版图书，版权所有，侵权必究。
作家版图书，印装错误可随时退换。